无可无不可

的

王国

汪 若 —— 著

DISPENSABLE
KINGDOM

图书在版编目（CIP）数据

无可无不可的王国 / 汪若著. — 北京：北京联合出版公司，2017.11
ISBN 978-7-5596-0373-9

Ⅰ. ①无… Ⅱ. ①汪… Ⅲ. ①中篇小说－小说集－中国－当代
Ⅳ. ①I247.5

中国版本图书馆CIP数据核字（2017）第108042号

无可无不可的王国

作　　者：汪　若
责任编辑：徐　鹏　崔保华
产品经理：马　燕
特约编辑：丛龙艳

北京联合出版公司出版
（北京市西城区德外大街83号楼9层　100088）
北京联合天畅发行公司发行
北京艺堂印刷有限公司印刷　新华书店经销
字数：189千字　　880mm×1230mm　1/32　印张：8.5
2017年11月第1版　2017年11月第1次印刷
ISBN 978-7-5596-0373-9
定价：42.00元

未经许可，不得以任何方式复制或抄袭本书部分或全部内容
版权所有，侵权必究
如发现图书质量问题，可联系调换。质量投诉电话：010-57933435/64243832

她与村上：另一种互文性

这里收录的五部中篇小说，作者大约在刚写完之后的某个时候就一一传给我看了。因此，现在写这篇小序，原本是不打算全看的。但看完《纸男》之后，不由得全部下载打印，缩在书房角落小沙发里，像捧着小白兔或小松鼠一样，一页页小心地看到最后一页。

有什么吸引了我！是什么吸引了我呢？如今，除了乡下木篱上的牵牛花和夕晖下的狗尾草，极少有什么能吸引我了。然而我到底被吸引了。应该说，吸引我的，主要不是故事——何况故事本身很难说有多么流光溢彩、石破天惊——而似乎是那种调调、那种节奏、那种修辞、那种氛围，特别是其间若即若离的那些都市男女特有的孤独感、疏离感、寂寥感、失落感、虚无感以及迷惘、纠结、荒诞、无奈、失望、无望、绝望等微妙而又沉重的心绪。关键词：消失、错位——消失与寻找的周而复始，错位与复位的往来循环。消失与错位的无可避免，寻找与复位的枉费心机。

索性这样说好了，我在这里遇见了村上——村上春树，准确说来，遇见了林译村上！那是一种奇妙的即视感，似曾相识的 dèjà-vu（法语，意为"似曾相识"）。在这里，你可以邂逅村上小说世界里绿子和直子以外的所有人、所有场景甚至所有明喻和隐喻。

遇见最多的，无疑是大都会属于白领阶层的男士与女性。作者汪若显然是其中一员。作为其中一员，汪若总能准确地拽出她和他的一段生活蒙太奇，巧妙地划开其心间挥之不去或稍纵即逝的隐秘情思，执着地破解其扑朔迷离的生命密码，尤其擅长刻录男女主人公种种错位和错位感——置身于现实而又有"一种薄如蝉翼的非现实感横贯其中"的错位感。极端说来，较之自己与他人的错位、自己与体制的错位、自己与社会乃至世界的错位，更是自己与自己的错位、个体心灵本身的错位。

换个说法，作者感兴趣的并非书中一再出现的职场、酒吧、宾馆、超市、时装店等都市外部环境。外部环境只是主人公错位感受的物化、外化。

作为情节，大多是女人与男人的相遇、分离、追寻、重逢或消失。涉及感情背叛的性事处理得波澜不惊，婚姻纠纷化解得负重若轻，偶然一现的爱之高潮的急速消退……所有描述都那么低调、理性、睿智、从容、洗练和优雅。但这终究是表层，而深层结构则不失张力，环环相扣，步步为营。是啊，男女之间和男女各自的情感错位、心灵错位，本质上怎么可能真正轻松得来呢？尤其女人忽然失去男人、男人忽然失去女人的时候……我甚至觉得，假如作者名字不是汪若，而是换成村上春树，那么完全可以是《没有女人的男人们》的续集——"没有男人的女人们"。

而另一方面，如果真要上前跟男女主人公们打招呼或仔细辨认，他们的面目却又变得模糊起来。进而言之，我们可以在这部中篇集子某个场所某一时刻邂逅《舞！舞！舞！》中的五反田，邂逅《奇鸟行状录》中的"猫没了"，邂逅《国境以南，太阳以西》中的初君，邂逅《斯普特尼克恋人》中"排山倒海"的恋情，而若认真比较，却又变得依稀莫辨，渐行渐远。由此或可得出结论：汪若同村上的互文性，较之文本上的互文性，更是精神上的互文性，或者灵魂的呼应性（sympathy）。

也就是说，作者固然可能极为熟悉村上文本并因此受其影响，但那不是根本性的——即使没有村上春树，她也会写这些和这么写。借用村上春树《没有女人的男人们》日文版前言中的说法，汪若身上"存在本能性故事矿脉，有什么赶来把它巧妙地发掘出来了"。而若没有"本能性故事矿脉"，哪怕再庞大高效的发掘机赶来也是什么也发掘不出来的。

比如我。就对村上文本的熟悉程度来说，恐怕很难有谁超过我——毕竟我翻译了而不是翻阅了四十多部村上作品。同一本书看一遍和译一遍,那有可能是两本书、两个世界——然而我死活写不出小说,盖因我身上压根儿不存在"本能性故事矿脉"。纵使文体方面本应最受村上影响的我,写起文章来也自成"矿脉",动不动就"杏花春雨""月满西楼",动不动就要"告老还乡""种瓜种豆"——想不露出农民底子都不可能。

这么着,看汪若这五篇小说,越发让我发现自己是个农民。另一个发现,就是像上面说的那样,发现了汪若同村上之间精神底子上的互文性,也附带发现了她所以执意找我写这篇小序的理由。这也让我佩服她的真诚和勇气。一般说来,作家不大喜欢被人发现自己受谁的影响。而她情愿如此。

最后,把我翻阅当中随手摘录的几个比喻句抄在下面,是不是互文性不好说,但至少同样聪明、俏皮、好玩。请看:

△阳光如同金色的丝绒一样柔软而温暖地覆盖在人身上。(《亚特兰蒂斯酒店1116号房》)

△空虚和绝望感从天而降,如同大海中两年才在桅杆上停下来歇息一次的信天翁,最终落在她的头上。(《那年夏天的吸血鬼》)

△（他）仿佛生物学家在俯身观看实验用的小白鼠。（同上）

△纸男的动作温柔美好，如同触动远古的记忆。（《纸男》）

最后两句不是比喻：

△我们都是成年人。成年人的人生有80%以上的时间十分乏味。但或许正是因为这80%，才让人体会另外20%的新奇和宝贵。（《无可无不可的王国》）

△为爱而结合是所有婚姻中最不牢靠的一种——因为爱是会消失的。（《亚特兰蒂斯酒店1116号房》）

如何，你不认为这样的句子唯有洗练的城里人才写得出来？反正我写不出来。

一本适合都市男女歪在公寓套间里时而啜一口威士忌或望一眼窗外霏霏细雨看的书。好书。

林少华
二〇一六年元月十五日于窥海斋
时青岛海天迷蒙，涛声依旧

汪若的小说里，喧嚣世间会忽然浮现静谧的气泡，是脆弱的，颤动的，分隔开现实的逻辑，呈现着不可能的幽深、空旷、诗意与美。

——李敬泽

目录

消失记 -------- 1

纸　男 -------- 41

无可无不可的王国 -------- 69

亚特兰蒂斯酒店 1116 号房 -------- 125

那年夏天的吸血鬼 -------- 187

后记：一本小说集是怎样诞生的 -------- 255

消失记

在高中举行的这个毕业十五周年庆典，实在太容易引发人们的回忆和幻觉了——尤其是在吃饱喝足，困意不断袭来的五月下午。

在这个钟点，午后阳光温暖地照在脸上，金色的光线透过睫毛发生了物理学中所谓的衍射现象，呈现出彩虹般的颜色。校园里那几棵老核桃树卵形的叶子在这样的光线下变成了一种透明的翡翠色，那是最昂贵的祖母绿的颜色，犹如时光倒流般美丽。

在学校的庆典上，满走廊漫无目的游逛着的老教师们如同一座座活动纪念碑，也像你从宇宙飞船窗口望出去所看到的那些古老亲切的恒星。随便哪个学生在苦思冥想后欢呼出他们的名字，他们都迅速地给予茫然和一视同仁的微笑——这微笑神奇到足以让十五年的光阴在几秒内通通消失。

坐在课桌后面那些老同学或多或少都带着点心神恍惚的表情，就好像他们来学校参加庆典乘坐的不是一公里1块2的出租车，而是宇宙飞船；教室外的不是操场，而是时间隧道。

白兔一样的女郎感叹道："他和十几年前完全一样啊。"

这里说到的是她的物理老师。

她刚刚在走廊里遇见了十几年前的物理老师，真的是十几年前的。老头儿虽然已经退休，但奇迹般地没有发生任何改变：稀疏的头发按理该一根不乱地拢到脑后，但总有几缕不听话，怪滑稽地耷拉下来，连衣服都还是那件深蓝色大外套，衣襟上永远沾满各色粉笔屑，衣兜总被各色杂物撑得鼓鼓囊囊。此人总喜欢在课上突然从口袋中掏出个什么物件做个物理小实验，有时候则是一沓临时测验题——兔女郎当时最害怕后一种。

高二时，她因为物理迟交作业而去老师办公室检讨时，遇见的便是这样眼神天真无邪，对学生面露柔软温暖的微笑的物理老师。

一时间，她几乎以为自己变成了落入树洞遇见白兔先生的爱丽丝。

一

兔女郎发现自己不知不觉陷入了和消失有关的话题。

这个话题是由一个已经长出巨大肚腩的男同学扯出来的。他一直在感叹时光流逝，生活、工作两繁忙，"所遇之人都不可信，还是老同学好啊"等等。在兔女郎的记忆里，他早年是个高个子肌肉结实的男孩。但十几年不见，此人腹部早已如孕妇般隆起，当年清晰可辨的六块腹肌已经全部消失了。

肚男一直热心于组织本次中学同学聚会，担负了大部分联络工作。天知道他从哪里找出了全班五十个人的联络方式，这真是一项高难度的考古活动，足以媲美霍华德·卡特博士猫在埃及闷热漆黑地道里进行的探险活动——最后，他终于凭借神秘的封印在国王谷中发现了通往图坦卡蒙法老陵墓的阶梯。

听了老同学们对他办事效率的夸奖，他微笑了一下，回答说："哪里，我没怎么忙，全是秘书做的。"

和他坐在一起的兔女郎听了这话，纳闷儿起来。她这才发现，说了半天话，自己对于对方到底在干什么一无所知。

看肚男那昂贵而不显山露水的穿着、隆起得恰到好处的肚腩、听到赞扬时分寸得当的表情——先是垂下眼帘三四秒钟，随后直视对方的双眼露出矜持的微笑，还有"秘书"……所有这一切都让人疑惑：莫非此人已经飞黄腾达了不成？

肚男随即抱怨找不到某人——这里说的某人是当年在同学中大出风头的班长。那时他是全体女生仰慕的对象，人长得好看，成绩也没得说。更难得的是，此人并不是老师的应声虫，为人爽朗热情，相当懂得变通之道，一笑便露出一口牙膏广告模特儿一样雪白整齐的牙齿。在三年的学校生活里，他给大家留下的印象是天生的赢家——无论球赛、智力问答、读书会、艺术节表演还是追女生，都是如此。最后，他更是按部就班毫不失误地考入了最好的大学，读上了当时最为热门的金融专业。

简而言之，此人属于从走廊走过时，与之相遇的女人无不频频回头观看的那种——无论是女孩还是她们的母亲，无一例外。

关于班长的话题一开头，十几年后的同学，至少是女同学们，仍旧像当年回头观看他般踊跃地加入了讨论："他究竟在干什么？"

"不知道。"

"我最后一次看见他,还是大二的时候呢。"

"听说他出国了?"

"好像跟大学同学结婚了吧?"

"不清楚啊。"

关于班长的叙述片断之间的跨度实在太大,无论如何都无法拼凑在一起,人们最终只得悻悻作罢。

令人惊讶的是,就是这样一个走在大街上连陌生人都会注意到的人,居然从大家的生活中消失了踪影。同学中没有人和他保持联络,甚至包括那些曾经和他一起打球一起干过"坏事"的哥们儿——其中一些人已经超重……或者那些曾经和他非常要好的女孩子,她们中的大多数都已经做了妈妈。

兔女郎其实与班长并不熟,她是在高中一年级下半学期才从另一个城市转学到这个班上来的。对于正为跟不上功课和青春期粉刺苦恼不已的兔女郎来说,班长雪白的牙齿和阳光般的微笑未免太耀眼了些,与她当时沉默寡言的人生不甚匹配。

当时,她在班上的社交活动无非是与关系好的同学交换些香港或欧美明星的歌曲磁带或CD,再费力地把歌词抄在本子上。她白天黑夜上学下学只要一有空就会戴上耳机听歌,如此折腾下来,竟然学会了几句颇为地道的广东话,英语成绩也相当不错。与她亲密一点的同学,也无非是一起坐在核桃树下吃午饭或者一起骑车上下学而已。

在这个学校里,事实上,她唯一比较接近的人是自己的同桌,那是一个戴着大大黑边眼镜的男孩,脸色苍白到近乎透明,总是低垂眼皮,上课时曾经无数次被老师当成在打瞌睡给揪起来。男孩平时沉默寡言,眼镜总滑到鼻子尖上,唯独谈起第二次世界大战时手舞足蹈，喋喋不休，也不管别人爱听不爱听，只顾自己讲个不停，直到尽兴才住嘴，复归沉默。为此，班上的同学都当他是个怪人，客客气气，敬而远之。

他的成绩总体平平，但对喜欢的科目，比如历史和化学，却能轻易拿到高分。兔女郎和他一样，但她更中意的科目是英语和语文。他们两个人的共同点是喜欢在各种课上看与课业无关的书。若是看完了手里的书，老师还在台上喋喋不休，他们就彼此交换，继续埋头看下去。眼镜男孩看得最多的，当然是和第二次世界大战有关的各种回忆录，兔女郎因此得以顺带熟悉了那段历史。

就这样，靠着默不作声地并排在课上低头看课外书，他们迎来了高三。

到了高三第一次模拟考试前，也就是圣诞节前后，眼镜男孩不来了。他的座位一直空着。第一个星期，兔女郎以为他只是感冒了，但是到了第二个星期，她开始意识到事情的严重性——那正是高考前的关键时刻，男孩的缺席意味着将错过考试。而大多数人未来的命运，基本上在第一次模拟考试的时候便已经被决定了。

这个座位一直空了下去，眼镜男孩从此消失了。老师对学生们解释说，他长期神经衰弱，现在考试临近，压力太大，导致植物神经功能紊乱，不得不休学一年，回家休养。这个奇怪的病症听上去和男孩苍白疲倦的神情确实有吻合之处，大家先是惋惜，随后便顺理成章地接受了这个现实。一开始，班上的同学还商量着要去看他，但是因为课业繁重，加上老师说最好不要去干扰对方休息疗养，随即作罢。

没有眼镜男孩，兔女郎感到了从未有过的寂寞。当时她太小，还不知道该如何定义这种感觉，那其实是一种本能的亲近感。两人平时很少交谈。尽管如此，眼镜男孩的沉默却给了兔女郎一种笃定感。现在想来，或许是因为那男孩身上有某种与现实隔离的东西所致。他看上去像是生活在另一个世界里，这种态度，无形中跟兔女郎当时孤立无援的青春期心理产生了共鸣——她是从另外一个学校转来的，在这个世界里，她也是个外人。

她想过去看他，但之前两人根本没说过太多涉及私人的话题，她甚至不知道他住在哪里。因为胆怯和害羞，她也不敢去找老师要男孩的地址。

从那时候起到高考，她身边一直再未坐过人。做累了习题，她会把自己的脸颊贴在冰冷的桌面上，注视着那一半空空如也的位置。他们的桌子是高三新换的，散发着好闻的木头和清漆味道……

兔女郎时时想象男孩在做什么，但这些想象最终都淹没在漫长的考试准备中。就这样，兔女郎和男孩消失的象征——那个空座位，寂寞的17岁生日，周而复始的粉刺还有大摞的复习资料一起，度过了圣诞、新年、春节、第二次模拟考试，最后终于轮到高考……随即，她也离开了这个学校。

在她的记忆中，他们最亲密的时刻是高三那年十一月的一个晚上，不知从哪里来的沙暴袭击了这个城市：灰尘漫天，冷清的街道上飞舞着塑料袋和各种匪夷所思的东西；用纱巾遮住头发、戴着口罩的行人们像在逃避宿命一样匆匆忙忙走动着。眼镜男孩和兔女郎在学校上完晚自习后一起回家。过马路时，兔女郎因为疏忽，没有看到行人红灯，男孩一把拉住了她的手。

男孩的手心温暖，他们的手有五秒钟的接触，随即迅速地分开。就在这一瞬间，兔女郎身后一辆停在路边正被警察抄牌的越野车在用大音量放一首英文歌——*Girl From Ipanema*（碰巧她听过）。那正是香港电影最后的黄金期，是陈奕迅越来越讨人喜欢，周星驰开始转型做导演，而大学中的文艺青年们已经弃法国片开始讨论北欧电影的时代……

不管这些细节是否真实和准确，至少在兔女郎这里，这是她记忆中关于那个寒冷冬天最为温馨的情节之一。

"在想什么呢？"肚男问她。
"没什么。"兔女郎慌忙回答。

在她猝不及防的情况下，关于消失的话题就这样开始了。

和消失命题有关的一切包括：事物原来在哪里，消失后去了何处，这一事物是否是永久性地消失和消失时作为旁观者的你在哪里等等。

或者，对于一个人而言，这个命题就是什么是消失、如何消失。

总体来说，消失有个前提，即之前这个东西必定存在，否则，一个意识不到的东西消失，对于一个人来说，不会产生任何触动——连"消失"这一词语本身都将消失。

怎么才能消失呢？当然前提是存在。看起来，除了兔女郎，大家根本没有意识到眼镜男孩曾经存在过。

二

同学聚会后，兔女郎回到了家。

打开门，猫照例在门口迎接她。她丢下钥匙和皮包，长时间抚摩它,挠挠它的下巴。猫欣喜若狂地咪咪叫着,一面用粉红色的小舌头舔她的手,舌头上的倒刺把她的手心弄得怪痒痒的。

兔女郎打开一罐吞拿鱼猫食罐头,把鱼肉倒进已经空空如也的猫食盆。猫欢天喜地地把头埋了进去,开始大吃特吃。她给自己倒了杯茶,坐倒在沙发上,随手关掉了灯。屋中寂静如海底,只听得见猫吧嗒吧嗒吃东西的声音。偶尔从楼下射过来移动的车灯光柱,透过窗帘的缝隙,在天花板上画出奇异的图案——这是晚归的邻居们在停车。

兔女郎疲惫地叹息一声,把头埋入沙发靠垫……这样的聚会,幸亏是十五年来一次,否则她真无法确定自己能否幸存。她看了看腕表,11点53分,还有七分钟。

12点整,电话铃响起,兔女郎在黑暗中坐着,默默聆听。在响了一阵后,铃声戛然而止,她看看腕表,整整一分半钟。

整个世界随即陷入黑色的寂静。

在学校聚会过去后一周,兔女郎在一个咖啡馆中邂逅了高中的一个女同学。

那是一个典型的北方暮春的傍晚,空气中充满丁香花香,气氛温暖而略带伤感。跟一个人谈完公事之后,兔女郎左右转动着疲累的脖颈,猛一歪头,居然看到了她。

两个人先是一愣,随即都反应过来。

"是你……"

"是啊。"

兔女郎已经叫不出对方的名字了,唯独对方的脸庞像开启大门的钥匙一样咔嗒一声,打开了她的记忆。简而言之,女同学和过去相比几乎没有任何改变,至少从脸上看是如此。说起来这真是奇迹,她和十五年前几乎一模一样,只是体形长大了一圈而已。

女同学和兔女郎一样,也是后来转学到这个学校的。或许是因为当时坐的距离比较远的缘故,女同学和兔女郎并没有变得特别亲密。和兔女郎相反,女同学属于同学中比较受欢迎的那一类人。大概是因为她长相甜美、开朗大方又学习出色之故。更重要的是,包括兔女郎在内,班上那时候的女生,基本上都是一些没有性别特征、高矮胖瘦不一的小女孩,唯独这位女同学给人以亭亭玉立、青春期少女的感觉。

是的,就是这个词:少女。

那时,她的裙子总是花样别致、颜色淡雅,长发用和裙子颜色协调的绸带束成马尾,个子高挑,轻薄的布料裹着发育良好、青春勃发的身体⋯⋯现在回想起来,那时围在女同学身边想入非非的男孩大有人在,只是当时的兔女郎全然不了解男女之情,没往那方面想而已。

总之,初看之下,长大的她和少女时代没有什么不同,脸庞甜美,长发飘逸柔顺⋯⋯但是闲聊几句之后,兔女郎开始发现女同学和她印象中的有所不同,或者说,她已经开始有点无法把面前的她与记忆中那个女孩对上号了,就像一块拼图缺了一个角。再谈下去,这种细微的差别逐渐变成了一种恼人的东西,就像一只邪恶的蜜蜂嗡嗡地在四周飞舞个不停,干扰人的注意力。两人的谈话开始时断时续。

"你怎么没有来?"兔女郎换了个话题。

"来什么?"

"毕业十五周年庆啊。"兔女郎回答,"上周。他们没有发请柬给你?"

"哦⋯⋯"女同学恍然大悟,"我收到了,但是那天我正好出差。"

二人将关于天气和工作的闲话说完，便再无甚谈资，随即自然而然地聊起班上的同学。

兔女郎努力地一一向她汇报各人的状况。女同学看上去对老同学们现在在做什么不太感兴趣，但既然兔女郎说起，她便欣然凑个趣。无奈的是，她的记忆力实在太差，甚至比兔女郎还要糟糕。两人连说带比画，搞了半天也不得要领。

兔女郎提起眼镜男孩，才意识到这些日子来那男孩一直萦绕在她的回忆中。不出所料，女同学极为困惑地想了半天，回答说从来不记得有这样一号人物。事实上，她几乎是什么人也不记得了。

两人尴尬地停了半响，对视片刻，随即笑起来。

"记忆力太差了，我这样实在是……"女同学略带歉意地说。

"我还不是一样，毕竟十几年了，"兔女郎回答，"如果这次你在场，就会发现，不少人已经与我们记忆里的形象完全对不上号了。"

停顿片刻，兔女郎想起班长来："你总还记得班长吧？"

女同学微微低头，停顿了几秒钟，随即像拉开幕布一样抬起眼来，那眼睛黑白分明，澄澈不已，睫毛随即如被人轻轻触碰的含羞草叶子一样颤动着悄然垂下。这动作委实太过神妙，兔女郎下意识地屏住呼吸，她忽然冒出一个念头：大概很少有男人会在这样的一双眼睛面前不动心吧……

女同学的目光在她脸上停顿了五秒钟，仿佛在努力看清楚什么，又像有点失神。随即她回答："也不太记得了。"

得，看起来，对于女同学来说，十五年前与她朝夕相处的那五十个人几乎已经完全消失在了她大脑颞叶深部的海马回里。

说到底，人的记忆委实是种奇妙的东西。

不过，至少在她那里，眼镜男孩和班长获得了某种意义上的平等——他们都不复存在了。

莫名其妙的是，兔女郎和女同学的谈话就此终止。之后，她们倒也还聊了些别的东西，但都是些无关紧要、浮光掠影的琐事，在各自出口几秒钟之后便被吸入四周越来越浓重的夜色。

两人沉默下来。

不知过了多久，女同学低下头看了看表，说时间不早了，"老公还在家里等"，随即匆匆离去。

"奇怪啊……"兔女郎瞪着面前空荡荡的座位。

女同学面前的咖啡只喝了一小半，已经变得冰冷。兔女郎忽然觉得刚才两人的谈话情景简直像夜里的一个梦，太阳一出来就如同露珠般烟消云散——回想起来，她连女同学的衣着打扮都没有看仔细，只记得她穿了一件质料精良的蓝色开司米毛衣，手袋的色调与衣服十分协调，好像没有戴结婚戒指。

是的，完全可以说那是个梦，要不是咖啡杯边沿上有一个浅浅的樱桃色唇印，她甚至不能肯定自己见过女同学……哦，这么说她是擦了口红的，只是一开始没注意到……

不知为什么，兔女郎总觉得女同学最后看表的这个动作未免有点过于戏剧化。而且，究竟是什么东西导致现在的她和留在兔女郎印象中的那个少女有所不同呢？到了这一步，兔女郎几乎可以肯定，她是有什么东西完全不一样了，但是究竟是什么，她苦思冥想，不得其解。

半晌，她抬眼看去，咖啡馆似乎在一瞬间已经被各色各样的人和香烟烟雾填满了，屋外是一个典型的春风沉醉的夜晚。

这将是一个12点钟仍旧有电话打来的夜晚，和平日一样，没有任何不同。

三

和女同学邂逅半个月后,兔女郎飞到一个城市出差。事实上,在外人眼里,她的工作就是无穷无尽的出差。

那天晚上,她与一个朋友在一个小小的书吧中谈事。顺便说一句,那人就在这条街上的一个杂志社工作,这条路是当地新闻出版局所在地,周围满是媒体,被称为新闻一条街,因此四处散布着可以让这些人大谈新闻理想或者边谈新闻理想边泡妞的酒吧和24小时营业的小饭馆。

谈完事情,此人还要回编辑部去看校样,便匆匆离去,只剩下兔女郎一个人坐在空荡荡的书吧中,耳朵里灌满了莫名其妙的爵士乐,对着一墙花花绿绿的出版物发呆。她回头想招呼服务生换掉面前的烟灰缸,里面还有朋友匆匆忙忙并未碾灭的烟头在冒烟。

突然间,她看到了一张极为熟悉而又陌生的脸庞。

她愣住了,那人正是班长。

兔女郎暗自寻思,这段时间她既然如此心想事成,或许该考虑去买点彩票什么的。

"你怎么会在这里?"她问。

话音刚落,兔女郎随即发现,十几年不见,她问的第一个问题实属荒诞。

班长注视了她半晌后,缓慢而郑重地回答:"我现在住在这里。"

这下反而轮到兔女郎诧异了:"你知道我是谁?"

这个问题似乎比上一个问题更荒诞,但让她惊讶的是,班长毫不费力地说出了她的名字。

兔女郎慢慢从惊诧中回过神来。

"哎呀，"她笑了，"没想到你居然记得我。"

"当然记得，"班长回答，"你并不是一个很容易让人忘记的人。"

兔女郎再次诧异。

"真的吗？"

"当然。"

"我一直以为……"

"以为什么？"班长看着她。

"没什么。"

"有空的话，过来坐一下可好？"兔女郎定下神来后清了清嗓子，问他。

班长迟疑了几秒钟，随即从另一张桌子上挪了过来。显然他刚刚进来，尚未要饮料，那张桌子上空空如也，因此坐过来倒也简单。

班长坐下，殷勤的服务生过来问他要点什么，他看了看兔女郎。

"喝点酒好吗？"他问，"忽然想喝啤酒。"

兔女郎点点头。

几乎没有任何时间间隔，服务生立刻送上两小瓶青岛纯生，就好像他一直伺候在侧，专等着他们要啤酒——瓶子显然冻了好一阵子，外面有厚厚的白霜，碰到皮肤还有点黏。兔女郎取过瓶子对嘴喝了一口，冰凉金黄的酒液流入喉咙，刺激得她"嗯"了一声，皱了皱眉。

班长也拿起瓶子喝将起来。他们相对沉默不语。

两瓶啤酒飞速见底，班长抬手又叫了两瓶。

两人如此这般地喝下去，一句话也没说。

兔女郎能一下子认出班长来，其实是凭着一种奇怪的直觉。

就像被电流击中一样，她知道是他，但是仔细回想，她其实早已不记得班长的长相了。

定睛看去，此人头发有点长，穿着洗旧了的深蓝色宽松T恤和浅色休闲布裤，配一双颜色、质地和新旧程度都恰到好处的软皮鞋，脚上没穿袜子——这是所有大城市里的中产们最通常的装扮。看上去，他应该属于混得还不错的那一类。

她边喝酒边打量他，确实是英俊的——虽然她已经不大记得班长高中时代的样子，但即使以陌生人的眼光来看，他仍旧是个英俊的男人。大概是因为过了30岁，他身上已经有了某种随着年龄而来的东西，这使得他看上去沉稳而内敛，十分怡人。至少，上帝保佑，他没有变成一个过气的偶像明星。

兔女郎暗暗想，看来上天还真的对某些人特别眷顾——大多数太漂亮的男人就是不能顺利地过年龄这一关，看看有些电影电视明星就知道了，那样的人在20多岁还称得上艳光四射的青春偶像，到了30多岁就变成了在生活中彻底被摆错了位置的迟暮美男。总体来说，在不少人的审美观或者说偏见里，太漂亮的男人是会跟不大正常的营生联系在一起的。

一连六瓶啤酒喝光，他们之间仍旧保持着沉默。

说来奇怪，兔女郎觉得她和班长之间的这种沉默甚是舒适，她一点也没有迟疑便成了这一气氛的俘虏，根本不想反抗。至于什么你在哪里住啊、做什么工作啊、结婚了没有啊这类问题，更是从来没有在她的脑海里出现过。

班长扬手又叫了两瓶，然后看兔女郎一眼，笑起来："还真能喝。"

"那是。"

"那时候看不出来你有好酒量。"

"那时候恐怕也不太可能看出来这种事情吧？"
"说得也是。"

他们继续喝酒，大约这个小酒吧冰冻的酒已经被喝完了，服务生似乎对这两个酒量惊人的顾客有点歉意。这次他送上来的两瓶是温热的，兔女郎本来已经被瓶子弄得冰冷的手开始回暖，她觉得脸有点热，酒意微微涌了上来。

但是班长全无反应，看上去脸色如常，酒量甚是了得。正如他所言，高中的时候可看不出这个。要说班长当时给她留下了什么印象，就是他平时露出雪白牙齿爽朗微笑的脸。兔女郎曾经有点不快地想，他的样子还真像在做牙膏广告。换句话说，班长在兔女郎的记忆里，像英国的柴郡猫一样，只有一个脑袋，或者说是一个耀眼的露齿笑容。

但是现在的他，显然完全不同了。

兔女郎知道，造成这种不同的不光是年龄的原因，或者说绝大部分并不是由于年龄，而是某种别的东西……那么，这种东西究竟是什么呢？对她来说，这种奇妙的差异感异常熟悉。在不久以前，它似乎曾经与她劈面相逢，就像一只蜜蜂大摇大摆邪恶地擦过人的脸颊……

就在那1/20秒里，电光石火般，女同学像拉开幕布一样抬起眼睛来的神妙动作浮现在兔女郎的脑海里，还有那冰冷的留着樱桃红色唇印的咖啡杯，她离去后空荡荡的座位……兔女郎忽有所悟。

"我说……"她下意识地说出女同学的名字，"你还记得她吗？"

班长突然抬起头来，目光在她脸上停顿了五秒钟，仿佛努力想看清楚什么，又像有点失神。

她知道——天知道她是怎么知道的，总之，她击中了目标。

四

"她曾经是我的第一个女友,从大学到毕业以后的八年里,我们一直在一起。"

班长没头没脑地说了这么一句,又停了半响。

"你以前就知道这些?"
"不知道。"
"你们遇见了?"
"是的。"
"她跟你说起我?"
"没有。"
"……"
"事实上,我跟她说起你,她说不记得你了。"
"……"

班长沉默着,兔女郎也一言不发。吧台旁的一只布谷钟敲响十二下,布谷鸟咕咕咕的叫声在寂静的屋子里显得有点滑稽。午夜12点,这是马车变成南瓜、妖精陷入爱情、青蛙化身王子、狸猫大游行的钟点。

兔女郎忽然想起自己在另外一个城市的家,那只猫在酣睡、有电话铃此时响起的房间。她忽然恨不得立刻回到那里,什么也不干,就只是在黑暗中坐着,默默聆听就好。

不知道何时,音乐已经停了,班长和她之间安静得只听得见彼此的呼吸声和心跳,还有隔壁房间钟表吧嗒吧嗒走动的声音。

"我们本来打算一毕业就结婚，直到后来有一天……"

"什么？"

"我离开了她。"

"你们分手了？"

"不，不，我的意思是，我从她的生活里消失了。"

"消失？"兔女郎突然来了兴趣，"怎么个消失法？"

"我离开了那个城市，搬来了这里。"

"之前，你没有跟她讲？"

"没有。"

"……"

"为什么？"

班长低下头看着自己摊开的手掌，他的手指纤长而有力，但手在微微颤抖。他为难似的回答："很难解释……很多事情，现在解释起来实在有点困难。那时候我太年轻，很多问题都觉得没有办法解决，最后积聚到一起，不得不一走了之……你大概以为我是个不负责任的混蛋吧？"

兔女郎不语。

"当时我给她留下了一封信解释，"说到此处，班长忽然抬起头来看了她一眼，随即苦笑起来，"当然，我也知道，这信并不能解决任何问题，也不能说明我就不是混蛋。"

"说说看，你怎么消失的。"兔女郎利索地打断了他的长篇独白。

他对她的问题有点愕然："就是换工作嘛，突然辞职，然后没让任何人知道就来了这里，换掉手机……这不就行了？反正当时父母

"在美国，我跟他们之间无须太多解释，很简单。"

这下轮到兔女郎愕然了："真有那么简单？"

"至少在当时的我看来，是这样的。"

"也许……"

也许只是他不愿意被人找到和她是否愿意找的问题，兔女郎想。

她想起小时候和邻居小朋友一起玩的捉迷藏游戏，她曾经煞费苦心地躲在花园中最黑暗的角落里，一心想不被人发现。然而当其他人一一被找到，笑声渐渐远去，太阳渐渐西沉时，她的心里又感到一丝恐惧和渴望，那时候，她反而希望被人找到。

他们走在12点之后空空荡荡的街上。夜晚温暖而芬芳，兔女郎嗅得出来，这已经是初夏的空气了，带着一丝叶片即将成熟和即将来临的夏天的预兆。路边的梧桐树在月光下投射出斑驳的影子。他们这是去一家24小时营业的馄饨店，起因是两人一共喝下十瓶啤酒之后，兔女郎觉得自己饿了。

"就在路口。"班长说。

他们就顺着这条路走下去，班长相当熟络地在前面带路，她跟在他身后半步左右。他低着头把手插在裤子口袋里走着，一副若有所思的样子。

兔女郎看着他的背影。

她忽然意识到他身上发生了什么样的变化——相比那个笑容耀眼的少年，班长已经变成了一个普通的英俊男人，顺利而熨帖地融入了四周。

对了，就是"普通"二字。在少年时代，他身上曾经有种幸运儿的光彩，就像是戴在头上的无形冠冕。而现在，那种东西已经不复存在了。

在她的记忆中，班长如同广告画上的少年偶像一样耀眼：虽然长手长脚，体形稚嫩，却看得出来，身上有正在生长、极有劲儿的一种东西。尽管当时他的一举一动有些表演和幼稚的痕迹，让年幼的兔女郎觉得有压迫感，但那毕竟是货真价实如同刀刃般锋利的东西——当然，如果使用者笨手笨脚，也可能伤害他人或自己。

兔女郎还记得那种青春逼人的感觉，那是能够让他身边的空气质量发生变化，变得紧绷而且锐利的气质，让他能被人从芸芸众生中一下子挑出来。但是那东西，不管是什么，如今已经消失了。

她也意识到，发生在他昔日女友身上的变化同样是这个，她还记得女同学穿着夏日轻薄的碎花裙衫顾盼生辉的样子，那时的她，是水晶一样在阳光下光芒四射的少女。但是随着时间的推移，她身上那几乎是致命和危险的青春气息也终于淡去并消失了，她终于成了普普通通的美丽女子，但恐怕也是更容易得到幸福和给予他人幸福的女人。

或许这就是人生的真相，兔女郎想。人和事物的平庸化几乎是不可避免的。试问又有几个人始终能停留在幸运和创造力的顶峰呢？那些能一直保持锐利的人，毕竟只是极少数，而这些人中的大多数不是进了精神病院，便是在巅峰时期穷困潦倒地死去。

而且，有鉴于人始终不知道自己一生的巅峰究竟在何处，那么他就始终要积蓄精力等待高峰体验的来临，就像一个冲浪的小子在岸边牢牢抱住自己的冲浪板等着那最高的浪头。但是天不遂人愿，那浪头要么迟迟不来，等你垂头丧气走上沙滩时再不期而至，让人捶胸顿足，后悔不迭；要么就是永远也来不了，让你等白了少年头。

换言之，如果一个人知道自己的一生只有一年，那他绝对有可能成为世界上最幸福的人——因为在这一年中他大可以尽力挥霍，吃喝嫖赌，无所不为。因为只要这一年结束，他必定会陷入永恒的长眠，不必在日后漫长的岁月里为自己的任性和挥霍付出代价。而大多数想安稳度过一生、无须付出高昂代价的人，就唯有在等待高峰的过程中小心翼翼地消耗耐心了。

这个世界还是很公平的，不是吗？

五

"不是吗？"兔女郎一不小心说出了声。

"什么？"班长回头。

"没什么。"

兔女郎发现，他们已经停在一家24小时营业的馄饨店前。正如班长所言，店非常小，只能放下五张桌子。地板凹凸不平，一看就是有了些年头的。墙壁也是如此，斑驳而落满灰尘，上面贴着红红绿绿的纸条，上书馄饨的名称和价格。但空调是全新的，几张桌子擦得一尘不染，雪白的调料瓶更是精神地在桌面站成一排。

在这个特别讲究所谓档次的城市里，这样的店铺像恐龙一样，几乎完全绝迹了。在这里，几乎所有的东西都符合中产阶级的审美观，好得异常平庸，完全没有特点，也与人不亲近。而这家小店倒更像沿海城市里那些更为市井化和充满生活气息的消夜店，这让兔女郎陡然生出亲切感。她开始相信班长所言，即在这里能吃到不同凡响的馄饨。

看店的是个20岁左右的小姑娘，脸蛋雪白，肌肤细嫩得吹弹可破,她过来问他们要吃什么,兔女郎狠狠地点了一大碗店里的招牌馄饨——"虾仁猪肉荠菜"。

班长一笑,也原样照搬。

"还挺会吃。"

"那是。"兔女郎莞尔,"想必高中也没看出来吧?"

"高中其实还是可以看出很多事情的。"

"真的?"

"真的。"班长回答,"以小见大这事儿,想必是不会错的,至少我很相信。"

"那时候你和你同座位的男生,叫什么来着?"班长思索片刻,随即说出了眼镜男孩的名字,"你和他其实一直是我很羡慕的人。"

"为什么?"兔女郎这次确实结结实实地大吃一惊,她做梦也没有想到,自己那微不足道、戴着褐色塑料边框大眼镜和为青春痘苦恼不已的人生会被人羡慕。而且,班长看上去确实是真诚的——事隔十几年,他居然还能记得她与眼镜男孩的名字便是明证。

"为什么?"班长喃喃地重复她的问题,望着昏暗的天花板思索了下。

"大概是因为我始终觉得你们有自己的世界吧。"他沉吟片刻回答,"坦白地说,那时乃至后来,我对自己的人生始终有种很不真实的感觉,或者说,是虚无感。那么多人都认为我很好,符合他们的要求。但是,我自己究竟是否喜欢变成这样,我究竟是不是像大家以为的那么好,却无人在意。而且,这些感觉我是无法顺畅地讲给其他人听的。别人听了恐怕都要惊讶不已,有人会认为我是谦虚,或者更糟糕,是虚伪或者神经病。父母更是要瞎操心一番。这样说过一两次之后,我也就学乖了,不说了,因为怕麻烦。反正当时很快就明白了,在人生中顺顺当当按照他人的期望走下去,其实是最为简便的一条路。"

"那跟羡慕我们有什么关系？"

"我记得，那时你们总是在看课外书，热衷于讨论一些跟现实毫无关系的话题。看着你们，我心里在想，大概你们对他人的看法，无论赞美还是批评，都有某种特殊的屏蔽本领吧。而当时我就做不到这个，做不到对那些话充耳不闻。这样搞下来，我始终觉得自己是为别人活着的，而你们似乎有一个属于自己的特殊的世界，那是外人无法涉足的领地……我说得对吗？"

兔女郎苦笑："也对也不对。毕竟，人活着就是要受到他人影响的。而且那个时候，我们的自闭状态也并非如你想象中那般怡然自得。实际上，在我当时的状态中，无奈的成分更多一些。那时候我是转学来的，在班上什么人也不认识，又有自卑心理……

"其实，人生中很多事情就像小的时候捉迷藏，一开始你会煞费苦心地躲在花园中最黑暗的角落里，一心不想被人找到。然而当其他人一一被找到，笑声渐渐远去，太阳渐渐西沉时，你又会感到一丝恐惧和渴望，那时候，其实反而希望被人找到。"

班长耸耸肩："是啊，直到后来，我才明白，每种状态都有烦恼，其实烦恼才是永远的。"

"正是。"

班长话音未落时，馄饨便送上来了。

雪白的薄皮大馅馄饨在一个青瓷大碗中浮沉，上面撒着翠绿的香菜，汤是鸡汤，那热气熏得兔女郎胃口大开。

她忽然意识到自己真是饿坏了，迫不及待地用勺子舀了一只，一口吞下。果然如班长所说，馄饨鲜美无比，简直是超一流水平。她含着有点烫的馄饨，模糊不清地赞美了几句，随即把头埋进碗里。

吃了几个，觉得放点胡椒味道会更好，兔女郎伸手去拿胡椒瓶，顺便客套了一句："你要吗？"

班长没有答复，兔女郎抬头注视他，他正直愣愣地注视着自己面前的那碗馄饨，根本没有动手。

"怎么了？"

隔着一张桌子，她觉得班长神色不大对头。在小店青白的日光灯下，毫不夸张地说，他简直是面如土色。

她有点警觉起来，伸出手去推推他放在桌面的手肘："喂，你没事吧？"

班长仍旧不动。

兔女郎更加担心了，她放下手中的勺子，站了起来。

"怎么了？"她说，"你脸色好像不大好……"

话音未落，班长突然倒了下去，同时带翻了凳子，发出一声巨响。

兔女郎目瞪口呆。

她跑到班长身边。他面色苍白，牙关紧闭，看上去已经失去了知觉。听到声音跑出来看个究竟的小姑娘也面露恐惧之色："他怎么了？"

兔女郎不知所措："我不知道，刚才还好好的……"

也许是被灯光直射眼睛，或者是被兔女郎的声音惊动，班长的眼皮动了动，他费力睁开眼睛，用虚弱不堪的声音问："我在哪里？"

"你在馄饨店里。"兔女郎回答，她也不知道这种回答究竟能不能让一个陷入半昏迷状态的人满意。

死一般的苍白仍旧停留在班长的脸上，他的眼睛全无光彩，其中一无所有，犹如被废弃的房屋。但看得出来，他正努力想控制自己——他半挣扎着在兔女郎的帮助下站了起来，缓了缓气，随即往门那里走。

"你干什么？"

兔女郎眼看着班长充耳不闻，摇晃着一路摸出门去。她心急火燎地掏出张钞票给了小姑娘，连找钱也顾不得了，随即拿起皮包跟了出去。

六

出门后，兔女郎几乎什么也看不见。直至十几秒钟后眼睛适应了夜晚暗淡的光线，她才发现班长就倒在馄饨店外五米左右的一处阴影里，他的浅色裤子在黑暗中格外显眼。

兔女郎想扶起他，但是昏迷中的人似乎格外沉重。尽管班长不胖，但怎么说也是一个一米八〇左右的大个子，她就是使出吃奶的力气也挪动不了对方分毫。兔女郎紧张得透不过气来，班长的脸被透过梧桐树叶射下来的一束莫名其妙的光线照亮，表情僵硬，仿佛戴着一副惨白的面具。

最终，她使出全身力气半扶半推地将其上半身拉起，靠在自己身上。班长的手冰凉，兔女郎的额头偶然碰到了他的面颊，那里也是冰冷的。

难道他要就此死去不成？兔女郎恐惧地想，或许他倒下去的时候碰到了头部？她左右看了看，街道寂静无人，只有馄饨店那一点孤独的灯光，看店的小姑娘并未跟出来，想必是怕惹麻烦，这倒也情有可原。

情急之下,她大叫班长的名字,声音在空旷的街道中显得突兀而滑稽,甚至引起一点点微弱的回响,但对方没有任何反应。

这样看来,恐怕应该打急救电话将他送到医院去吧。

兔女郎随即伸手去皮包中摸手机,但在黑暗中始终摸不到,也不知道是不是落在了馄饨店,她急得直冒汗。这时候,班长呻吟一声,动弹了一下。

"你还好吗?"她小心翼翼地拍了拍他的面颊。

班长"嗯"了一声,兔女郎稍许有些放下心来。因为承受着一个成年人的体重,她的腿早已酸痛不已,索性坐倒在地,用肩膀和一只手撑住班长,一面继续用另外一只手去包里摸电话。

"我没事,"班长的声音微弱得如同叹息,"我没事……"

她握住他冰凉的手,他的指尖似乎已经恢复了些温暖。该死的手机仍旧不见踪影,但她触到了他的脉搏。兔女郎下意识地看了看自己的夜光腕表,开始数脉搏。班长脉搏的跳动频率基本是正常的,兔女郎的心里稍微有了点底。

"你会好的。"她轻声说,一面摩挲他的手臂。

应该不是幻觉,班长的身体在逐渐变暖,靠在她身上的感觉,也不像之前那样瘫软和沉重了。接着,她忽然意识到,班长正在拼命出汗,就像他全部的体液都变成了汗水,通通从毛孔中涌出一般。那是一种畅快淋漓、异常悲哀的出汗法。兔女郎发现,自己凡是跟班长身体接触的地方,很快就被他的汗水浸湿了,导致衣服冰凉地贴在身上。在夜风中,她甚至觉得有点冷。

我的天,兔女郎想,这简直就是身体在哭泣。

她左右看看,这是凌晨1点左右,夜深人静——她和一个半昏迷的十五年没见的男人一起坐在一条陌生城市的街道上。这个情景究竟该如何描绘，已经完全超出了她三十多年来所学会的形容词范畴。

她继续在包里摸手机，仍旧没有找到——她的手机或其他重要物件总是这样，在该出现的时候躲得远远的。她气得大声咒骂："真他妈的。"此言一出，在寂静的街道里显得尤其突兀，连她自己都吓了一跳。

此时此刻她忽然有种按捺不住的冲动想骂人——真他妈的，该死的手机，该死的电话，天下打电话的都该死，尤其是12点打来的那个。

也许是被她的声音惊动，班长轻轻叫了声她的名字。她小心地用手去触碰他，他的面颊已经变得温暖了。他用小小的干涩的声音说："我刚才怎么了？"

"你昏倒了。"

"啊？"

"你刚才在馄饨店里昏倒了。以前你遇到过这种事吗？"

"没有。"

"哦，那大概是喝太多酒的缘故，或者是低血糖。你最好明天去医院检查一下。"

"我身体一向不错。"

他们有一搭无一搭地交谈着，他的回答慢慢变得有条理了。听上去，他的意识正在逐渐恢复。

"给你添麻烦了吧？"

"没有，"她轻声说，按住正试图挣扎着坐起来的班长，"你别动，再休息一会儿。"

"我看我差不多好了。"

"你要是再晕倒一次的话，我可就真的应付不了了。"

班长有气无力地笑了下，那是比幸福还要短促的一种笑法。他仍旧很虚弱，只得斜靠在兔女郎的身上。但感觉上，他的身体正在迅速回暖，那股突如其来的出汗势头已经止住了。

兔女郎用手轻轻抚摩他的头发，头发微长，蓬松地覆在额头上。如果可能，她倒真想把什么人或者被什么人抱在怀里。但是，这种可能性显然并不存在，他们是两个下一刻就要分道扬镳的人，一个来自其他城市，另一个则是半昏迷的十五年没见的老同学，仅此而已。

她再次想起自己房间里的电话——那人想必早已经给她打过电话，电话铃想必已经在她寂静的小屋里响过了无数次，猫想必嗅了嗅被电话铃震动的空气后又昏昏睡去，此时房间内想必已复归宁静。

"我说，"班长在闭目休息了一会儿后问，"那馄饨呢？"

"你一口没吃，我倒吃了不少。"

"没打包吗？"

兔女郎忍俊不禁，怪人，居然在这当口那么关心一碗馄饨。班长觉察到了她身体微微的晃动，随即也笑起来，先是默默的，然后笑出了声。

危险已经过去，也许还有点虚弱，但他显然已经恢复了。

"对不起。"班长最后说。

"没关系。"兔女郎回答，"我总能吃上馄饨的。"

这是她坚持把他送到家时两人最后的对话。班长对她挥了下手，随即有点脚步飘浮地消失在楼群中的花园里。那是一个巨大的楼盘，门前有个相当大的造型莫名其妙的罗马式喷泉,黑暗中虽然看不大清楚,估计那是个高档住宅区。

事实上,那确实是兔女郎和班长最后的对话——回到酒店她才意识到,他们根本就没留下彼此的地址和联络方式。

七

"你最害怕的是自己消失?"兔女郎问。

她和一个朋友走在通往馄饨店的路上,这是她与班长偶遇的第二天晚上10点——不到24小时,她又回到了通往馄饨店的老路上,而第三天一早她就要结束出差飞回家去了。

她也不知道该用"固执""执着"还是"神经病"来形容自己。事实上,从跟班长分开以后,她满脑子都是雪白的薄皮大馅馄饨在一个青瓷大碗中浮沉,上面撒着翠绿的香菜……这件事情弄得她整天心神不宁,导致她不得不回到原地,彻底满足自己的渴望。

于是,她和一个久未见面的朋友又约在那个书吧,服务生还是昨天那个,对她熟稔地微笑。他们这次没有喝酒,喝的是茶。到了10点,兔女郎站起来:"陪我去吃夜宵好吗?"

"这附近我不熟,有什么好吃的吗?"

"跟我来。"

他们就这样再次漫步在温暖而芬芳的夜晚里,兔女郎嗅得出来,这已经是初夏的空气了,带着一丝叶片成熟和即将来到的夏天的预兆。路边的梧桐树在月光下投射出斑驳的影子。兔女郎忽然问朋友最害怕什么，对方便给出了她以上的答案。

她诧异地看着他——这不像是一个极度理性并且事业有成的中年人所该恐惧的东西，最起码，这不像他应该害怕的。他好像更应该害怕自己的生意失败，害怕情人纠缠不清，害怕被竞争对手打倒，被下属出卖……但是他月光下的脸是诚实的，或者说，对根本不在他生活圈子里的兔女郎，他也没有理由不诚实。

"确实如此。"他颔首。

"你说的是死亡吗？"

"还不完全是死亡。"他摇头。

他所谓的突然消失，是某年某月某日，在不被人知道的情况下出了车祸，翻到山谷里去。没有人知道他去了何处，亲人对他的消失有无数悲痛和猜测，但是始终没有答案。而就在这同时，他正在地球上隐秘的某处不为人知地死亡、腐烂……山谷里寂静无人，只有不知名的小鸟在鸣叫，啮齿类小动物来了又去了，蛇和蜥蜴沉入冬眠，雨水冲刷岩石。他安静地躺在那里，不被任何人所知，衣服变成碎片，肉体成为白骨，躯体上覆盖青苔，渐渐融入泥土……

"可这一切听上去一点也不可怕啊。"兔女郎说。

"也许是吧。"他回答。但是他还是害怕。他害怕自己就这样从生活中不为人知地消失掉。这种恐惧究竟是因为不忍亲人悲痛还是怀疑自己根本未在他人生活中留下丝毫痕迹，究竟是在考虑他人还是在考虑自己，就只有天知道了。

兔女郎的脑海里突然浮现出有关山谷的景象，在那里植物疯长，碧绿、幽暗……不知为什么，她所能感觉到的只有一片宁静。

大约班长说得对，每种状态都有烦恼，其实只有烦恼是永远的——大约每个人都有恐惧，恐惧的东西各不相同，但是恐惧是永远的。

"是什么店？"

"馄饨店，"兔女郎回答，"马上就到了。"

他们马上就要走到头天馄饨店的位置了，意外的是，本该24小时营业的小店却黑着灯。兔女郎突然有了某种奇怪的预感——实际上，这种预感烦扰了她一天，就在这一刻，变得清晰和确定起来。就像她在电光石火间意识到班长和女同学之间的某种关系，就像她回头突然看到班长的脸，就像她知道在最近的一段时间内将与自己的过去频频碰面……她下意识地跑了起来。

"怎么回事？"朋友从后面莫名其妙地追了上来。

兔女郎气喘吁吁地在馄饨店前停了下来，或者说，在过去是馄饨店的地方停了下来。不到24小时，这家小店已经消失，大门紧锁，里面空无一物，地板全部撬起，墙壁粉刷了一半……

"这就是你说的店？"朋友问。

兔女郎点头，她只剩下了点头摇头的能力。

"明明是没开门的样子。"朋友狐疑地说，"或者说已经关店很久了。你确定是这里？"

她再次点头。

"你再看看，确实没弄错？"

没有弄错，绝对不会弄错，除非她弄错自身的存在——班长昏倒之处还在，那棵树还在，浓荫月色如昨，旁边的水果摊照旧是打烊，盖着红蓝相间的塑料布……一切都没有改变，唯独那家小店已经消失。

兔女郎寻思，这其中怕是有某种联系，她是说班长、馄饨店、现在、过去、存在和消失……或者说她根本也没搞懂什么是什么，什么和什么有联系，有什么联系。

但是她知道——天知道她是怎么知道的，总之，她就是知道。

八

"她现在怎么样？"班长沉默半晌，开口问道。他背靠着兔女郎，那声音仿佛来自深谷，带有身体的回响。

她犹豫了一下："还不错。"

"还不错的意思是……"

"她看上去一点没有变，还是那么漂亮……"兔女郎回答，"而且，我跟她谈起高中同学，她说她几乎全不记得了，包括你在内。总之，她看上去一副生活得很好很平静的样子。"

班长沉默了。

"你究竟为什么要跑掉呢？"

"我早已经说过了，从小时候开始到高中，我的人生都是极其顺利的。同学都还算喜欢我，父母、老师更是从来都信任我，一般来说，只要我愿意做的事情，没有做不成的。这你多少也看到了。到了大学，情况仍旧一样，我本来是可以被保送的，但我相信自己能考得很好。结果，正如我所料，考试一帆风顺，上了全国最好的大学和最热门的专业。在大学里，学习一直是第一或者第二，一进学校就是学生会干部，后来又作为交换生去美国一年。很多人打破头想要的东西，我得来毫不费力、顺理成章。

"在恋爱的问题上仍旧如此，我和她，在高中就互相有意思，这几乎是一定的，她是班上当时最显眼的女孩子，好像我们两个如果不恋爱反而不合理一样，进了大学，我和几个同学有一次去她的学校找她们班上的女生联谊，我们两人几乎理所当然地就在一起了。这一切，简直跟书上写的或者电视剧演的一样。"

班长在黑暗中叹了口气。

"但是越是这样下去，我就越发感到空虚和焦虑，或者说，从内心感到幻灭。因为如果我所做的仅仅是被大家认为顺理成章的事情，那么我究竟是为谁活着的呢？也就是说，作为我这个人存在的标志，我的自由意志，又是什么呢？老实说，后来当我作为优等生毕业，直接进入外企，而且顺利进入上升途径的时候，这种感觉越发严重了。

"当时在外人眼里，我一切顺利：有漂亮的女友，父母在国外，独自住着一套房子，而且买了车。但是每次当我独处的时候，比如半夜醒来，我总是陷入惶恐。因为我的人生太过完美，太过顺利，简直像是按照规定情节演出的电视剧。我总也摆脱不了演员的感觉，仿佛我的一切都已经被规定好写在了剧本上，别无选择。

"这样一来，我逐渐对周围的人也产生了怀疑，即他们究竟是按照我表现出来的样子认识我的，还是按照我本来的样子认识我的。话又说回来，所谓我的本来面貌，究竟又在哪里呢？"

兔女郎默然不语，那人想必早已经给过她电话，电话铃已在她寂静的小屋里响过了无数次，此时房间想必已经复归宁静。

"那时候,我和她已经交往六年了,我们早已对对方的肉体毫不陌生,也倾心交谈过。但是有的时候,我会忽然觉得她非常陌生。诚然,她是个美丽的女子,有地道的是非标准,也相当有同情心。如果你与她交谈,她会和你谈她最近看的书,告诉你某个作家写了什么、某个电影好不好看——总体来说,她的一切都符合大众对于知识女性最苛刻的标准,理性,控制情绪的能力一流,有教养,也有品位,平时甚至跟我都没有发过几次脾气。

"但是不知道为什么,面对这样完美的她,我反而会陷入惶恐。有时候,在夜里醒来,我注视她的睡脸,会不由自主地想,在这样平静的表象下究竟隐藏着什么?她到底是谁?对于触碰她的内心,我产生了一种无力感,我不知道她是否像我一样,也有过惶恐和对自身的焦虑,还是这一切其实就已经是真实的她,只是我想多了。我觉得,我们之间的交流似乎总隔了一层,是什么呢?我不知道,也许就是我们表面上表现出来的符合他人愿望的那层假象,或者,这种假象已经根深蒂固地存在于我们的人生中,变得真伪难辨了。

"这种焦虑越来越严重,没有办法,我决定跟她吐露我的想法。但我忽略了一点,就是其实人和人之间的交流要看时机。如果彼此不在同样的路径和时间点上,那无论怎么说和说什么都是无济于事的。时机不对的话,语言不但不能拉近心的距离,还有可能离间它们。

"现在回忆起来,我如果维持着假象,一言不发,我们的人生大抵要顺遂很多。我想,那时候她也感到过焦虑,或者说,焦虑谁人没有?但是作为女人,她的焦虑更多地跟现实有关,比如要找一个稳定的工作啊,要和我结婚啊,等等。因此,当我对她吐露我的焦虑时,她直接按照字面意思跟现实联系了起来——我想这也是难免的。

"在这之后,你可以想象,我们之间的关系开始变得紧张起来。

我也说过了，正常人都认为过程是要通向某个结果的，她给我们的关系下的定义是相爱、结婚，然后'幸福地生活一辈子'。但我居然会傻到告诉她，我正为这条清晰的人生道路感到惶惑——即使不是她，而是换作别的女人，恐怕也要怀疑是我们的感情出了问题。

"当她开始置疑这一切时，她会把我的不安和焦虑全部误读成对她的感情起了变化。就这样，我们吵嘴的次数越来越多。这些吵嘴不再像以往那样轻松愉快、就事论事，最后总要回到我是否爱她的问题上来，而且就这一问题来看，当时似乎我也无法得出任何结论。

"她始终没明白过来，我所有的疑虑其实全是关于我自身的。一个连自身都无法把握的人，很难对他人许下诺言，尤其是我认为重要的诺言。我们在那一年里，吵架的次数简直是过去几年来的总和——她开始多疑、猜忌，而我则变得非常暴躁。那一两年里，我们光闹分手就闹了好几次，但是每次又都会互相道歉并流着眼泪和解，因为当时无论她还是我，都始终还是珍惜这种关系的，或者说，都不忍抛弃既有的基础归零。

"就这样，我们每次分开得越坚决，却像猛拉橡皮筋会产生反作用力一样，复合得就越快。但我心里很清楚，这段关系由于我处理不当，或者说我本身有缺陷的缘故，已经出现了无法弥补的裂痕。最后一次大吵之后，我决定尽快结婚。做出这个决定的原因一方面固然是因为大家都累了，但还不如说是有点想一了百了的意思。通过这样做，我希望自己能把一切疑虑都抛诸脑后，重新开始。

"婚礼筹备到了一定阶段——当时我还没有来得及通知父母，我的焦虑再次大发作。那次发作是在出差中，我在国外的酒店里半夜醒来，好像是做了什么噩梦，大汗淋漓，极度不快。当时我有种奇怪的感觉，好像能亲眼看见自身和现实中的那个我之间的差距，我和他之间已经出现了一条巨大的鸿沟。在那一瞬间，我意识到，情况已经紧急到千钧一发的程度,于是我下了决心。"

"于是你就逃跑了?"

"是的。"

九

"根据你刚才说的情况,我考虑了一下,无非有两种可能。"朋友说,"当然,大前提是你确定自己没找错地方。一种情况是,你赶上了小概率事件,他们昨天是最后一天营业,接下来要么出让了房子,要么就是想要重新装修——你自己也说过,这个店很破旧。而刚才我们看到了,地板全都被撬掉,房屋的墙壁也正在粉刷中。这个城市的人向来办事速度快、效率高,你无非是遇到了一个比较有趣的巧合。下次你再来,有可能会发现这里又重新开张了。"

"还有呢?"

"还有就是有可能这个店早已经消失了。"

兔女郎目瞪口呆:"早已消失是什么意思?"

"比如说,时空错乱,小店已经拆除,不复存在,但是昨晚你们走入了错误的时间,因此进入过去它还存在的那个空间。这可以解释你那位老同学为何无故晕倒,或许他的身体在某方面比较敏感,抵抗不了时空错乱的磁场或者其他什么东西的影响,而你则恰好得以幸免。"

"这……这也太像《聊斋》了吧?"

"也可以这么说,"朋友悠然自得地说,"你试着用时间和消失的眼光来看看蒲松龄的《聊斋》,其实得出的结论何尝不是如此:书生在深夜赶路,偶然进入一个灯火辉煌的宅院,借宿后遇见美丽的女子,一夜缠绵,第二天早上醒来,他发现自己睡在荒山野岭中,晨雾茫茫,青苔沾衣,露水打湿头发——一切已经消失……你能说那究竟是狐狸精作祟、鬼故事还是时光隧道?"

兔女郎心思再纷乱也被他逗笑了:"这真是个好解释。"

"神妙吧?"

"神妙。"

擅长给出神妙解释的朋友带着兔女郎在附近找到了另外一家24小时快餐店,在那里,兔女郎默默喝下了一杯极为浑浊和古怪的豆浆,味道像石灰水。

他注视她半晌:"你打算接受哪种解释?"

"第二种。"

"真的?"

"那是,这样的卓见,说不好能得诺贝尔文学奖呢。"

"如果你打算全盘接受这个解释,那么,还是不要试图再次回到这里来为妙。"

"为什么?"

"神话也需要人来刻意维持,你仔细想想看,有哪个神话能经得起人们一再查探和推敲呢?只要相信就好,这种故事的不合理之处恰好就是神奇所在,同时这也就决定了你不能再反复琢磨。"

"这么说,我不能回过头看,对吗?就像《旧约》里逃离所多玛城的罗得之妻一样?"

"正是。回头观望,迟早会落得变成盐柱的下场。"

兔女郎仔细思索他的话:"你的意思是,人生中其实有很多事情不该再回头追究喽?"

"这是比较省事的办法。你把事物抛在身后,无须深究真假,径直前行便是。日久年深,这些事情就会变成在你身后崩塌的所多玛城,而你终将与它无关,得以幸免。"

"否则就会变成盐柱?"

"嗯。"

兔女郎沉吟片刻:"我不回来看就是。"

"忍得住?"

"反正既不是狐狸精巢穴,又不是凶案现场,而我既不是书生,也不是侦探。"

"说得也对。"

"你还在想她吗?"兔女郎把班长搀上一辆出租车,他们在深夜的寂静中风驰电掣地开过这个城市时,她忍不住问。

路面被洒水车弄得湿漉漉的,散发着尘土腥味,还有即将来到的清晨的味道。

"事到如今,我想我不应该也没有资格再说什么了。"班长回答,"毫无疑问,我已经伤害了她,而这种伤害是无法挽回的。"

"但是,你是否因为逃跑而得到了解脱呢?"

"怎么说呢?"班长沉吟了一会儿,"我这些年,算是什么都干过了。给大公司打过工,后来又和朋友一起办过公司,最近那个公司出现了一些问题,我退出了,正在想接下来要干什么。"

"你的意思是……"

"我的意思是,我完美人生的咒语已经打破。如果说过去我在早晨醒来睁开眼睛时是为自己何以成为自己而焦虑的话,那我现在焦虑的东西要现实得多,也简单得多。我会想我到底要从哪里弄钱来给公司员工发工资,我会想我要不要做这个单子,会想到底要不要去请某个官员吃饭……遇到挫折的时候,我也会想,要不要干脆移民算了。但不管我在为什么苦恼,我可以肯定的是,自己每天都在做出属于自己的决定。我从来没有像现在这样确定,自己是个地地道道的普通人,犯了不少错误,为人处事有种种缺陷……正是这一切,让我得以准确地意识到自己的存在。"

"你要是早能这么想该多好。"

"是啊,我要早这么想该有多好……"班长笑了一下。

"不过人是不能回头看的,只能往前走。换言之,就算我今天后悔了,或者说意识到那时候有皆大欢喜的解决方法,也没有用。那时候,因为年龄和经验所限,我注定只能一条道走到黑。而我,也只能像所有的自私鬼一样,首先考虑自己。同时,我也为自己的所作所为付出了代价。"

"没有结婚?"

"还没有。"

"为什么?"

"因为还没有把握自己是否已经完全想清楚了,因此,不能肯定会不会给他人带来伤害。"

十

兔女郎乘坐当晚最后一班飞机回到了自己的城市。

打开门,猫照例在门口迎接她。她丢下钥匙和皮包,抱起它,挠挠它的下巴。猫欣喜若狂地用头拱她,伸出粉红色的小舌头舔她的手,喵喵叫着要吃的。

兔女郎打开一罐吞拿鱼罐头,把鱼肉倒进已经空空如也的猫食盆。猫欢天喜地地把头埋了进去,开始大吃特吃。她随即给自己倒了杯茶,坐倒在沙发上,随手关掉了灯。屋中寂静如黑夜,只听得见猫吧嗒吧嗒吃东西的声音。偶尔从楼下射过来移动的车灯光柱,透过窗帘的缝隙,在天花板上画出奇异的图案——这是晚归的邻居们在停车。

她脑海里忽然浮现出女同学那不动声色的美丽的脸,那张脸没有流露出任何往事的痕迹。

不能再回头望,望了肯定会变成盐柱。

"所谓消失,你也可以这样理解,"朋友在送兔女郎回酒店时说,"无论消失也好,不消失也好,那东西都是存在过的。不消失,那东西就在那里;消失,那里会留下个有它形状的黑洞。"

"这些道理听上去都很神妙。"

"嘿嘿。"

她在之前就已经疑惑过,她的这位朋友总是能讲出各种理论,关于他自己和其他人的,这些结论无一例外地神妙无比。但似乎他的人生并未因为这些结论而变得更加愉快或者更加顺利。她差点告诉他，再这样推论下去，怕是他自身存在也将要消失在各种神妙道理之下——因为道理太多。

最终她还是忍住了不说，她担心，如果继续交谈下去，自己连同语言也都将消失得个干干净净。

兔女郎看了看腕表，12点2分，电话铃并未响起。

电光石火间，她忽然意识到，天知道她是怎么意识到的，反正她就是知道，电话今晚不会再来了，永远都不会再来了。

眼镜男孩、女同学、班长、馄饨店、电话……所有这一切都已经消失。

不能再回头望了，望了铁定会变盐柱。

还是先睡觉好了，她轻轻叹了口气，把头埋进沙发中的靠垫，随即沉入酣畅淋漓的睡眠。

纸男

她不止一次遇见纸男。

或者这样说比较确切些,她不断梦到纸一样的男子。

纸一样的男子,究竟是什么样子的呢?我有点好奇地问。

简单地说,纸一样的男子,就是纸男,是那种像纸一样干净单薄的男子,象牙色皮肤下透出静脉的蓝,那是阴影下青瓷的颜色。他干净到了极致,看上去和紧贴脖子的衬衫一样一尘不染,那衬衫是极为浅淡的贝壳粉色,淡到几乎看不出来。

纸男的样子是病态和干净两种氛围的交界和极致,手指纤长,指甲修成无懈可击的半圆形,下巴上透出隐隐的青色胡楂。他就像熨烫得毫无褶皱的雪白衬衫,像最脆弱纤细的神经,像能在瞬间把肌肤切开的纸张边缘……像雪亮的刀锋。

一

她是我的一个不甚熟悉的女友，应该说，我是通过前任男友才跟她认识的。

我的前任男友是一个国际大软件公司里的销售，简单地说，就是我们通常所谓的那种年薪近百万，比上不足比下有余的白领。他的生活也确实符合人们通常意义上对白领人生的想象：平时忙得脚不沾地，我这里说"不沾地"是真的不沾地，因为他一年至少有一大半时间是在飞机上和外地度过的。

这其实正好是我小时候在图画书中所看到的有关斑马的问题，即斑马究竟是白底上有黑条纹还是黑底上有白条纹。在我看来，我前男友的人生便被分割成了斑马状条纹——他究竟算是常驻这个城市还是外地呢？同理，当他为买别墅和去国外看方程式赛车终日忙碌，连上厕所都要一溜小跑，连续三年没有休假的时候，他究竟算是有钱没时间花呢还是把时间都花在挣钱上了（也可以说，还是没有那么有钱）呢？

我就是在和他的交往过程中遇见了她——她和我的男友是同事，两个人虽然不在一个部门，但是彼此在业务上有不少配合和交流。她是那种在自己的工作范围内相当有权威的女性，已婚，日常与人相处时给人一种重承诺、内敛、聪明而且成熟的感觉。

按理说，男友要好的女同事，往往是一个微妙的存在。但是她在和我前男友的关系中，却从未给我带来任何微小的威胁和哪怕一点点不快。归根结底，恐怕是因为她身上有种清洁和漠然的感觉所致。所谓漠然，就是说她并不像通常女人那样喜欢顾影自怜，也不想在任何男人身上看到自身魅力发挥作用，甚至连一点点这样的潜在欲望都没有。她对所有的人都保持着恰到好处的职业态度：平心静气、落落大方、秉性公正——当然，前提是她对周围的人既无好奇，也不关心。

通常，她只穿剪裁偏中性化的套装，但只要仔细观察便会发现，那衣服巧妙地勾勒出了她的身段，显得十分妩媚、性感，但是这种女性的魅力被紧紧包裹在衣服之下，并未得以释放。事实上，凡是商业社会中嗅觉不灵敏，忙得没有时间顾及他人内心的男人一般发现不了这个宝藏——我的前任男友显然也是其中之一。相反，倒是女人，或者说，细心的女人能够更容易地意识到并欣赏这一点，而且，很奇妙地，为她感到可惜和不平。

但是，似乎她本人对乏人了解这一点却并没有任何遗憾。她身上存在着某种极为稳固的平衡感，欲望被牢牢守住，仿佛有斯巴达人驻扎的温泉关。在那个白色云石形成的天然关卡上，你可以俯瞰美丽的蓝色大海，带着咸味的海风吹拂着银灰色的橄榄树叶，希腊联军坚信，这里无论来多少波斯人也攻不破。

我与她是在他们公司的一次聚会上认识的。女子坐在角落里，看上去和众人相处融洽却又不十分显眼。我因为拿饮料的缘故和她交谈了一会儿，好感油然而生。之后，我们在几次公司组织的球赛和出游中又遇见过，她也来过几次我和前任男友同居的房子参加聚会，不过那都是在有其他人的情况下。

之后，我和男友分手了。

就在几天前，我接到了她的电话。
"可以去你家里聊聊天吗？"她问。
"当然可以，"我回答，然后不由自主地提醒了她一句，"我和他已经分手了哟。"

"知道的,我只是来找你。"

"那就好。"我把地址告诉了她。

"不打扰你吗?"

我看了看表,已经是下午2点。这是周末,我刚刚打扫过卫生,地板在阳光下泛着幽幽的亮光,窗帘雪白,猫儿在窗台上打盹。一切都很完美——除去我百无聊赖这个事实。

"不打扰,我刚干完家务活儿,正愁没事情做。"

"那有什么东西需要我顺便带过来吗?"

我忽然感到很饿,大概是午后的阳光和柠檬味儿的地板蜡刺激得人胃口大开——我一向喜欢柠檬味,也可能是干了很多活儿的缘故。我这才意识到从早晨到现在一点东西都没有吃。

"要是方便的话,带点吃的过来好吗?"我问,"冰箱是空的,家里只有橙汁,昨天忘记买吃的东西了。"

"没问题。"

一个小时后,她带着大大小小数包食物出现在我的房门口,分量甚是了得,共计一份9寸海鲜味的比萨饼、一份意大利蘑菇肉酱面、4只蛋挞和一大份凯撒沙拉。

"不知道你喜欢什么,所以都买了点。"

"谢谢,反正是吃的就行。"

我连忙接过食物放在茶几上,为她倒了杯冻得过头的橙汁。这当口,她换上拖鞋,坐在我的沙发上看了看周围:"很不错嘛。"也不知道是在赞美我的房子还是我的劳动成果。

"那是,忙了一上午了。"

她左右来回地慢慢转动脸庞，嗅了嗅混杂着柠檬味儿地板蜡和意大利肉酱面味的空气："闻到这股味儿，我好像也饿了。"

"那就一起吃。"

接下来的三十分钟，我们两个除了据案大嚼外什么事情也没有做，什么话也没有说。那些看上去要三四个人才吃得完的食物很快便被一扫而光。吃完后，她如同抛弃某人般急切利索地把一堆纸盒收拾起来扔掉，我洗干净碗碟，然后倒了两杯热茶过来。

她喝了口茶，仰躺在沙发上，长长地呼出口气，长得几乎像要回到过去："好久没这么痛快地吃过了。"

"我也是。"

我们相视而笑。

"他在干什么？"

"他啊，"她努力回忆，"好像休假了。"

"休假？"我难以置信地问。

"是啊，大概是去法国还是意大利看F1了吧？我听他同一个部门的同事这么说。"

我的脑海中突然条件反射地出现前男友双手插在袋中，在欧洲某国——姑且认为是法国——街道上大走特走的形象，他似乎从来就没有掌握好过散步的节奏，总是埋头大步向前冲，像是要去赶飞机。

"那你在干什么？"她问。

"我嘛，我在研究隋炀帝。"我随手指了指堆在桌面上的一大堆书和纸张。

她并未流露出任何其他人听到我的言论时表现出的惊讶、赞同和其他反应，只是心不在焉地点点头，便不再追问。我松了口气。

她那样子，就好像我说我在研究我的洗衣机说明书一样顺理成章。

我反而忽然对她来了兴趣，说到底，恐怕就是这种漠然让她显得与众不同吧？

"你见过像纸一样的男子吗？"她沉吟片刻后问我。

"什么？"

"纸一样的男子，简单地说，就是纸男……是那种像纸一样干净单薄的男子。"

我努力想象着她说的话，想象像纸一样的男人。

"没有。"

没有，没有，隋炀帝并不是纸一样的男子，在我的想象中，唯一近似纸男的人是南唐后主李煜。但，那也不是纸一样的男子，那是故国清秋一般单薄瘦长的男人，是被雨水濡湿的丝绸，是落叶纷呈下的酒和吟哦，是砌下落梅如雪乱，是彻夜难眠。

不，隋炀帝完全是另外一种男人啊。

"我见过。"她说。

"谁？"

"纸男。"

"哦？在哪里？"

"在梦里。"

"……"

"你可想听？"

我踌躇了半晌，但还是问了出来："也许我的问题有点冒昧，但是，为什么你要讲这些给我听呢？"

她微微皱眉思考了一下，似乎是刚刚想到这个问题。

"为什么呢，大概是因为你在写作的缘故，也可能是因为你和我的生活圈子隔得很远……我们虽然接触不多，但我总觉得，当然这种感觉也可能是错的，那就是你似乎能够明白我在说些什么。"她询问般地看了我一眼。

"我错了吗？"

不知道，但至少我很想听，我回答："请讲，请讲……"

二

在12岁以前，她一直生活在一个正常的家庭里。所谓的正常，这里是指无论从外观乃至状态上，她这一家都和周围常见的家庭十分类似。父母是"文革"前结婚的一对，是当时典型的"互补"型婚姻，即在那个年代，父母双方中一方出身不好，一方出身却很吃香。

她的父亲出身于知识分子家庭，上一代乃至再上一代通通留洋念过书，家族中还有人在国民党政府担任要职，解放后家里大多数人跑去了台湾或美国。按照那个年代的标准，这种身份在当时可谓倒霉到了极点。运动来临前，敏感、性情温和而又软弱的父亲便已惶惶不可终日。别无选择，他找了个出身工人家庭的强悍女子结婚生子，那个时候，"工人家庭"多少算是一道护身符。后来听母亲这边的亲戚说，虽然父亲还是没能完全躲过运动，却也凭借这个原因少受了不少罪。

父母就这样平平淡淡地生活下去，所谓的正常家庭，其实在现在的她回忆起来，无非是父亲一直和母亲客客气气地保持了一定距离所致，家中大小事件都由母亲说了算，父亲从不表示意见，仿佛不存在一样。现在回想起来，那多少也可以被称之为一种冷暴力。

回想起来，父亲唯一试图保持发言权，也就是说，他唯一付出努力与母亲争夺过的权利是对她的教育。母亲的沟通方法基本上就是数落她和父亲——她的愿望很简单，希望父亲出人头地（这个愿望在当时看来多半难以实现），希望她在学校听老师的话，在家听自己的话。在社会气氛变得宽松后，父亲曾经自己跑书店找来过一些翻译的外国童话故事和小说塞给她看，也对她说过一些话。遗憾的是她那时候太小，父亲到底说了些什么，她忘记得差不多了。

这样的生活一直延续到她12岁。在那个影响中国长达十年之久的运动结束之后，国内政策一再放宽，父亲先是在工作上获得了更好的机会，接着又得以出国留学和探亲。从此，她再也没有见过父亲——他就这样留在了大洋彼岸的那个国家，不久以后单方面提出离婚。她正常的孩童世界随之被颠覆。

在那个鲜有离婚和配偶滞留国外不归的时代，她和母亲的遭遇在外人眼中不啻为一种耻辱。母亲显然被父亲的背叛弄得精神几近崩溃，她原本就不是一个机灵的女子，习惯以社会化的标准和是非观念来判断自己的人生。可想而知，在这件事情上，根本不能指望她面对现实——她因此得出了一个简单和顺理成章的结论：丈夫是罪恶的，而自己被穷凶极恶地背叛了。

在今天成长为成熟女性的她看来，母亲在她12岁那年的夏天犯了所有不该犯的错误，导致整个事件无法挽回：例如，历数自己为父亲和家庭所做的贡献；对来劝解或表示同情的人表现出高度敏感，这些谈话往往以不快告终；找领导找各种组织申诉，撇清自己（这一点在那个时代无可厚非）；对父亲和自己这方所有的亲人持续不断地表达自己的愤怒，直到所有的人都筋疲力尽，连善意都所剩无几。

最后，出于本能和无奈，她终于找到了报复的最佳办法，那就是彻底切断父亲和女儿之间的联系。

于是，一夜之间，家中关于父亲的一切通通消失。按照母亲的话说，父亲彻底地把她们"抛弃"了。最糟的是，即便她还是个孩子，也能看出来，作为父亲血缘的一部分，作为父亲和母亲的最终争夺物，她自己，已经被牢牢地钉死在一个醒目的位置上。她的存在似乎时时刻刻提醒着母亲有关背叛的命题。母亲变得多疑、忌妒，对她的一切都加以管束和刺探，冲突往往一触即发。最要命的是，她发现自己也开始憎恨和厌烦这样的母亲。

久而久之，她倒也摸出某种规律：这种冲突多半以咆哮和恶言相加开头，以倾盆大雨般的泪水结束，之间的间隔往往是半个或者一个月。一开始，她以为是自己确实做错了什么，随即她又怀疑这是母亲的生理周期所致。当然，她也做过种种努力试图改变这一状况——但是到了后来，她发现这一切都不是最根本的原因。

最后，还是一个同院的孩子的话让她在一瞬间触及了事情的真相。那孩子是个集邮迷，他央求她给自己一些外国邮票。"什么外国邮票？"她丈二和尚摸不着头脑。

"就是那些每个月寄给你家信上的邮票呀。"

她恍然大悟，在当时中国那样一个没有电话、国际信件要走近一个月时间的情况下，父亲并未忘记她，而是一直寄信过来。母亲这边则每收到信，脾气便会发作一次。这个推论或许有点异想天开，但恐怕确实十分接近真相。

"那时候你多大？"

"14岁。"

作为早熟的孩子，她早已比同年龄的人精细和深谋远虑不知多少倍。她决定开始寻找这些被母亲扣留下来的信。

"你怎么知道你母亲并未销毁那些信件呢？"

"凭直觉……再者说，碰运气嘛。"

"也是。"

就这样，她开始了搜寻工作。

实际上，她没有费多大力气就找到了自己要找的东西——那时大家都住在公家分的宿舍里，统共就那么大点地方。她是趁母亲上班未归的时候在壁橱里的一个纸盒子中发现父亲信件的。

一共37封信，全部装在一种淡蓝色的极为光滑的长信封里，和国内当时通行的那些粗糙的白色信封完全不同，那是阴影下青花瓷的颜色，上面贴着各种奇特的美丽邮票，其中有几张还是三角形的，上面写有英文和拼音混杂的地址，看上去如同来自另外一个世界的神秘呼唤……37封，全部没有拆开。

她面对这些未拆的信沉默了许久，之后把它们连同那个小纸盒一起，通通拿到宿舍楼门口的水泥花坛边去烧掉了。花坛里种着一种颜色俗艳的单瓣月季，那是这个城市里最常见的花卉，盛开时活像披头散发的疯女人，空气里弥漫着夏日将尽的气味。

她划着火柴扔进纸箱，火舌很快蹿起来，吞噬了那些蓝色的信封，有字迹的地方忽然变成了一种颜色瑰丽的深蓝，随即消失在火焰里……那是一个阳光明媚的初秋下午，纸烧焦的味道和四周泥土的芳香、阳光的热力混合在了一起，沁入她皮肤，久久没有消散。

事后，她并未上楼，而是待在那里等着母亲回来。下班时分，母亲回来了，脸色疲惫，看上去照例心情不好。她指指纸灰，告诉母亲自己已经把所有的信付之一炬。

母亲一愣，破例沉默了很久，而没有再大喊大叫。在暮色中，或许她是看错了，或许只是夕阳的缘故，母亲眉宇中某种郁结的东西渐渐地消失了。

随后，母亲平静地说："哦，该吃晚饭了。"母女两个就这样进门去做晚饭。当晚，母亲特意打开了一罐出差带回的鱼罐头，那是这个内陆城市居民过年才舍得吃的东西。

之后，她们再未讨论过这件事情。

就在那天晚上，她梦见了纸一样的男子。

纸一样的男子，也就是纸男，是那种像纸一样干净单薄的男子，象牙色皮肤下透出静脉的蓝，那是阴影下青瓷的颜色。他干净到了极致，看上去和紧贴脖子的浅贝壳粉色衬衫一样一尘不染。纸男高高的个子，身后的背景单调无声。后来她发现，他背景里的所有线条永远显得那么荒凉和冷僻。

即便是在梦里，她也能意识到纸男的不同寻常。这不是她在梦中随便可见的人物，过去梦里的那些形象多半由她日常所见累积而成——这是超出她十几年认知范畴的一个男人。这个男人很大程度上对于她而言属于父兄辈。她记得他怀着无限的温和和耐心俯身下来拉住她的手，她在梦中感到了从未体验过的安全和温暖，随之而来的是一种巨大的伤感，泪水汨汨而下，似乎要淹没整个世界。纸男细心地用温暖的手为她擦去泪水，恰如其分地安慰她。整个过程中并没有声音存在，她却偏偏很清楚地感应到了他对她的善意。

"你认为，这个男人的形象有多大程度上是来源于你父亲？"

"好像完全不同，"她回答，"我父亲是不高、微胖、有些谢顶的男子，即使是和我们生活在一起的时候，也很少如此温柔体贴。总体来讲，父亲并不是一个善于表达自己感情的男人。"

纸男的出现似乎成了她人生中的一个转折点。

首先是母亲的变化，外人可以说，母亲发了这些年的脾气，总有疲倦的时候。但是她认为，因为那个下午她的选择，母亲至少获得了某种程度上的安慰。此后，母亲仍旧多疑而且好管闲事，但是那些行为中所具有的毁灭性和杀伤性的东西不复存在了。换句话说，母亲不再把她看成一个可能背叛她的可疑分子了——她们终于成了一个阵营中的人。

那天下午的行为多少可以算是她给予母亲的某种承诺，并且，她一直没有背叛这个承诺。而母亲也没有再把父亲的信拿回家来。

过了几年，她考上大学，离开了家——就这样，童年、父亲和那个城市彻底地从她的生活中消失得无影无踪。

"这听上去是个不错的结局嘛。"

"……"

"你说你后来还见到过纸男？"

"是的。"

三

纸男仍旧在她的梦中出现。

纸男，就是那种像纸一样干净单薄的男子，象牙色皮肤下透出静脉的蓝，那是阴影下青瓷的颜色。他干净到了极致，看上去和紧贴脖子的浅贝壳粉色衬衫一样一尘不染。纸男的样子是病态和干净两种氛围的交界和极致，手指纤长，指甲修成无懈可击的半圆形，下巴上透出隐隐的青色胡楂。

你不会相信，这样的男子也生存在我们这个有沙尘暴、交通堵塞和禽流感的城市中。

渐渐地，她也摸出了规律，有纸男出现的梦境必然是她人生中感到有重大缺陷的时候。纸男会恰如其分地安慰她，并且让她感到释然。

我感兴趣地问："他出现的次数多吗？"

"不多，"女子调皮地斜睨我一眼，"每年也就那么三四次。"

我"扑哧"笑出声来。

奇妙的是，随着她的成熟，纸男对于她，渐渐开始从父亲的角色转化成为其他的身份。他的脸庞、样子和高度没有变过，但在梦中，她自己的高度与年龄却有所变化。她发现自己注视纸男的方式从当年一个14岁小女孩的视角变成了现在成年女子的视角，由此可以判断出纸男的身高是一米八〇左右，40岁上下。

她开始逐渐看清楚纸男所穿的衣服，从她14岁那年起，他便一成不变地穿着浅淡得近乎看不出来的贝壳粉色衬衫，领带的颜色和结法即便在如今她这个见多识广的成年女人眼里也无懈可击，保守而又考究的西服三件套是深灰色的……她觉得那衣服自己甚至在伦敦萨维尔街上的 Dege & Skinner 或者其他什么店里看见过。纸男从没说过话，因此她无从判断他的声音是高是低，但是他微笑的时候眼角有细微的皱纹，身边的空气亦轻轻为之震荡……

"听上去，他越来越像是某个特定的人了。"

"是啊。"

"你有没有感到过恐惧？"

"恐惧？为什么要恐惧？"

"因为……一旦真的有这个人存在，你该怎么办呢？"

算了，还是谈谈纸男吧。

"嗯……看到纸男，我固然觉得非常幸福，但是随之而来的总是一种非常浓重的悲凉感。"

女子几乎每次看到他，都会有流泪的冲动，而在现实里，她其实充当的是英雄流血不流泪的角色。

"为什么？"

"大约是我知道他的出现实际上意味着我的人生极不完满，必须放弃某样东西所致吧。"

"你最后一次看到他是什么时候？"

"是我决定结婚的时候。"

女子是在三年前结的婚，对象是另外一个大公司的软件工程师。毫无疑问，他和女子所需求的某些东西完全不是一码事，但是为人体贴善良，性格也好，和他生活在一起十分简单适意。这多半由于他们有属于同一类跨国公司的文化背景，幼年和学生时代的生活环境也非常近似的缘故。他们在很多事情上都极为合拍，比如出游和聚会，比如工作时间表和方式，甚至包括服装和饮食。在此之前他们同居了两年，日子过得非常愉快。

"我当时发现自己怀孕了。"

她的丈夫得知这一消息之后非常高兴，顺势向她求婚。犹豫了几天之后，她答应了婚事，然后把孩子生了下来。

我目瞪口呆地注视着她苗条的腰身，无论如何，她都不像生过孩子的样子——"你有孩子吗？"

"是啊,两岁多了,是个女孩子。"

在答应结婚后的某天,她在梦中见到了纸男。

对方仅仅是注视她片刻,然后便轻轻拥她入怀。纸男的动作温柔美好,如同触动远古的记忆,阴影下青瓷般颜色的肌肤温煦柔软,他下巴上的胡楂在她肩膀上留下了痒痒的感觉。她在梦中亦感觉到那种强大致命的欲望,那种欲望让自己变得如同一片薄纸一样脆弱,轻飘飘,毫无着力处,所有的感官亢奋到了极点,心脏时而抽紧,时而狂跳不已。后来她意识到,这就是所谓俯仰由人的境地。她任由纸男亲吻和爱抚,在关键时刻泪落如雨,不可抑制。

"啊……"我忍不住轻呼一声。

"是啊,一场春梦。"她有点不好意思,半是解嘲地笑起来。

挣扎着醒来时,黑暗中她发觉枕畔一片潮湿。事实也确是如此,到卫生间一看,镜子里的自己眼睛红肿,简直是一副受尽委屈的样子。同居的人当时出差了,因此也没有人拿为什么要哭之类的问题骚扰她。于是她就顺势痛痛快快地大哭了一场,索性不再担心第二天如何见人之类鸡毛蒜皮的小事。

哭罢,她上床继续睡觉,一夜无梦。

第二天起床,她发现自己的眼睛并没有像担心的那样肿起来。有一阵子,她几乎疑心半夜的哭泣也不过是那场春梦中的一段插曲。

之后,女儿出生,她再也没有在梦中见过纸男。

四

她临走的时候顺手带走了放在门口的那一堆纸盒。

"真不好意思,"我说,"让你拿吃的来,还让你把垃圾给拿走了。"

"别客气。"她摆摆手,"是我要多谢你听我说话才是。"

"哪里,我喜欢听,"我回答,"有趣得很。"

在门口,踌躇片刻,我还是问了出来:"不过,你究竟为什么要讲出来给我听呢?"

她闻言微笑:"一种直觉吧。老实说,我第一次见到你的时候,就有想跟你说这件事情的冲动。"

"呵呵……"

"改天还要找你聊天,到时要听你讲讲隋炀帝哟。"

"好。"

嗬,隋炀帝……

我下意识地用手指轻轻敲击茶几,它已经被我擦得锃亮,几乎可以当镜子照了。上面放着两个茶杯。其中一杯几乎喝光了,那是她的,杯沿上留下浅浅的口红印记。

她携带所有空盒离开两个小时了,落日西沉,窗口传来孩子们最后的嬉笑打闹声。我的脑海中忽然浮现出前任男友在黄昏里独自徘徊在某个国家,姑且认为是法国街道上的形象。

隋炀帝杨广生于公元569年,这是发生在他那沉默寡言、态度冷漠的父亲隋文帝杨坚结婚三年以后的事情。他的母亲出身于鲜卑族中权势最大的一支——独孤氏。杨广既然生在北周一个显赫的大臣家庭,你可以说他注定是要享福的——父亲杨坚当时在朝廷里非常得宠，标志之一就是他的一个女儿被选为北周的太子妃。

这种普通的富贵生活在杨广12岁时戛然而止——公元580年，也就是他11岁那年的夏天，无论是出于个人野心也罢，被逼无奈也罢，他父亲杨坚发动了一次宫廷政变，在随后的清洗和战争中，杨坚取得了最后的胜利。在之后的581年，他登基成为隋的开国皇帝。

你可以想象一下这个少年的生活变化多大：12岁前，他只需要致力于自己这个阶级的共同追求就可以，甚至不被要求有多么出色，比如有正规的佛教信仰，学习中文、狩猎和骑战的基础知识……但在经历了580年下半年父亲的篡位后，杨广和四个兄弟的人生被完全改变了。他们从朝廷大臣之子那种舒适平凡的童年一跃而去，过起了宫廷生活。

对于一个对隋炀帝感兴趣的人而言，收集有关他的叙述会遇到很多困难，最大的困难其实来自于历史的成见，或者说他本身被符号化了：这个不幸的男人既然已经在历史上被视为典型的亡国昏君，围绕他的一大堆记载和道听途说因此也总是三句话不离本行——普通人通过自己有限的经历和想象勾勒出不少昏君的"共同点"，比如好色，比如骄奢淫逸、嫉妒贤才和好大喜功。

不幸的是，从表面上看，隋炀帝与"暴君评选手册"上诸多条款都一一对应，比如修建迷楼，比如他统治后期不理朝政，在性生活上花样百出，比如开凿大运河、修建长城、远征高丽等等。在列举这些例子的时候，人们往往不自觉地就掉入概念的陷阱。他们忘记了，开掘运河在北魏孝文帝元宏引洛入谷做漕运时已有。隋朝的大规模土建工程则在他父亲隋文帝筑仁寿宫时就已经开始，据说"死者以万数"。

甚至伐高丽也始自文帝——公元598年之役，动员三十万众，既遇潦雨，又遭疫病，传统作史者称其"死者十八九"。所以杨广的种种作为也还是因循前代的惯例，只是他的心情更为急切，似乎更想在世上永久性地留下自己的印记。虽然到后期他陷入了荒唐的宫廷生活，但是自始至终，他的皇后都没有被冷落过——他们之间的关系远比历史上大多数帝后间的关系要温馨正常得多。

但是没有办法，荒唐走板的叙述永远比史书严谨考证的事实传播得广阔，人们喜欢概念化的叙事方法。这个男人的内心世界因此一直被封存在隋炀帝的名号下。在历史堂皇的叙述中，只有极为细微的言语和蛛丝马迹能够透过书本告诉我们，这个曾经被叫作杨广的男人近五十年的人生中的遭遇和他的心路历程。

如果我们不考虑他作为帝王的所作所为，只是把他作为一个人来对待，那么在这个名号下的男人究竟是什么样子的呢？

电话铃响了。

我顺手接起，那边是类似真空般的某种沉默。

"喂？喂？"

喂了半天，我以为自己的声音顺着电话已经掉入了黑漆漆的无底洞。但是，突然，就像打开水龙头一样，我前任男友的声音从话筒里涌出来，灌得我耳朵嗡嗡响。

"我听得见，听得见……"我不由自主地提高嗓门。

他在电话中的声音要经过一小段奇妙的延迟才能到达我这里，如同他的思维和我的回答之间存在的某种时差或回响，我不胜其烦地把自己的回答重复了很多遍："不，我没有睡觉……是，我听得见……几点？时差？我算不出来。你在哪里？不，我不知道这个城市……"

他在那边用奇妙的延迟语言和沉默对我说，他想念我，或许我们应该重新开始。

我用宛如回声般的声音回答他："好，等你回来再谈。"

电话突然挂断。

我瞠视这个蹲伏在我书桌上的器具良久,它并未再度响起。

我们的故事和背叛无关,我们的故事相比纸男也罢,隋炀帝也罢,更为司空见惯,也就更加乏味和无可救药。

我甚至不具备见到纸男的资格,对我而言,人生中的这些东西太过无足轻重,无足轻重到了无所谓放弃不放弃的地步。想到这里,我有点沮丧。在那一刹那,要是前男友继续打来电话要求复合,我多半会同意和他重新开始的。

我回过头来接着看12岁的杨广,他也没有所谓的拥有和放弃的权利,因为是父亲的选择改变了他的人生——这个12岁的男孩忽然成了王,也变成了围绕权力中心进行阴谋诡计的工具。在高大幽深的宫廷里,官员、宠妃、术士、和尚和庸医们都在为自己的私利钩心斗角……这一切拉开了他之后三十多年人生的序幕。

一个人的一生,在多大程度上是为他人所左右的呢?

杨广的双亲是典型的麦克白似的夫妇,这对夫妻始终为自己的青云直上感到不安和恐惧,很容易猜疑,这种心理也容易被人利用。尤其是后来成为文献皇后的独孤氏,她不但是个清教徒,而且有变态的忌妒心理。她不断干预儿子的生活,他们稍微违背她严格的要求就会遭到责难。隋文帝杨坚也着魔般地担心,某个儿子一旦成人,就将成为一心取代他的集团和朋党的中心人物。这听上去有点像一则令人毛骨悚然的笑话,也是一个恶毒的诅咒——他们成于背叛,也将毁于背叛。事实证明,确实如此:隋炀帝杨广最后死于被他父亲篡位的北周宇文氏之手,身体力行地实践了这个咒语——背叛是杨家毁灭的根源。

就是在这样充斥着猜疑的家庭气氛里，杨广和他的兄弟们慢慢长大。可想而知，他们很快意识到，在正规的佛教信仰、中文、狩猎和骑战的基础知识之外，他们需要首先学会的，大概不是忠诚，而是假装；不是坦白，而是放弃。

放弃带来安全，尤其是主动去放弃某些选择，至少是在表面上掩饰某些欲望，比如野心，比如结党，比如宠信姬妾——这是他们那有强烈的一夫一妻制意识和爱好驾驭他人的母亲所深恶痛绝的事情。杨广别无选择，他只能放弃这些，以便被自己的父母接纳进自己人的阵营——尽管想一想就会发现，滑稽的是，他的最终目的是彻底地拥有这些被放弃的东西。

或者更简单点，他本能地这样做，只是想生存下来。

五

几天以后，我再次遇见她，是在一个露天咖啡座里。

那天下午我一共做了两个错误选择：先是谎称生病逃班，答应和一个失恋的朋友出来喝咖啡；其次就是居然在单位例会结束的时间段里选择在离办公室最近的一个露天咖啡馆里坐着，结果在半个小时里至少遇见了五六个同事——我只好每次都做出一副虚弱不堪的样子来，咳嗽个不停。

我的朋友心情再不好也被逗笑得前仰后合。

她大概是因为刚从一段无望的三角关系中解脱出来，幽默感还没恢复正常，否则不至于被这点小事就逗得如此开心。她的眉宇间有焦虑的痕迹，举动有点神经质，说得太多，喝得也太多，上厕所的次数也不少。我已经被她循环往复的倾诉弄得十分疲倦，唯独当事人还乐此不疲。

没办法，她尚处于恢复期中的倾诉阶段，之后才会慢慢进入尝试社交阶段或者干脆滥交阶段，最后康复——这是我们耳熟能详的恋爱挫折三部曲。作为朋友，我所能做的便是充当黑洞和垃圾桶，一声不吭地把她的眼泪和话语通通吞下去，同时开小差思考隋炀帝。

杨坚和他的妻子，也就是隋文帝夫妇，真是历史上最奇妙的一对。

杨广的父母谁也不相信，只相信彼此。他们夫妇俩一样虔诚，一样吝啬，一样猜忌，亲密无间，同乘御辇，一同听政，一起私下嘀咕，一起算计所有的人包括自己的儿子，也一同老去。

这算是爱情吗？这算是可喜、稳固的爱情还是可悲？这种牢牢把他们绑缚在一起的，究竟是感情，还是因为他们是一类人，什么都想要？

历史上真正证明文献皇后有变态忌妒心理并且有日期可考的事件发生在公元593年，那时杨广24岁。《剑桥隋唐史》说隋文帝杨坚被当时身为宫女同时又是其旧敌尉迟迥的孙女所吸引，屡幸其地。皇后选择文帝下朝的时机秘密把她杀害。文帝发现后大为震怒，"单骑从苑中出，不由径路，入山谷间二十余里。高颎杨素等追及上，扣马苦谏。上太息曰：'吾贵为天子，不得自由。'"。

随后发生了什么呢？作为一个有权势的男人，一个明显坠入中年危机的男人——这一点从他对年轻女人的态度上可以推测出来……他有没有震怒？他有没有惩罚自己嫉妒的妻子，他有没有疯狂地纵欲来报复妻子，他对其他姬妾的态度有无改变？

等着看杨坚发威的所有人都失望了。正如假如你是一个第三者，当你最后选择放弃，退出那个圈子时，暗暗希望对方的夫妻关系无法再恢复到以前一样，你总会失望。生活在继续，他们的关系继续稳如磐石，而你存在过的痕迹从表面上看一丝也无。那个不幸的少女便是如此，君王的雨露之恩瞬间消散于无形，她在历史上如同一个空幻的气泡般消失了。

我相信我朋友的焦虑感泰半来自于此。她在27岁遇见这个男人，她爱他，理所当然地也相信他爱她，并且相信他们"最终会在一起"。他们之间在情浓时有过无数的盟约、无数的浪漫。但是这一切到她30岁这一年的这一天彻底消失了。她近乎神经质地反复问我无数问题，无非是想弄清楚这个要命的症结所在——难道一切就这样结束了？他难道不爱我？他难道还能跟她和好如初？这里的她，指的就是男人的妻子，那个跟她进行了三年拉锯战的女人。

他们会和好如初，至少，他们表面上会像什么也没有发生一样，继续生活下去，这是她不愿意相信的——相信了，便意味着她这一存在的无足轻重，便等于这三年的时光、她的情感和她自身都被他人强行清零，不复存在。

"不过，还能怎么样呢？"我反问。

结果当然是什么也没有发生。

杨坚和妻子言归于好，皇后的嫉妒心理和行事尺度甚至在这个事件后得以加强，发展到了无以复加的程度——每当诸王及朝臣之妾有孕，她总力促文帝将他们罢官或者削爵。而在她去世之后（她死于602年），文帝苦苦思念她，并且对其他妃嫔亲近自己的动机开始怀疑。

你觉得把两个人这样连接在一起的是爱情吗？如果不是爱情，难道是惰性、责任、怕麻烦？难道这些东西有这样强的黏着性？在现实生活中，把两个人紧紧绑在一起的那些纽带，谁又能说得清呢？

这些疑问和气味沁入历史，如同多年前那个阳光明媚的秋日下午，纸烧焦的味道和四周泥土的芳香、阳光的热力混合在了一起，沁入烧信的那个少女的皮肤，久久不能消散。

六

她就在这当口出现在通往茶座的路上，我们的视线相遇，我如同获救般冲她拼命挥手。

她愣了几秒钟，随即也笑了，走过来，拉开一把椅子坐下。

接下来在她与我朋友的寒暄中，我忽然觉得她有了变化。

究竟是什么呢？

总体来说，那种如同男式剪裁的西装般巧妙地包裹在她身上的外壳发生了某种变化，她身上最为引人注目的内敛和平衡感有些错乱，大海依旧蔚蓝，云石依旧雪白，但斯巴达人有忙乱和退却的迹象，城楼上换岗的时间已经由三小时一班变成五小时一班了。

为什么呢？

现实生活中，发现丈夫有外遇的女人总是本能地恨"那个狐狸精"。比如隋文帝的老婆就认为，消灭了诱惑本身，便可以消灭背叛，消灭了诱惑物，便可以阉割欲望。这一举措当然并非此人的独创，之后她儿子隋炀帝、历史上或者现实里所有但凡手里头握有权力的人，实际上都对此条定律笃信不已并且身体力行。

他们这样做是对的，或者说，是有效的吗？

诱惑消失之后，平衡就会产生吗？

显然不是这样，如同人不可能单方面地消灭南极或者北极。

这能够解释某些男人和女人一再出轨的原因，他们都需要平衡，不是在婚姻上就是在事业上，不是在女人身上就是在男人身上，不是在钱上就是在电子游戏上，不是在这个人身上就是在那个人身上……事实上，诱惑物之间的区别和性质都变得不再重要，和哪个人私通、怎样私通也不重要，最后剩下来的其实是他们的欲望，那是永远饥肠辘辘的黑洞，永远填不满。

这也能够解释某些心理的产生：一方面诱惑物被消灭，另一方面自己又不能再次越轨，于是会用同样严酷的规定去限定他人，以求得心理平衡。比如不幸的隋文帝，现在你能够理解他为何要纵容妻子的行为了吧？他不但容忍她刺探诸子的私事，尤其是性方面的习惯，他还和她一起，一步步地寻找理由把他们或贬或杀，或者做出其他安排。杨坚归根结底只是个心理失去平衡的男人。从这个意义上看，无论谁做他还是做他的儿子，在某种程度上简直都是十二万分的倒霉。

显然，不是所有的人都足够幸运，能够拥有一个隐蔽的安慰，永远不被抓获——比如纸男，也不是所有的人都足够幸运，能牢牢地控制住自己的欲望，找到平衡。

她坐在我对面沉默着……在一个当口，仿佛下了很大的决心，她转过脸来对我说："我看到他了。"

"谁？"

"纸男。"

在和我聊完天后的第三天，她去上海出差。

那天，上海下着小雨，她在浦东参加完一个研讨会之后，急匆匆地赶往下一个会议地点。当时是下班高峰期，出租车很少。人们自动排成长队在大厦的出口等车。

在队列中，她一直在翻阅手中的文件，直到快排到她时，她才抬起头来。看看腕表，时间已经不多了，她焦急地伸长脖子看着出租车开来的方向。

就在这时，她看到了纸男。

纸男就站在离她不到10厘米的地方，伸手可及。他是那种像纸一样干净单薄的男子，象牙色皮肤下透出静脉的蓝，那是阴影下青瓷的颜色。他干净到了极致，看上去和紧贴脖子的浅贝壳粉色衬衫一样一尘不染，仿佛压根儿不是这个有沙尘暴、交通堵塞和禽流感的地球上的一员。

纸男的样子是病态和干净的交界和极致，手指纤长，指甲修成无懈可击的半圆形，下巴上透出隐隐的青色胡楂。他的手臂上搭着一件一尘不染的风衣，自己则像衣橱里熨烫得毫无褶皱的衬衫，像最脆弱纤细的神经、柔软纸张构成的锐角、雪亮的刀锋。

纸男的身高是一米八〇左右，40岁上下。他穿着极为浅淡的贝壳粉色的衬衫，领带的颜色和结法即便在如今她作为成年女人的眼里也无懈可击，灰色的西服三件套，她觉得那套衣服自己甚至在伦敦萨维尔街上的 Dege & Skinner 店里看见过。

他对她做了个简单的手势。

"你请先上。"

"什么？"

"你先上车吧。"纸男说，指了指面前停着的出租车。在路边嘈杂的环境里，她未能听清纸男的声音，但是凭借感觉，她知道纸男说的就是这个。

"不用了,"她回答,有点发愣,"应该是你上车啊。"

纸男微笑起来,他微笑的时候眼角有细微的皱纹,身边的空气亦轻轻为之震荡:"我嘛,虽然是去机场,但是时间富裕,可是看上去你很赶时间的样子。"她感觉纸男如此说道。

可是……

出租车调度不耐烦地催促她:"快点啦!"

她如在梦中,呆呆地跨进出租车。

"去哪里,小姐?"一个戴黑边眼镜的司机殷勤地问。

她顺口说出地址。

在出租车加速的一刹那,她下意识地回过头去,纸男正站在路边凝视她。她这才发现,他身边有个黑色的旅行箱。

"你没有回去?"

也许是迟疑和发呆的时间太长了,当女子反应过来要做点什么的时候,车已经开出几百米去了。

她急切地告诉出租车司机:"我忘记了点东西,要回去,无论如何要回去。"

司机为难地回答:"小姐,我们现在是在高架桥上,我没办法停车,即便停了,你也没法走下去啊,太危险了。"

她下意识地看了看周围,时值下班高峰,她被慢慢移动的车流包围了,被牢牢地嵌在车灯雪亮的黑色长龙中。这个城市每每临近黄昏就会突然发生大塞车——每辆车都在按既定路线行驶,既无车祸也无雨雪,在毫无知觉的情况下,大家准会在一个时刻寸步难行,通通堵在路面上。

"这样吧,再往前走,我们下高架桥以后,再往前有个U形转弯口,我在那里给你掉头好不好?"大概是看到了她的表情,司机好心地提议说。

眼见车子即将挪到高架桥出口,女子忽然泄了气。
"我们掉头吗?"司机为了确认,最后一次问她。
世界和她仿佛都越过了某个临界点。
"不,算了。"

"就这样?就这样结束了?"
"就这样,就这样结束了。"
仅此而已。

时值下班,我们身边人来人往。我想,那天下午我一共做了两个错误选择:先是逃避了办公室的例会,谎称生病,答应和一个失恋的朋友出来喝咖啡;其次就是居然蠢到在这个时间段里选择在离办公室最近的露天咖啡馆里坐着。
"该怎么办?"
她摇摇头:"不知道。"

我们都沉默了。

就这样,她遇见了纸男,活生生的纸男。
至于以后该怎么办,没有人知道。

无可无不可的王国

我向诸位保证，无可无不可的王国确实存在于这个世界上。而且，每个人都会在某个时刻跌入其中。

我还能保证，这是不知不觉中发生的事情——没有明确的时间段，没有明显的标志。即便如此，在像缎子一样滑过去的人生中，总有一天，当你睁开双眼，就会发现自己身处无可无不可的王国里。

你或许会问，无可无不可的王国到底是个什么样的地方？

在那里，一切似乎都和这边没有什么太大的不同，风是凉的，太阳是热的，花儿一样美丽芬芳，老板的脸色照样如天气一般阴晴不定，枕边人依旧……但是在那里，你会觉得选择和变化越来越没有必要，或者说，越来越难。

不知不觉中，"凑合""无所谓"这些字眼会逐渐占据我们的大部分世界。说到底，我们会发现自己手头的选项永远是40分和50分，而不是20分和80分之间那么大的区别。从挑选老板到择偶，从决定晚餐吃什么到选择跳上哪一班地铁……要么是没的可选，否则的话，在常规情况下，选A或者选B之间的差异实在小得可以被忽略不计。如果非要选择，那么方便、安全就成了这里衡量事物的唯一法则。

是的，那是选择逐渐消失的地方，是"无所谓"这样的字眼泛滥的时空，是安全第一的国度。

这就是无可无不可的王国。那是我们中的一些人，或者是所有人，无论如何努力，也会势不可当地跌入的地方。

就是这样，仅此而已。

一

33岁生日，适逢一群朋友拉我出去吃饭。一开始，那只不过是一次普通聚会。但是不知怎么回事，饭吃到一半，我顺口说出那天是我的生日。

那是五月的夜晚，空气里浮动着微风、梧桐花香和即将来临的夏日的气息。那是一个对随之而来的季节充满憧憬的日子，有种心知肚明的惬意感，就像和情人约定共度良宵，两人在一起晚餐时特有的愉悦心情——知道后面还有漫长的一整夜，所以可以慢条斯理地消磨时光，度过的每一秒都显得从容不迫，无懈可击。

大伙兴致正浓，一听说是我33岁生日，于是闹着要去买个蛋糕庆祝下。众人七嘴八舌，诸如"嗬，过30岁了，再不庆祝以后就老了"。

"呸呸，你看你说的是什么……"

"那不如以后永远过30岁生日好了。"

"对哦，那今天就是你30岁生日的第三个纪念日。"或者，"好主意，等到了60岁就过两个30岁生日好了"……让人忍俊不禁。

因为都是非常熟的朋友，我也就没有客气或试图阻止，索性乐呵呵地坐在一边看着他们张罗。

二十分钟后，蛋糕来了，是在附近一个小面包店里买的蓝莓口味，蓝得不大正常，有点近似紫色。大伙象征性地在上面插满了非常细的劣质彩色蜡烛，就是蛋糕店通常会在蛋糕之外附送的那种（还有按人头算的纸碟和塑料叉子）。33支那样的蜡烛，把蛋糕插得像片小树林。

在场抽烟的男士们纷纷掏出自己的打火机点燃33根蜡烛，蜡烛燃烧得非常快，其间不断冒烟，流下蜡烛油。我忙不迭地一口气吹灭。有几根蜡烛被吹倒，落在奶油里，冒出黑烟，呛得我直咳嗽。

大家欢呼起来："致辞，致辞……"

我抱着手臂环顾四周片刻，那架势有点像恺撒凯旋，胜利者身穿白袍，有黑色皮肤的奴隶手捧月桂花冠站于身后，被俘的敌国国王身披镣铐和奴隶、狮子、老虎行进在大军之前……暮春的黄昏，空气中充满槐花香气，我心中忽然混杂了几分毫无来由的惆怅。

毫无预兆，一句话涌上舌尖："我总算到达了这里……"

"到了哪里？"几个人问。

"无可无不可的王国。"

周围的人根本没注意到我所提及的地点，大家吵吵嚷嚷地分吃了这个挺可疑的蓝莓蛋糕，然后一起去卡拉OK欢唱半晚。

就这样，我的33岁生日总算是皆大欢喜地过完了。

但是，在事后，我意识到，那是自己第一次提到此地——无可无不可的王国。

在此之前，我并不知道有这么个地方存在。然而，就在那个傍晚，这个字眼从我嘴里蹦出，天经地义，就好像我一直端坐其中。

我不晓得别人的无可无不可王国是什么样子的，在我的无可无不可王国里，有条小河从国王的城堡外流过——就像疯癫的奥菲莉娅跌入的那条小河。在河床上蛰伏不动，透过流动的河水向外看，一切都带上了冰凉的蓝色，水草也好，顺水飘落的胡麻花瓣也好，被丢弃的塑料袋也好，缓缓从鼻尖飘过，白云朵朵，太阳东升西落，完全与己无涉。

这就是我在自己的无可无不可王国里一睁眼便能看到的景象。

"你怎么了？"比我小八岁的表妹有次相当纳罕地问。

我陪她在春季大减价的百货商店逛了两个小时，她差点把自己的信用卡刷爆，可我一样东西也没有买。

"你不喜欢这些东西了吗？"拎着大包小包的表妹问。

"喜欢归喜欢，只是……"

"攒钱买房子？"

"瞧你说的，"我忍俊不禁，"只不过，我好像对这些喜欢的东西没有那么迫切地想要据为己有了，大概是欲望减少了。"

"老了。"她言简意赅地总结道。

有可能是老了。

无论如何，人成熟后最终总夹杂些许厌倦。很多事情不再像以前那样新奇和多姿多彩，而是变成了条理分明的逻辑和利益分析。说句实在的，一旦你多少以为自己摸到了点事物的发展规律时，无论是工作、婚姻还是其他任何一种关系都会变得理性、简单得多，同时也会变得乏味得多。

跌落进无可无不可王国的初期症状是，觉得参与某些事情没有太大意义，下意识地对是否要做一件事情进行经济学层面上的权衡，看值不值得。比如，跟办公室的同事发生关系，是件非常得不偿失的事情；还有，如果领导要求你去担任某个职位，又把那个职位的好处描述得天花乱坠时，你最好当心点⋯⋯

表面上看，我和以前相比，并没有发生什么变化。但是我心里明白，自己正迅速地坠入某种状态。

有的事情，包括恋爱、婚姻甚至工作在内，多少需要些激情，或者，至少要有一方乐此不疲才行——就像在双人舞中总还需要有一个人领舞，另一个才能顺理成章地跟上。一旦想得太多，或者说，一旦进入无可无不可这个状态，人会觉得多少有些厌倦，会慢慢丧失一些动力⋯⋯于是乎，我顺势舒舒服服地蛰伏在了该王国的河床上。

不过，有鉴于大家对某样事物的认知是纯个人化的，所以有可能大家各自对自己"无可无不可王国"冠以的名称不同而已——也许，大家都坐在自己的无可无不可王国中却不自知，或对相互的状况一无所知。

不过，怎样都没关系，随着时间的推移，无论承认与否，我身边的一些人都慢慢开始在某种状态下集合起来了。

二

"哦，那地方啊。"

一个结婚十五年的朋友听了我的解释后喃喃地说，看上去他也对无可无不可王国的地理位置十分熟稔。

那地方当然存在。

他的无可无不可王国就是他的婚姻,他的妻子如同卫兵守护国王城堡中的钻石王冠般守护着他,在城墙上一天巡逻三次。一年365日,只要国王在城堡中居住,带有族徽的彩色王旗就会呼啦呼啦地在城堡上空飘扬。

他在结婚第十一个年头的时候,经历过一次婚外恋。那场恋爱的女主角是我们共同的一个朋友,他们狂热地恋上了彼此。大概是昏了头,又大概是因为男方已经下决心想离开妻子,因此在像我这种双方共同的朋友面前,他毫不避讳地与她亲热。

我还记得我第一次得知他们关系时目瞪口呆,另一个在场的朋友亦如是。他们在电梯里毫无顾忌地搂在一起,手拉手,吻彼此的耳朵、眉毛和眼睛。在我看来,挺可爱——你很少能看到30岁以上的成年人这样亲昵了,他们看上去就像一对十六七岁的中学生。但是在另外那位眼里,简直是莫名其妙和有伤风化。

"他妻子怎么办?"他半响后发问。

"他说要跟她离婚。"

"他疯了,40岁,有一个孩子……他知道离婚的成本有多高吗?"我耸耸肩。

据我所知,这段情感在他与妻子正儿八经地开始讨论离婚后的半年内就结束了。

没有人知道细节究竟是怎样的:也许是她另有新欢;也许是他自动退出;也许是他们同时都对彼此感到意兴阑珊。

其实,他根本没有太多理由能说服自己离婚……在我看来,他过去的家庭其实再正常不过,妻子与他是大学同学,有个可爱的女儿，他们生活中遇到的唯一问题不过就是中年危机而已。

不过，这段关系破裂的真正原因也许比一切外界的猜想都更简单——他根本负担不起离婚。就像那位相对现实的朋友说的，离婚成本很高。他不过是个中等收入水平的公司职员，房子和车都是分期付款，加上孩子的抚养费问题……而他的女友又不是一个对物质生活完全不讲究的人。

他们结束关系不久，女方就嫁人，并且很快移民去了新西兰或者其他什么地广人稀的国家。我后来见到的他比起恋爱时很有些发胖，肚腩长了出来。恋爱时，他是一副正在燃烧的样子，全身的脂肪和精神一起燃烧，表情疲惫，但是目光炯炯……这一切过去后，我遇到的他总是跟家人一起，送孩子去学提琴或者一家三口去公园，他表现出恰如其分的迟钝和稳重，身边的妻子则还跟以前一样，温文有礼，和蔼可亲。

他后来在朋友们面前陆续又带来过一些女伴，不过很明显，那都是些临时伴侣，属于在一起快活几天后自然会渐渐疏远的类型。他的妻子偶尔为了追查他的行踪会把电话打到他的朋友这里（这一招后来被我们戏称为"飞行药检"）。但有时候，她似乎又像懒得过问，任由他以加班为名在外面过夜。在我看来，这些谎话无论如何是骗不倒一个成年人的。

我没有问他什么，事实上，也没什么可问的。他就像香烟点燃后留下的苍白灰烬……在他身上，某种东西来了又去了，剩下当事人本人端坐在无可无不可的王国中环视四周。

我只问过他一次："你快活吗？"

"你指现在？"

"我指你的整体状态……"

"我并没有不快活。"他想了想回答。

"跟她一起呢？"

"我以为跟她在一起会比我一生中的任何时刻都要快活。"

"然后呢？"

"然后，时间长了，我发现其实都差不多。"

"……"

是了，这就是无可无不可王国中的一大特点。大家对所有的询问越来越喜欢回答"差不多""无所谓"……你问他想吃什么，他回答"随便"；出去参加某个活动，你问他好玩吗，他回答"没劲"；你问他有无真正喜欢的人、运动或者娱乐，对方目光呆滞地想一会儿，茫然地回答"都差不多"……

这些食之无味、弃之可惜的回答就是无可无不可王国中通行的口令。你在一个阳光明媚的早晨来到边境念给守卫王国的士兵听，他们就会面无表情地撤下长枪，让你通过，进入其中。

三

那些信开始出现是七月的事情，我记得。

那是我的笔记本电脑坏了的第三天，不得已，我去技术部门要求维修。技术部门的负责人看着我那一片狼藉的电脑，瞠目结舌："这是怎么搞的？"

"溅了点牛奶进去。"我惭愧不已。事实上，猫睡醒后从橱柜上跳将下来，带倒了我放在桌上的玻璃杯子，有多半杯牛奶泼进了我的电脑。

"你怕是在给它喝牛奶吧。"负责人皱眉，"看来要送到厂商维修点那里去大修了。"

"那我现在怎么办？"

"先给你台电脑凑合下。"负责人从旁边的桌子上拿过一台老型号的黑色笔记本电脑。

"跟砖头一样沉。"

他瞪了我一眼："离职的人刚上缴回来的，马上就给你用了，别人还得排队呢。"

我举手做投降状："好好好……"

就这样，我领到了一台老旧的笔记本电脑，搬起来死沉，硬盘运转起来像磨牙一样咔咔地响……笔记本外壳的右下角上贴着几朵很小很小的银色玫瑰花胶贴，也许它的前任主人是个女生。

刚把电脑打开，我就被叫去开会。这个会开得十分漫长，等我回来已经是下午4点钟了。我的窗户临西，阳光斜射过来，电脑已经被晒得发烫，而且进入了休眠状态，我按动几个键，屏幕变亮，我发现邮件系统已经启动，里面显示有一封新的来信。

几乎是条件反射般，我打开邮件。

  整个下午，我坐在电话机前，等你的电话。距离原先约定的时间已经过了一刻钟。一盒香烟被肺烧掉，数一数碟子里的烟头：十八支，还有半只叼在嘴上。午后的阳光从窗户走进来，在书房的地板躺下，表情越来越温驯。还没有你的消息。电话像一头冬眠的野兽，安静地度过体内漫长的冬天。

  我摊开一本书，试图在其中寻找你的踪迹。这本书讨论的是荷马和维吉尔的六音步诗行。我触摸散发着古代味道的文字,和它投下的浓重的阴影。

这和你有什么关系呢?我忽然想到,关于你,我究竟了解多少?

这时候,电话铃响了。我一把抓起话筒。手指有点痉挛,似乎是你的肌肤传递过来的。

能很清楚地听到你的声音。我轻轻唤出你的名字。你听不见,仍叫着我的名字。我们在电话线的两端呼唤着对方,却不被对方所听见。

线路故障。

我们无从表达,倾听也变得似是而非:开启的双唇遇见了关闭的耳朵⋯⋯

这是一封信,但不是寄给我的。我查看了一下邮箱,这封信在一小时前由一个非常陌生的地址发到了这个陌生的邮箱里。

技术部门的人说什么来着?

我回忆,一个离职的人刚刚缴回了机器⋯⋯想必她清除了信箱里所有的信件,却没有修改邮箱的配置。结果,机器一旦启动,自动进入她的信箱收信。这样一来,这些信就落到了我这里。

是个"她"吗?

应该是的。

那个"她",或许是这个笔记本电脑的前任主人,或许,就是"她",在笔记本外壳的右下角贴上了几朵很小很小的玫瑰花,我后来发现,花朵掩盖了笔记本上最明显碍眼的几道划痕——这是只有很细心的女性才会做的事情。

在这个令人困惑的下午,你在哪里?在什么地方?你拨通了我的电话号码,我接到了你打来的电话,但是谁也没有将谁找到。

你是在这个迷宫般电话网络的某一个所在,我也是。

在这个迷宫里,我们曾有一份详尽的地图,但是丢失了。

沿着城市弯曲的街道,我们将用盛夏的许多个下午,摸索自己的影子。

你一定在某个地方。现在的问题是,那是个什么地方?

……

电话铃响起,我吓了一跳。

大概是读得太用心了,我产生了一点幻觉,几乎以为这就是信里说的电话。然而,生活永远没有那么有戏剧性,电话是男友打来的。他不用加班,可以早回家,因此问我能否回去一起吃晚饭,我答应了。

"想吃点什么?"挂上电话前我想起来,问道。

"随便。"

听听,这正是无可无不可王国的口令。

四

我最终没有与男友吃成饭。

就在我准备出门前,被表妹气急败坏的前男友,或者说被"前准表妹夫"拦住了。我半年前最后一次见到此人时,他刚与表妹同居,一副心满意足的样子。后来,我隐约听说他们准备结婚……但是,现在的他形容枯槁,眼神游移,像很久没有好好睡过觉,眼里布满血丝。

我这位前准妹夫的遭遇堪称不幸,表妹正式向他提出分手。当然,如果这仅仅是一个简单的分手,想必他也不会如此气急败坏。问题在于,此人本来有一段婚姻,在遇到表妹之后,他费尽千辛万苦离婚,最终与她生活在了一起。在离婚过程中,他成了朋友圈子里一个关于爱情的活象征,表妹则差点被她母亲乱棒打出家门——两人付出的代价不可谓不大。

然而就是这对象征,生活在一起不到一年,又出了问题。表妹提出分手,并且先搬了出去。他极度惊愕,先是暂停工作,然后继之以极度的心理紧张和焦虑。

在说话过程中,他不断地揉搓能拿到的东西,从一次性湿纸巾、火柴、圆珠笔到牙签(我暗自纳闷,这些玩意儿他到底是从哪里掏出来的,反正我的桌子上空空荡荡)……手边的东西揉搓完毕,他就在我身边不停地踱步,直到我头晕眼花。

"停一会儿好吗?"我哀求他。

他看着我,表情茫然。

我心软了:"继续走吧,下次你带个计步器走,会很有成就感的。"

好不容易,这个晚上他首次微笑,尽管这个笑容只在嘴角露出两毫米就消失在了空气中。

我回家的时候,男友已经抱着小猪靠枕在沙发上睡着了,小猪的脸被揉搓出一副愁眉苦脸的表情。像往常一样,对面的电视开得山响,也不影响他呼呼大睡。

我把他推醒:"去洗澡,然后上床睡。"

他睡眼惺忪，因为被打扰而老大不愿意地嘟囔着起身。我伸手拍松靠枕，小猪的脸随即变得快乐起来……如果我不在的话，此人大概一星期会有四天时间是在沙发上看着电视睡觉。

他把淋浴的水开得哗哗响，随即用口哨吹起一首歌。

"她想要每一天都快乐、刺激和新奇。"象征说。

"她，一个成年人，居然想要每一天都快乐、刺激和新奇……难道她不明白人过日子终归是要平淡乏味的吗？你能相信吗，她直到现在还是个童话受害者。"

"童话受害者？"

"是啊，她是从小听着'从此以后，公主王子过着幸福的生活'这样的童话长大的。这样的故事告诉我们，只要努力就会有回报，只要正直就会成功，公主和王子结婚就会幸福……"

他的意思我很明白：我们都是成年人，成年人的人生有80%以上的时间十分乏味，但是或许正是因为这80%，才让人体会另外20%的新奇和宝贵。正如没有白天就没有黑夜，南极之于北极，晴天之于雨天。成年人知道，这个世界极有可能出现付出没有回报、正直倍受打击、公主王子结合后天天吵架的状况。遇到这种情况，成年人的办法是硬着头皮继续生活，因为他们知道得很清楚，这就是人生的真相——即便你是公主，到手的东西也无非如此而已。

成年人与童话爱好者交往的结果，多半是成年人吃亏。因为事后，童话爱好者往往会拒绝承认现实，继续追求童话，甩手走人，而成年人只好退回被搞乱了的生活。

"但老实说，我倒挺理解她。"

"你？"行将崩溃的象征难以置信。

"谁不希望童话成为现实呢？"

"连你也如此？"

"嗯。"

他一副泄气样。

"他们为什么闹分手？"

男友和我的身上都散发着新买的沐浴液味儿，那是熏衣草的味道，温煦滑润。我们的肌肤在黑暗中紧紧贴在一起，就这样沉默着彼此爱抚了一会儿，十分钟的睡前性爱，像往常一样，不错，正常。

他在沉沉入睡前忽然想起我今天和象征的见面来，没头没脑地问了这一句。

"她嫌跟他过得太乏味，"我回答，"大概。"

"哦。"

当然，真正的原因怕是远没这么简单。回想起来，他当时在离婚中遇到过很大阻力，也试过逃避。表妹曾为此放下自尊，苦苦哀求过他。我不知道他是否明白，让一个人哀求你是非常危险的。那些换得胜利的屈辱会隐藏在记忆里，在适当的时候复活，并以某种形式报复。

这个道理适用于所有人所有事，不光是女人，也不光是离婚。

"你觉得我们过得很乏味吗？"我捅捅男友。

男友睡意蒙眬地问："那你说说，什么叫不乏味？？"

我一时语塞。

男友随即发出轻轻的鼾声。

什么叫不乏味？是每天泡酒吧请客吃饭，还是每天都涨工资？是跟丈夫每天都干柴烈火，还是天天艳遇，每天都像在过节？

不晓得。

我只晓得，在我的无可无不可王国里，男友正抱着小猪靠枕沉睡在我身边，水草也好，上游飘下的胡麻花瓣也好，别人丢弃的塑料袋也好，通通从我们的鼻尖飘过，白云朵朵，太阳东升西落，完全与我们无涉……时间就这样和河水一样流逝而过。

"睡吧，"男友睡意蒙眬，口齿不清地说，"明天还要上班呢。"
"好好好。"

五

照旧是开会，照旧是一个无聊的下午。

等我回到座位前，下午的阳光斜射过来，电脑已经被晒得发烫，而且进入了休眠状态。我按动几个按键，屏幕变亮，我发现邮件系统已经启动，里面显示有一封新的来信。

新的来信。

是那个人的信。

> 我梦见了你。
> 我梦见你在最美的时刻，我们相遇，你说着世上最美的语言。我梦见你我擦肩而过，爱情像鸽子一样降临。我梦见花园里洪亮的喷泉，天边的焰火，走廊上丁香和熏衣草的芳香。我梦见一部正在被写作的书籍。我梦见所有的诗，我梦见仅有的一首诗，它的每一个单词，每一次深情的凝视。我梦见简单和

纯粹的事物。我梦见宁静的港口，装满货物等待起航的船只，一双搁在下午的阴凉里的旧鞋子。我梦见四月的第一场雨，五月的第一只蜜蜂和蝴蝶，六月的星星和甜水井，牧场，橘子树，铃铛和你没完没了的调皮的微笑。我梦见无数个晨昏，你留在镜子里的画像，双手的飞翔，以及你微微摇曳的灵魂的姿势。我梦见更多的呼吸，更多的吹拂。我梦见永恒。我梦见令我们诞生和眩晕的房间。我梦见在我梦见的房间，我第一次也是最后一次抱紧并且拥有了你肉体的影子。

我梦见了你，同时梦见了幸福。

猫头鹰技术负责人正在修理一台台式电脑，看到我，他的表情十分苦恼："电脑又坏啦？"

"不是电脑问题，"我赶紧要他放心，"而是……"

"什么？"

"在我之前，谁用过这台电脑？"

"谁用过？"他抹了下汗津津的额头，手上的灰也被擦到了脸上，厚重的眼镜片下那双圆眼睛瞪得大大的，看上去更加像猫头鹰了，"也是个女生，我这几天忙疯了，没有做登记，她大概不是金融组就是产经组的，你自己去问问看。"

"这两个部门加起来一共有五六十号人呢，你至少给我个范围嘛。"

他瞪我一眼。

"好，好，好，我这就去。"

"对了，那女孩长得像只小白兔。"

猫头鹰技术负责人在我身后含糊不清地说了句……随即又把头埋入机箱里。

"白兔一样的女郎吗?"经济组负责人沉吟半晌,"好像没印象啊。"

"对自己的下属都没印象?"

"我这里现在比苏联解体还乱,"他哭丧着脸,"外边只要一有新报纸创刊,这里就有人走。刚刚走了一批人,我现在整天发愁没人干活儿。"

"好了好了,"我赶紧堵住他的滔滔不绝,"那些编辑总该对自己的记者有印象吧?"

"你自己去问吧。"

在这天和之后的日子里,我最终没能找到关于这台电脑前任主人的任何线索,不管她是谁,是否长得像只白兔……在这样一个庞大混乱的体系里寻找一枚小小的螺丝钉,其结果可想而知。

正如金融组负责人所说,我们这个外表看来井然有序的庞大新闻体系内部混乱不堪。楼道里经常晃荡着脸色苍白、眼睛充血、幽灵一样的夜班编辑,经常有人在奇怪的时间,比如凌晨两三点抱着电话窃窃私语,也有人在毫无先兆的情况下跳起来,大骂某个稿件、某个人或者某件事情简直是狗屁。一想到每天还有成千上万个读者在看这个混乱的组织生产出的内容,有时,身在其中者的自豪和荒诞感油然交替而生。

我的一个同事也要离职,那天,在寻找白兔女郎未遂后,我们的晚间节目是一大群人去单位附近的小馆子里大吃了一顿为他饯行。

这时节已经是夏天了,是啤酒冰凉、毛豆碧绿和槐树花撒落一地的季节。饭桌上,大家七嘴八舌地抱怨起生存环境恶劣,诸如工资太低,工作太累,等等。倒是辞职的主角一直沉默不语,他窝在一个角落里想什么事情,衬衫上印出汗渍,看上去有点疲倦,没有笑容。我跟他不是很熟,他是另外一个组里老资格的记者,文章写得漂亮，办事效率很高，但平常话很少，让人捉摸不透。

"接下来有什么计划？"

"先休息下。"

"然后呢？"

"还没想好。"

"为什么要走？"

他没有回答。

"我离开，好像跟工作环境不好还没太大关系。"酒过三巡，离职的同事忽然喃喃地说——不像在对我解释什么，更像在自言自语。

我转过头去看看大家，饭桌上的抱怨正借着酒意进行到欢畅之时，毕竟都是耍笔杆子的，即便发牢骚也刻薄有趣，充满集体智慧。送别宴俨然已经变成了供大家发泄的声讨大会，声讨上司、体制、环境，声讨一切……此情此景令离职同事和我都不禁莞尔。

他摇摇头，喝了口啤酒。

"那是什么原因？"

他迟疑了几秒钟，似乎在犹豫是否值得对我这样一个不熟的人解释。或许是杯子里嗞嗞作响的金黄色冰镇啤酒让人的神经松动之故，也或许，我们两人都未融入热火朝天的气氛……最终，他回答："我觉得自己正跌入虚无之境。"

"这种虚无到底来自于哪里，我自己还不大清楚。大概和理性与怀疑有关系，无论生活和工作中都是如此。比如，我怀疑我们对采访对象到底了解多少，怀疑我们对真相到底知道多少，我怀疑我们是否能像过去在大学新闻系上学时想象的那样，影响这个社会——"他突然停了下来，不好意思地挠了挠头皮，"我这样想是不是有点太矫情了？"

"我多少有点明白你的意思。"

"真的?"

我颔首:"如果你不深究的话,可能会活得更轻松些。"

他长叹一声。

"没法子啊,对我而言,这玩意儿就像蜗牛的壳一样甩不脱。"

我们没有再讨论过他的虚无感,那天的谈话就此戛然而止。酒足饭饱后,大家纷纷散去。之后,我再也没有见过此人。他背负着虚无感的蜗牛壳,慢吞吞地上了一辆出租车,很快就消失在初夏的夜色里。

我隐约看到他在车后座上向我们挥手,剩下的人零零散散在落满槐树花和充斥着麻辣火锅味道的街道里走了一会儿,便一哄而散。

我隐约开始懂得一点他没有表达出来的意思。无论如何,人生中确实有些因素会导致某一类人虚无感加重,比如,像我前同事那样有怀疑气质的人。这么说有点玄,但是确乎是实情——尤其是我们在做新闻工作,今天发生的一件事情被放在新闻网站顶端,二十分钟后,另外一件事情发生,前一件事情就会降到第二条。一个小时以后,它将被挤出要闻版块。

同理,今天的报纸还是新闻,到了明天就成了废纸。人生就是这样滑稽地不断被更新和取代,恶性循环周而复始。这样看来,对于那些孜孜不倦想留下什么的人,对于想要被人记住、想占据头条的人来说,对于那些有怀疑精神的人来说,他们的某一刻必将被虚无填得满满。

虚无的国度怕是在东边,与无可无不可王国还隔着一座山,山很高,顶上终年覆盖着白雪,山腰上长着不落叶的针叶林。从理论上讲,两个国家间倒应该是有臣民能在春夏两季越过山脉走动走动,但是实际做到的寥寥无几。

要翻过山并不容易,山口处风速惊人,气候变幻莫测,而无可无不可王国和虚无国度的居民又不爱互相串门。到了冬天,大雪一下,在山上,一切都变得冰冷、稀薄、凄清。在那里稍微停留的人,往往一不留神就被大风直接吹到冻僵,埋入茫茫雪原。到了春天,这些埋有不幸者的地方会长出一种特有的植物,叶子是羽毛状的,在荒野中开出纤细羸弱的白色花朵。

还是这儿好啊,无可无不可王国里的老人们在饭后闲聊时常说,那些想去其他地方生活的年轻人怕是昏了头。他们得将国度外空气里的虚无和各种各样的东西在肺里过滤,因此难怪个个有去无回。比起其他地方的人生,成天蛰伏于铺满白色细沙的河床上的世界怕是还更安全些。"还是老老实实待在属于自己的地方为好。"老人们咳嗽着说。

安全,安全,这里本来就是安全第一的世界嘛。

六

"你觉得什么样的人会持续给一个女人写信,同时不管有没有回复呢?"我忽然问男友。

这是一个阳光充足的周末下午,正是你所经历过的美好的初夏中最好的那一天,天空蔚蓝,树荫碧绿,风像绿薄荷一样清凉,让人想起无忧无虑的童年时代。我和他戴着墨镜坐在露天里,脱了鞋把脚架在凳子上,一动不动地晒太阳,看上去很像一对安享晚年的老夫妇。我们一边打瞌睡一边有一搭无一搭地聊天,多半时间都在沉默。

在无可无不可的王国里，河水潺潺，响声微弱，阳光在上面反射出点点金光。

男友喜欢晒太阳，他常对我鼓吹自己从健康杂志看来的内容，说是人晒太阳可以增加维生素或是促进钙质的吸收。他总结说，晒一小时太阳等于多吃一个鸡蛋。不过杂志似乎始终没说明白，南太平洋上的太阳跟本地太阳相比，到底哪个更有营养。

那个下午，我们带着几本书坐到小区里的一个露天咖啡座里待了五个小时，即一口气吃了五个鸡蛋。到黄昏时，我们俩连手指尖都被阳光镀上了淡淡的金色。

"内向、害羞、理想主义的人。"

"你会这样吗？"

"我？"男友笑起来，"当然不会。"

"你会怎样？"

"直接追求嘛，做事情要讲效率。"

"如果对方拒绝呢？"

"那自然偃旗息鼓。"

"如果你非常爱她呢？"

"不论我写多少信——如果她不爱我，她还是不爱我。"

"……"

"反正我是绝对不会这样瞎子摸象、隔山打牛……"男友补充道，"完全没效率嘛。"这里要提一下，他是理工科出身，又在世界顶尖的咨询公司工作，逻辑清晰，凡事都讲究效率。

"很会用成语啊。"

"佩服吧？"

"失敬失敬。"

什么人会写这样的信呢？

一连四周过去了，一共有八封信悄然进入这个信箱。有关于雪花猪的故事，也有生活在郁金香中的金发小精灵的故事，也有男女在城市中偶遇的故事……又像童话，又像诗，又像呓语。

文字确实漂亮，其中包含的意象与幻想如协奏曲中的华彩乐段般震慑人心。当然，说到手法也罢，想象力也罢，比写信者更为新奇、刺激、华美的不乏其人。但是文字那东西，说到底还是必须有某种品质的。我很清楚，那是如同人呼吸一样自然流露出的东西，装是装不出来的。

要知道，人心是何等复杂的物件，不是极为地道的力量，绝对无法准确击中那隐藏在千沟万壑之下的柔软之处。这些信中就存在着某种力量，让人印象深刻，无法忘记。

那是如同春天下午般澄澈的忧伤，一种渴望，是暮春的黄昏，是夏日午后的暴雨，是挂在天空摇摇欲坠的橙黄色月亮，混杂着忧伤、无奈、痛苦和孤独的呓语……最奇妙的是，它们自成一体，十分完整，无须回应。它们像生长在高山上的某种植物，长有羽毛状的叶片，成日在风中摇曳，开出白色羸弱的花朵，自生自灭，最终凋谢，默默融入泥土。

或许正是因为这些信，我才无法想象出收信人是位什么样的女性。尽管这些渴望、忧伤和无奈……这一切都在指向这位女子——或许就是如同猫头鹰技术负责人所说的——白兔般的女郎。但是，她本身的一切，她的喜怒哀乐，她是长发还是短发，她的日常生活和形象却让人无从捉摸。

与其说她是一个活生生的人，不如说更像是某种关于爱情和思慕的符号。至于这个写信的人，我用手中的铅笔轻轻敲打着桌面沉吟着。

"说不好啊……"

"喂，喂。"我的一个同事推了我下。

"哦？"

"你听到没有，好像我们又要换老板了。"

"哦。"

事实上，这些天来，我周围的一切并不平静，我是指工作环境。这个庞大组织管理混乱，竞争又太过残酷，缺乏安全感的人只好拉帮结派，以保证自己的利益。拉帮结派导致人心浮动，不少人由此离开，工作效率和质量随之下降。老板着了急，决定改革，于是就把中层管理人员换来换去，这样一来，人心继续浮动，又会有一轮新的斗争开始。这活脱脱就是一个小社会的缩影，就像蛇吞了自己的尾巴，好个奇妙的恶性循环。

一想到未来，我的脑袋简直像开进一列火车一样轰轰地痛。

"全是些小人。"我的一位同事手撑桌子吼叫道，看那样子他也没指望我回答，我也就乐得装作听不见。此人在本轮政治斗争中吃了亏，因此借酒浇愁。我暗下决心，以后绝对不能跟失意的人一起喝酒，不知道为什么，泡沫散尽的啤酒在昏黄的灯光下显得格外暗淡，也格外难以入口——莫非失意的人身上有什么气味或者磁场能抵消食物和人生的滋味不成？

奇怪的是，某些人，至少是我在工作单位遇到的大多数人，无论失意还是顺风顺水，身上都有某种特别的活力。他们的欲望和渴求，能让啤酒变味，让听者动容，能改变风向，推动季节更替。这一品质无疑推动了世界前行。即便是在我们那个混乱的大楼，置身其中，外来者也能体会到某种正在生长的东西。有时候，那玩意儿甚至像雨后春笋一样，在晚间发出竹节在生长中的"咔咔"声响。

在那里，唯独我，还有某些身上打着虚无或者其他烙印的人，身处其中却总有些置身事外的感觉。

我寻思，想必是自己身上缺少了点什么。

男友对我目前的人生状态有过一次评论，仅仅一次。

我说过，他是个以理性逻辑思考见长的人，非常自爱，因此在日常生活里十分克制，极少对别人的事发表自己的看法。他的日常咨询工作已经证明，想改变他人的想法与做法，或让他人的人生变得更有效率纯属白费力气——这就是那些公司付他高薪试图颠覆的基本事实。以咨询为生的聪明人往往最后会演变成一个奇怪的物种，他们深谙人性，要么走向彻底的隔岸观火，对凡事都无所谓；要么就会抱着不麻烦人的心态独善其身，让外人完全捉摸不透。

在一次晒太阳的过程中，他一口气喝下了四大杯美式咖啡，居然还能在椅子上打起瞌睡来。

大概是太累了，我想。

此人升职后的生活俨然成了我所见过的最有效率的人生：看书，思考跟工作有关的一切问题，包括技术和人际关系，事无巨细，然后打发手下人干活儿；日常吃饭睡觉休息一样不落，绝对不委屈自己，对和工作有关的任何事情一字不提。他除去几份报纸外，一字不读，看电视则只看体育节目，有个很冷僻的爱好是拆装无线电台，像个特务似的加入了一个有关组织，还经常在奇怪的时间段里戴着耳机转频道收听各种信号。一个忙碌的人的一切都会变得简单澄明，日常生活被最大限度地有效分化，不多费一丝力气，仿佛山两边的两个王国：在这边就工作，绝对不睡觉，在那边就睡觉，一点不想工作。

在昏睡到一半的时候，男友忽然醒来，挥手赶走了一只不停地在我们面前飞舞的苍蝇。

他对我说："总体看，人其实只有两种，一种勇敢，一种胆小。大家都有欲望，在攫取的过程中，勇敢的人嘛，多少有些缺心眼儿，想得少，外加皮糙肉厚，受到伤害也能照样不断向前。"

"那么，胆小的人呢？"

"胆小的人比较脆弱，记忆力好，容易受到伤害，也不容易忘记。这种人就只好尽量压抑自己的欲望，减少活动，以便少受伤害。"

"你认为自己属于哪种？"

"我嘛，"男友沉吟了一会儿，"总体看是第一种人，而且——"

"而且什么？"

"而且我在不断训练自己越来越接近第一种人。"

"那我想必是第二种了。"

"嗯。"

"听上去，我们的角色分配就像小时候看过的动画片一样嘛，好猫咪咪和坏老鼠，没头脑和不高兴，缺心眼儿与胆小鬼。"

"哈哈，有道理。"

即便在无可无不可的王国里，"伤害"怕也是个让人头痛的字眼。哪怕你头枕小河河床，眼看蓝天白云也不成。我那小小的王国恐怕终究还是要被这些个砖头石块搅出一片涟漪，铠甲鲜亮的士兵们会誓死保卫国王和领土，妇女儿童尖叫逃命，国王在宫殿中焦灼不安地踱步，边界在微微颤抖……

毕竟，有欲望就会有伤害，有伤害就会有恐惧。

安全第一，这里可是安全第一的国度哦。

对了，那封关于梦和幸福的信最后是怎么结尾的来着？

　　我梦见了你，同时梦见了幸福。

我梦见我梦见了你，梦见了这一切。我意识到，为了不让幸福就此结束，为了不让这一切化成泡影，过去，现在，将来，我都不能醒来，我应该挽留和延续这个梦境，我应该把这个梦永远地做下去。我知道，我需要的只是一把手枪，枪膛里压满子弹的手枪。

于是，我梦见了一把手枪，于是，我瞄准额头，开了一枪。用这把梦见的手枪，我在梦中杀死了自己。

七

"过多的思考对把握现实毫无助益，"朋友说，"还是想得少，善于行动并在实践中积累经验的人会过得比较好。"

事实上，请我吃饭的朋友是正牌哲学系硕士毕业，思考乃是他六年里的唯一任务。六年后，此人想通了，即所有该想的事情都被聪明人想过了，因此自己乐得放下思想包袱，轻装上阵。

哲学家后来做的工作跟思想毫不沾边，等我们认识的时候，他已经成了一个有点钱也有肚腩的小商人。

我招了招手，一位身穿粉色和服笑容可掬的女服务员送上一杯热茶。我随即指指戳戳菜单上的图片："我要蔬菜沙拉一份，茶碗蒸两份，味噌汤两碗，西京烧银鳕鱼，天妇罗炸虾，加一点点炸春蕨，六串烤牛舌和一份烤秋刀鱼……"

哲学家的脸色转成了芥末绿色。

我继续慢条斯理地点菜："三文鱼子寿司两份，三文鱼、北极贝、金枪鱼的刺身里麻烦你搭配一点墨鱼，然后烤鳗鱼一份，日式牛排一份……算了，墨鱼还是不要了。"从眼角里瞥见哲学家松了口气，我赶紧不怀好意地加了一句，"嗯……把墨鱼拿来拌海胆也不错，两份……"

菜很快就上来了，红色、橘色和雪白的生鱼片平铺在翠绿的紫苏叶和白色的萝卜丝上。几片生鱼伴着清酒下肚后，如果我没看错的话，哲学家的脸色缓过来些。

"这次没有被抓到吧？"

"没有，好险，幸亏你反应快。"

哲学家的情况是这样的，已婚，有一个女儿，家庭大体算得上美满幸福，但却执着于婚外性关系，或者说，他对除妻子外的女人充满好奇。仅从这个描述来看，人们或许会认为此人品质败坏，但其实他是非常理性、冷静的人，充满自我批判精神，对一切都不抱无谓、软弱的幻想。

依我看，他对家人呵护备至，有原则，工作认真，对情人慷慨大方，而且嘴巴很严，从不多说一句，绝对是个值得信任的人。

他只是无法停止对其他女人的追逐——我甚至觉得，这是一种强迫症。当合适的女人和机会摆到面前，他似乎觉得，不加利用就是对对方的不恭敬，或者是对社会资源的浪费。说真的，此人的相貌也好，给人的第一印象也好，还真没什么特别之处，绝对不是众人想象中的情圣。比如现在，他穿着淡蓝色T恤和棉布裤，戴着一副几乎把脸遮住一半的黑边大眼镜，表情老实诚恳，甚至有点木讷，很有点像只在动物园整日价懒懒地吃竹子的大熊猫。

但是据说，据那些在生意场上和此人打过交道的人说，哲学家一旦行动起来，手段简单、直白而且有效，就像他有时候一时兴起给人解释某个哲学理论一样。据说……还是据说,他对女人也是如此。哲学家能凭借本能捕捉到对方在某个时刻的心理波动。在这种时候,他会像猫儿捕鸟般条件反射地直扑上去,成功率非常之高。

哲学家在挑选情人方面很有一手,他与这些女人大多相处得非常融洽,即便不再发生关系了也算是朋友,至少不会出现对方哭哭啼啼要去找他老婆拼命的场面——这些已婚男人的噩梦,据我所知,都被此人凭借识人与知人善任的才干给屏蔽掉了。他在风险控制方面好像有些相当有效的规则,比如不找圈内人,不找26岁到30岁左右的女性,不找文学女青年,等等。

他妻子有时会突击检查他的行踪。我见过他太太,总体看是个爽朗大气的女人,举止得体。有时,她会恶作剧般打电话看他是不是和他说的人在一起,让哲学家偶尔也被吓得人仰马翻一下——我总觉得这对夫妻其实是天作之合,都颇有幽默感。

上次,哲学家去会女友,告诉妻子是在和我们几个人吃饭。结果,她给我电话询问此事,还好我反应快,让哲学家不至于马失前蹄。事后,他感激不尽——这就是这顿日本菜的来由。

"到现在为止,你究竟有过多少个女友?"嗞嗞冒着烟的七分熟牛排上来了,那香味让人精神一振。

"40个左右。我打算按岁数找女友,比如,44岁就找44个……"他回答,"算是为我20岁之前的空白补档。"

我笑着摇头,这也算是令人匪夷所思的人生了吧。

"你到底为什么结婚?"我问,"就这种情况看,独身不是更方便吗?"

"老实说,结婚我是顺其自然,现在,我也无非是在顺其自然。"他说,"我不想委屈自己,也尽量不伤害他人。"

"万一产生伤害怎么办？"

"那就坦然承担后果。"

行吧，这倒也算是一种值得称道的诚实的生活态度。

"我说，"酒过三巡，我有了点醉意，"我有个问题早就想问你了。"

哲学家停下筷子看我。

"所有这些人，不都是女人吗？你这样换来换去，只是个体和形式的不同而已……又无法到达某处，比如婚姻。你不觉得时间久了很无趣吗？"

哲学家笑了起来："世界上绝大多数事物不都与你形容的一样吗？"

"那你还乐此不疲？"

哲学家沉吟半晌。"这样吧，"他说，"我给你举个例子，或许更好理解些。"其他人谈到哲学或人生，无不喜欢讲些晦涩难懂的理论，唯独此人，喜欢举活生生的例子——这也是我喜欢与他聊天的一个原因。

另外，此人还有一点让我觉得很是特别，那就是他从不试图为自己的行为找借口、增添光彩或寻求他人的原谅与理解。如果可能，他总是说实话的，至少我认为如此。

我想，哲学家一定曾像希腊人朗读德尔菲神庙的神谕一样，对自己立下过庄严的誓言："诚实地面对自己。"

这一箴言和"女性之友"这一理想在他的心中处于等同的位置，同样牢不可破。如同希腊的温泉关，那个白色云石形成的天然关卡，你可以在那里俯瞰美丽的蓝色大海，带着咸味的海风吹拂着银灰色的橄榄树叶，希腊联军坚信，这里无论来多少波斯人也攻不破。

"这是我去卧龙大熊猫自然保护基地时听到的，关于熊猫的故事。"哲学家喝了口酒,清清嗓子,慢条斯理地说,"熊猫这种动物正在濒临绝种,为什么呢?不光是因为它们的食物链窄,笨手笨脚无法抵抗厉害的天敌,也因为它们繁殖的能力非常差。"

在那个山清水秀的基地里,哲学家和同伴们远远看见一只熊猫在山坡上亮出肚皮悠闲地在草地上滚来滚去晒太阳。翻过这座小山后,他们又走了很久,才在河边发现另外一只。工作人员告诉他们,熊猫并不是群居喜欢热闹的动物,几乎总是三三两两很孤单地住着。熊猫繁殖能力差,恐怕不光是幼崽生下来很难存活的问题,也是因为公熊猫们几乎没有什么性欲,一年发情的次数很少,时间也很短。当然了,工作人员说,母熊猫的性欲相对公熊猫应该要正常些。

"那么?"

"之后,我总想着熊猫的世界。"

"你能想象一下熊猫的世界吗?满山遍野欲求不满的母熊猫,而公熊猫们则独自居住在一个无欲无求的世界里,这是严重的资源不对称。这些熊猫的住址那么分散,如果一只公熊猫在明媚的春天忽然有了点想交配的欲望,等它慢吞吞翻山越岭终于遇到一只母熊猫的时候,估计性欲早就被磨得差不多了。因此对多数公熊猫来说,所谓性欲,无非是一个美好早上的一点不快罢了,打个冷战,就自己解决了。"

我有点迷惑:"你的描述听上去好像很耳熟……"

"多数人的人生也无非就是这样嘛,欲求不满,无聊得很。"

"这和你搞外遇有什么关系?"

"每当想到这个故事,我就觉得,自己说什么也要让那些母熊猫得到满足,所以,我要加油啊。"

八

　　人们忙忙碌碌，为着未来的日子打算，却不知道中午吃掉的食物是否还能够在晚上的餐桌摆出。我们看着盘子里金黄色的玉米和雪白的小麦，大口大口地喝水，吸进新鲜的空气，惊奇于丑恶，或者为一种美丽感叹，此时此刻，却一点也没有想到，这或许是最后一次，接触和认识这个可爱的世界。三年前酿下的酒，不见得在三年后被自己品尝；今天落下去的太阳，不一定在明天照样升起。但我们总是自以为了解一切，对一切都了如指掌，自以为知道雁群迁徙和河流解冻的消息，懂得人心的秘密，看得清那丰富而杂乱无章的编码。我们成日提到"幸福""痛苦"和"爱"这些个字眼，我们把事物变得单调无趣。

　　同事背着虚无的蜗牛壳走后不到半个月，我的工作也有了变化。我升职了。
　　对一个自认为是无可无不可王国臣民的人来说，这种状况不啻为一种嘲讽。要么，我听任一个不甚地道的人管理我；要么我就得挺身而出，承担更多责任。但从此卷入无穷无尽的纷争中去的概率势必会急剧变大。
　　我在升职的那几天前后，成日在露天咖啡座上沉默不语，偶尔叹气。在一边大打瞌睡的男友不禁睁开一只眼睛，莫名其妙起来："看你这样子，不像是被升职，倒像要被解雇一样。"
　　"我这样到底能得到什么呢？"
　　"话不是这么说的，"男友反驳道，"最起码，在成人世界里，你可以什么都做，就是不可以什么都不做。"
　　"你的意思是说，我跳出来折腾人的全部原因就是为了不让别人折腾我?"

男友颔首:"显然,你有点开窍了。"

我十分泄气。

之前,我的上司在办公室里也略带暗示地对我说过:"或者,你也到了要考虑下自己究竟想要什么的时候了。"

我想要什么?我们究竟想要什么?

看着这封信,我略带无奈地问自己。人们想要的一切,最终落到手里都将变味。象征、表妹、坐在婚姻国度中的朋友、正在被卷入的我,还有许许多多的人,所有人的结果都将大抵如是。

也罢也罢,正如哲学家所说,努力让母熊猫们满足性欲,也未尝不是一种积极的人生态度。

"怕是还有一个人跟我的想法类似呢。"哲学家上次在喝到半醉时对我说。

我们最近时不时在一起喝酒。因为哲学家最喜欢的季节——夏天已经来临,这是一个街头女孩子裙裾飞扬、美腿纷呈,令他心神荡漾的季节,而且有冰啤酒可以从早到晚喝个痛快。

他通常会在一个露天卖烧烤的廉价饭馆里占据一个能够看到路过姑娘的座位,这个饭馆在夏天晚上会用老式放映机给顾客放露天电影。那个夏天,在斑驳的银幕下,我与哲学家把喝过的啤酒瓶子从桌子下一字排开,摆成一长溜,同时一起复习了不少二三十年前的经典老片。

"谁?"

"隋炀帝。"

他说起最近偶然在看的一本名叫《隋炀帝艳史》的书,那书是一个平庸的古代话本题材,极尽啰唆铺陈之能事。我忘记说了,哲学家的阅读口味往往很是奇特，在不同时间段里变幻莫测，让人摸不着头脑。这本书里有一段对话引起了他的注意，大意是，炀帝很自豪地说："我已经尽力让后宫没有怨妇了，如果有，不是我的本意，是我能力不足而已。"

哲学家一拍桌子："这是什么精神，简直是国际主义精神！该发给他五一劳动奖章才是。"

"别忘了，干这事儿挺消耗自己的，搞不好还会精尽而亡。"

"那怕是给诺贝尔和平奖才合适。"

"有理。"

这类谈话在我和哲学家之间司空见惯。外人若是听到，铁定会认为我们在开玩笑。但作为当事人，恐怕只有我们自己知道这些对话严肃到了什么程度。

"我们是怎么搞成这样的？"哲学家有一次喝得晕晕乎乎，用手撑头表情怪严肃地问我，此时的他比任何时候都像一只犯困的猫头鹰。

"你本来想对我下手，不过后来错过机会了。"我回答。

我猜他是想问为什么我们最终没有上床。不过有鉴于他学的是哲学，也可能他问我的是更终极的问题。

哲学家在认识我之初确实动过要将我归入其女友行列的念头。我说过，他就是这样一种人，仿佛对放在面前的女性无动于衷就是对她们的不恭敬。出于恭敬，刚认识不久，他有次送我回家时在楼下就势搂住了我。

因为我们之前讨论哲学和各种正儿八经的问题太多了，当他突如其来地吻我的嘴唇时，我脑子里下意识出现了母熊猫在草地上打滚的场景，忍不住笑了场。

哲学家默默忍耐了一会儿,他的手臂有力,嘴唇温暖柔软,固执地按在我的嘴唇上。即便有如此顽强的服务精神,此人也被我笑颊了,最终忍俊不禁,只好松了手。等我们两人笑罢,恢复正常,某种男女之间的魔力消失了,就好像在夏天的夜晚错过了最后一班地铁。

"这不是挺好的吗?"我说,"你反正也不缺我一个。"

"也是,"他爽快地说,"与女人不用干那事儿就能如此畅谈也未尝不是人生快事。"

我悠然回嘴:"你以为你跟男人就能如此畅谈?"

于是,我们就成了"不干那事儿也能畅谈的朋友"——我们定期见面,见面必喝酒,借着酒劲儿,他说他的艳史和哲学命题,我讲我的人生和各种烦心事。

谈呀谈呀谈呀,我们就这样在啤酒和谈话中送走了一个个春夏秋冬……有时候,我觉得,假如世界上有种机器可以用人的谈话和对世界万物的逻辑分析作为燃料"突突"地向前跑,我们俩铁定能造出永动机来了。

我想飞翔,却止不住地下落,你想要珍惜,但为时已晚。他独自流泪,她正在欢笑,陶醉于肉体的舞蹈。一个人打开窗子,一个人度过一个颓废的夜晚。某个人在寻找一件心爱的东西,某个人从未拥有,当然也谈不上失去。他们站在十字路口,等红灯变绿灯,然后急匆匆穿过马路。他们往电话的投币口塞进一个又一个硬币,把电话打给同样无聊和孤独的陌生人,一言不发地同对方分享无聊和孤独。他们醒着的时候笑,梦着的时候哭,半梦半醒的时候一脸沮丧。他们考虑是否有必要信仰某种东西,是否有必要回一趟故乡,去找一找年轻时留在山坡上的一篮子浆果。他们给马刷洗一番之后，丢给它一捆多汁的草。他们在草原上搭起宿营的帐篷，然后拿出纸笔，一边啃干粮，一边记录天空中星星的数量。听见一声鸟叫的同时，一个孩子从母亲的子宫分娩。翻阅记忆的照相簿时，心口猛然疼痛……

不知道从什么时候开始，对于我来说，阅读这些信件成了生活中不可缺少的一部分。我开始期待，并且依赖它们。收到信，我就神清气爽，脚步轻快；到时间收不到信，就烦躁不安；我会在闲暇时反复翻看它们。

待自己惊觉，我已经陷入一种奇怪的错位感中。

显然，该接到这些信的人不是我，而是某个存在于远方的女子，她才是此人的倾吐对象，是他渴望的源泉。我不是她。但我发现自己内心有了一种隐隐的渴望，渴望将这些信据为己有。我有种幻觉：它们不是寄给某人的，不是写给那个在笔记本电脑外壳上贴上几朵玫瑰花的女孩子的，不是写给那个白兔一样的女郎的，倒像是写给我的——毕竟是我一直在阅读它们。

就这样，我对一个远方的陌生人产生了一点小小的渴望，但实际上，我不知道他是谁、在哪里、过着什么样的生活……整件事情荒诞至极，犹如两面镜子对放，让从中窥看的人头晕目眩，永远找不到开始或结束的地方。

即便在无可无不可的王国里，"渴望"怕也是个让人头痛的字眼。哪怕你头枕在小河的河床上，眼前能看到蓝天白云也不成。王国恐怕终究还是要被这个字眼搅出一片涟漪，鱼儿四散奔逃，铠甲鲜亮的士兵们誓死保卫国王和国家那片领土，妇女儿童尖叫逃命，国王在宫殿中焦灼不安地踱步，边界在微微颤抖……

有时候，这种渴望，让我忽然想到，自己的人生怕是存在某种缺失的，而且始终存在着，不曾被填满——否则，现在这种渴望从何而来呢？

"缺少什么？"我的一个朋友问。

"不知道，大概是我自身或者我的人生中缺少某种东西。"我回答，"或者我刻意回避了什么。"

她皱起眉毛打量我半晌，摇了摇头——大约不好想象我身上少了什么物件。

"你想要人给你写情书？"

"不是。"

"你想换男朋友？"

"也不是。"

"那么是要去找到他？"

"当然不是。"

"老天，你到底要干吗？"

你看，我跟谁都说不明白。关于缺失，关于渴望，我决定对其他人从此只字不提。我十分清楚，此类看法在他人眼里，往往不是显得神经兮兮，就容易让人误会我对现在的人生有什么不满。

九

我约表妹在旧城中一家相当隐秘的餐馆中碰头吃晚饭。

我喜欢这里,这里的菜谱近十年一成不变,有几样家常菜烧得极为地道,从不失常。该餐馆坐落于一位清朝大臣或者皇族宅第的花园里,虽然被后人修缮得有点走样,但大体还能看出昔日王族园林的遗迹,花草错落,景色优美。花园的绝大部分被一个事业单位占据着。大概是因为坐落于旧城七扭八歪的胡同里之故,该餐馆除去该事业单位下班或者吃饭的钟点,平时鲜人有至。

有时候,偌大一个庭院在整个下午空无一人,服务员们带着容忍和恍惚的眼神散落在四处嗑瓜子聊天,放任我沏壶茶搬把椅子在院子的紫藤架下打瞌睡。这个花园中有一树生长了上百年的古老紫藤,在五一节前后开花时,如同紫色氤氲的云雾,能覆盖一小半的庭院。方圆十里的蜜蜂蝴蝶兴高采烈地在此地穿梭往来,它们发出的嗡嗡声夹杂着花香,往往熏得人昏昏欲睡。

奇怪的是,在这样适合在室外流连的钟点、地方和季节,这里永远几乎只有我一个人。其他人都到哪里去了,莫非都挤在城里那些人满为患的时髦饭馆和酒吧里了不成?从我第一次到这里来开始算起,该餐馆已经坚持近十年毫无改变,当初招待我的服务员都无一例外地升职成了领班。我对这种倔头倔脑的固执性格很是喜欢。

表妹过去不大喜欢这种地方,我曾经请她在这里吃饭庆祝她大学毕业。记得当时菜过几轮后,我问她感觉如何,她撇了下嘴,说,怕还是韩国烤肉好吃些吧。

得,这就是代沟。

菜上过几轮,表妹发话了:"也许是年纪的缘故,我现在开始慢慢喜欢这里了。"

我颔首。

"有几个菜烧得真是很地道,又一直不变,"她说,"当我特别想吃这些的时候,来这里准没错,况且又安静,环境也好。说白了,一开始人们下馆子是图新鲜。到后来就发现，我们经常想吃的也无非是这几样而已。"

听着好像在讲人生哲理。

埋头吃了一阵子，表妹半带戏谑地看了我一眼："他有没有叫你来说服我？"

我摇头。

"那么，是我妈叫你来跟我谈谈？"

我大摇其头："非也非也，我哪儿还有什么精力干涉他人的人生，自己的事情还顾不过来呢。"

"倒也是。"

"说来也真是奇怪。"表妹注视着月亮慢慢溜出云层，对我叹了口气，"我们在一起的时候，我妈不肯，差点跟我断绝关系，可现在，我们要分手，她还是不肯，又差点和我断绝关系。"

我大笑。

她这个晚上第100次叹气："老妈们到底在想什么，真是搞不懂。"

"她担心你会不幸福。"

"难道我还会努力让自己不幸福不成？"

"你跟他之间到底是怎么回事？"

表妹沉默了一会儿："感觉不对了。"

"就这么简单？"

"这还简单？"

"谈恋爱的时候，我认为他是世界上最适合我、最爱我的人，同理，我当然会认为自己之于他也是如此。也正因为这样，我们才离开彼此的伴侣,走到一起来。你知道,那时候我也是有男友的嘛,因此,我也是为两人在一起做出了努力的,不含糊哟。"

我点点头,那时表妹好像是有一个处了很长一段时间的男友,大约是高中同学还是怎么的。说实在的,我最不赞成的就是两个大学或中学同学在毕业后立刻结婚——这像什么样子呢?人生中尚未见识的东西还有千千万万,这样快就把自己束缚在一个人身上,事后两人一准会为此后悔。这种建筑在无知上的盟誓在我看来是极其脆弱的。只有极少数幸运儿一开始就能找对人,有时候,即使找对了,因为年轻和见识尚少,在后面的相处中也不懂得珍惜。

家庭这东西,说到底必须是建筑在两个人的理解、默契和疲倦上的,否则日后一定彼此生怨。如果二人真的合适,分手后觉察出这一点再复合也不迟,这一向是我的观点。

不过,错过了就是错过了,那是自己的选择,抱怨不得。因此,我当时在表妹这件事情上表现得最为豁达,她也最感激。

"但是和他在一起以后,我觉得这种唯一的感觉逐渐不复存在了⋯⋯"

表妹发现,对方陷入日常生活之后的表现与之前激情荡漾的形象大相径庭,令人失望。渐渐地,她开始挑剔他的诸多毛病:不拘小节,爱迟到,喜欢不打招呼就把朋友带回家喝酒,懒得做家务,讲话不准确,做事情只凭心血来潮⋯⋯甚至,没多大上进心。

这些问题其实说不上有多严重,放到别人身上,甚至前男友身上,她都可以容忍,唯独对他,她会无端烦躁、焦虑⋯⋯一想到辛辛苦苦排除万难,就是要跟这个人结婚,就要把自己的下半辈子耗在这样一个人身上,她就无法接受。

"想必你会觉得我这个人不切实际、幼稚和不负责任吧?"

我摇头:"相反,我多少能理解你的感受。"

"真的？"

"嗯，因为，从一开始，你期望从他这里得到的就不是这些。"

"听上去你还真的是明白啊。"表妹说。
"大概是吧，多多少少。你想想，我比你大了八岁呢。"
"可能是因为你也——"
她猝然住口。沉默突如其来淹没了我们，月亮已经爬上树梢，纯正的圆形，橙黄色，摇摇欲坠。
"对不起……"
"没事。"我叹口气。

  生活不是盛宴，可以持续不散，也不是银行户头，等待我们存入或者支取。它不允诺。我们偶然踏了进来，从什么地方进来，也要从另一个什么地方出去。每一个人都有这样一个入口和出口，至于它在哪儿，这可是没准儿的事情，不论是生还是死，我们都无从选择，就像我们无从选择头发和眼睛的颜色。这里面不存在自由。我们不知道，下一步我们要迈出的是左脚还是右脚，早晨出门碰见的是一次爱情还是一次车祸，睡梦里出现的是一个黄种女人还是一头孟加拉虎……说不定什么时候，一扇门在我们面前打开，我们走进去，走进一片永恒的虚无之地。在我们身后，门砰然关上，我们被关在门外，在死亡之中。

不知道为什么，我告诉了表妹有关这些信的事情。

十

升职后的一个月,男友突如其来地向我求婚。

那是一个阳光充足的周末下午,天空澄澈,风像绿薄荷一样清凉。我和他戴着墨镜坐在树荫下,脱了鞋把脚架在凳子上,无所事事地消磨时光。我们一边打瞌睡一边有一搭无一搭地聊天,多半时间都在沉默。

在无可无不可的王国里,河水潺潺,响声微弱,阳光在上面反射出点点金光。

男友问我工作是否顺利,我回答说还可以。

事实上,进展顺利,工作量增加了,人际关系复杂了些,但我应付自如,还没出现令人不快的场面。

他半开玩笑地说:"想不到你还挺能干。"

我耸耸肩,所谓能力,甚至包括一定程度上的精明,我并非没有,只是过去懒或者没机会使用而已。事实上,对于无可无不可王国的居民来说,梦想、精力和欲望都是有的,但是能否付诸行动则是另外一回事情。

无可无不可王国和其他国家接壤处都有大山,山口处风速惊人,气候变幻莫测,在那里稍微停留的人,往往一不留神就被大风直接吹到冻僵,埋入大雪。到了春天,这些埋有不幸者的地方会长出一种特有的植物,开出纤细羸弱的白色花朵。

那些冒险翻过山的人怎样了,我不知道。单就我自己而言,在现实的世界里遇到障碍倒还罢了,那是意料之中的事情。一旦一帆风顺,游刃有余,高兴固然高兴,闲下来总隐隐有些不痛快的感觉,感觉自己的某种东西被外部世界生吞活剥了,觉得自己不再成为自己，或者总担心以后会发生什么不好的事情。说到底，我们生活在一个被虚无和大山围绕的国度里，还是老人们说得对，鲁莽的年轻人个个有去无回，比起其他地方的人生，成天蛰伏于铺满白色细沙的河床上的世界怕是还更安全些。

因此，安全第一，有道理啊。

"跟我结婚好吗？"

"什么？"我瞪着男友。

在喝下了第五杯气泡水后，他平淡地对我说。顺便说一句，此人已经戒掉咖啡，因为通过多方论证，他下结论说咖啡对他这种体质的人弊大于利，不如喝弱碱性的气泡水。我说了，男友是一个狂热的健康生活方式捍卫者，经常翻阅各种书籍、查看各种资料（他甚至订过《柳叶刀》杂志）寻找适合自己的养生之道。此人像疯狂的股民关心股票涨跌一样，随时留意自己各种身体变化的指数和征象——我偶尔会发现他满怀狐疑地在镜子前观察自己的舌苔。

"跟我结婚。"男友说。

他就好像在告诉我晒一小时太阳等于吃了一个鸡蛋、明天天气晴朗、今晚回家要看一场足球一样简单，连声调都没变，表情如常。

"我说……你怎么想起说这个？"我沉默良久，终于开口问道。

当然，其间我并没闲着，不停地思索他向我提出结婚的原委和为何此人能如此泰然自若……然而没有答案，想必，连旁边的他都能听到我的脑子像老电脑笔记本硬盘一样发出咔咔转的声响，但还是没有答案。

我头脑中一片混乱。

"我觉得时候已到，我们已经相处两年了嘛。"男友微笑着说，"我很喜欢你，你也喜欢我。"

另外,他告诉我说,房子也看好了,手里光他自己的钱付首付就没问题,接下来两个人在一起舒舒服服过日子即可。将来的生活想必也是一帆风顺,他有一个好工作,正在职业上升期,父母已经在国外。我的父母就住在离我们很近的城市里,我们两个人都健康,精力充沛,早点还完贷款不成问题。

"然后再要个孩子,现在看上的房子足够大,不但可以养小孩,连你父母也能一并接来。"

"你答应吗?"男友问我,"还是希望我拿着钻石戒指来跪地求婚?"

"跪地倒不必……不过有大个儿的钻石戒指会很开心就是了。"

他笑起来,眼角的鱼尾纹在阳光下温馨地跳动:"下次一定补上。"

"我要想想。"

"那当然,想多久都可以的。"他宽容地说,说罢戴上墨镜,重新把手放回胸口,又开始打盹。

我们之间有关结婚的谈话就此结束。

"你答应他了没有?"表妹兴奋地问我。

"还没有。"

"为什么?你们很合适啊。"

我回答不出来。

"该不是有了像我与那人分手的感觉吧?"

"绝对不是的。"

我可以肯定地告诉她,困扰我的问题和袭击她的焦虑无关,也跟大多数曾被父母和各色人等灌输给我们的教训无关。

我们从小就被家长教育:纸张的边缘会像刀锋一样锐利把手指

头划破；不要去惹蜜蜂；喝酒要适可而止；看到自行车冲过来最好站住不动，看到狗过来要反其道而行之；感情会随着时间的流逝而变味；要尽量买房子住而不要租房子；不要把任何人轻易带到家里去；不要相信往自己手臂上烫烟头表达爱意的男人；也不要相信那些抱怨前任女友或者现任老婆的男人；再比如，信任、尊重和依赖可能转化为某种类似爱的东西，但是爱不一定转化成信任、尊重和依赖……

事实上，如果依据那本父母和常人凭经验开具的种种婚姻人生指南看，答应男友的求婚是极为顺理成章之事。

不，不，隐约困扰我的东西，并不是秋天大山里熊瞎子一样张牙舞爪的猛兽，不会撕碎人，也不会把人吞下肚。那是一种奇怪的茫然，总体来说，是我想不出来跟对方结婚有什么不对，也想不出来有什么特别迫切的理由一定要跟对方结婚。

那不是如同春天下午般澄澈的忧伤，一种渴望，也不是初夏的黄昏，更加不是挂在天空摇摇欲坠的橙黄色月亮，混杂着绝望、无奈、痛苦和喜悦的呓语……那就是一片茫然，在茫然的旷野上，有不知名的植物一到秋天便开出苍白羸弱的花朵，在风中摇曳。

在无可无不可的王国中，选择看上去很简单，但实际上非常困难。我们会发现自己手头的选项永远是40分和45分，而不是20分和80分之间的区别，从工作到婚姻，从挑选冰激凌到挑选配偶，莫不如是。

十一

"互相尊重,性格互补,彼此没有更加深入了解对方的欲望,都懂得适可而止,又都年轻健康……听上去像是很美满的婚姻嘛。"哲学家对我说,"我如果是你,可能就答应了。当然了,我不是你。"

"是啊,"我把啤酒杯重重放于桌面,闷闷地回答,"你并不是我,就好像我不是大熊猫,你不是隋炀帝。"

突如其来地,我告诉了他关于信的事情。

"有这么个人,"我说,"他一直在给我电脑上的一个信箱写信。"

哲学家来了兴致:"写的是什么呢?情书?"

"不像,"我回答,"按理情书应该是一来一回,像打乒乓球那样,而这位,定期写信给那个女人(天知道她是谁),似乎完全不需要回复。我只能认为,他更像在写给自己。"

"而你对他有兴趣?"

"谈不上对他这个人本身有多大兴趣……"我回答,"或许他有三条腿、两条尾巴。只是,你没看到过那些信,它们是那么美好、纯粹……凭经验,你跟我都知道,这种情感也好,精神也好,在这个世界上是多么难以保持和存在……这让我对这个人究竟处于一种什么样的状态十分好奇。"

"小心哟,"哲学家举起一只手指吓唬我,"好奇可是相当危险的一种情绪。"

我其实还有些事情没有告诉哲学家——不知道为什么,在关于写信人的问题上,对任何人我总是吞吞吐吐,说一半留一半,连自己都不知道自己到底在想些什么。我没有告诉他,自从上次在吃饭时一时冲动把这事儿告诉表妹后,她对写信的人也很是感兴趣。她半强迫地从我这里要去了他所有的信,通读了一遍后,经常热心地跟我讨论此人。

"他是失恋了吗?你觉得,此人是做什么工作的呢?"表妹说,"或者他是个小城市里失意的有妇之夫……再或者,这个他,根本就是个女人……"

我耸耸肩:"是啊,什么都有可能。"

我不反感表妹对此人的好奇,在内心深处,我确实想跟什么人讨论他,对于他的想象已经深植于心,让我逐渐陷入猜测的泥淖。

但是,我很快意识到,表妹的做法显然一开始就跟我自己有着鲜明的区别——她是一个热情、正常、容易冲动的女孩子,而且正在感情空窗期,一旦心情有所平复,随即对周围的事情又充满了好奇(顺便说一下,她和男友彻底分手后,决定先搬回父母家住)。她的所作所为,毫无疑问更合理,或者如我男友常说的那样,更有效率,更符合这个高度发达的现代社会的节奏。

比如,她迅速地利用自己的朋友关系通过网络技术查证这个人的所处位置,甚至想找提供这个邮箱服务的电信运营商去查证资料(上帝保佑,幸亏她没找到能这么做的熟人),大有不把他挖出来不罢休的劲头。有时候,这孩子未免太过热心和有效率,让我多少觉得有点焦头烂额和烦躁。偶尔,我甚至开始反省,自己把这件事情告诉她是否明智。

不过,不能不承认,有了她的举动加以对比,我才多少明白,之前我的一切猜测与渴望,都不能被称为真正意义上的甚至是普通程度的好奇。我意识到,如果我真想找到他,或者说,真的试图了解这个在现实中存在的人,以我的职业便利,估计100个这样的人也被我找到了。

然而，我一直只是停留在好奇和臆想的层面而已。

为什么？
也可能只是因为，我根本不想找他。

这种奇特的搜寻，最终在夏天即将过去时遇到了转折点。
这是我们有史以来经历过的最美丽的一个夏天，阳光热辣金黄，蓝天白云，雨水丰沛。这个夏季乖巧伶俐，每次热不到两天，便有一场贴心的雷阵雨让整个城市变得透心凉。各种植物在雨水中疯长，瓜果蔬菜都硕大无朋，甜美多汁。据说，这一年出生的婴儿都脸蛋红润，眼睛明亮，因为他们在出生后的第一个夏季，就被无数甜美的浆果，比如草莓、覆盆子、桑葚和各种美味的蔬菜汁所浸透……不光孩子们，连大人也在吃个不停。

草莓下市，石榴上市，随即，金黄色多汁的鸭梨和挂着白霜的葡萄蜂拥而来，很快，秋季也将随之来临。

表妹在电话里对我说，家里买了好多葡萄："是你顶喜欢的玫瑰味的，快来吃好了。"

这一年的葡萄不知道为什么特别甜，带着馥郁的玫瑰幽香，像成色最好的紫色宝石，仿佛整个夏天太阳的灼热都被禁锢在这些透明的果实里。我和表妹围着果盘，坐在她新租来的一室一厅的露台上陶醉地大吃特吃，香甜的汁水把我们的双手和新铺上的白色麻质桌布都晕染出了淡淡的紫色。

"你又搬出来干吗？"我问她，"和父母在一起，不是很舒服吗？"
"还是自己一个人自由自在，快活。"
"再搬出来，父母没说什么？"

"他们说现在只求我平安快活。"

看起来,前面她那一通折腾不能说是没好处的。

"我说,你结婚的事情究竟怎样了?"

我耸耸肩。

"还没决定?"

"基本算是决定了,只是……"

"只是什么?"

"只是还没想到该怎么跟他说,或者说,没有强烈的想跟他说的欲望。因此,等他问起我我再回答也不迟。"

"都是些怪人。"表妹嘟囔着。

我笑笑。

"嗯,对了,"表妹说,"那个人,我有把握能找到他。"

"哪个人?"

"就是那个人嘛。"

沉默和霜冻、冬天、寒潮一起降临,紫色的葡萄珠随即从两人的膝盖上滚落一地,我弯腰小心地一一将其拾起。

十二

"你发现没有,"哲学家问我,"最近,你找我出来得特别勤。"

我点点头。

"因为心情苦闷?"

我摇头:"在无可无不可王国里,哪有什么苦闷。"

"也是,在熊猫的王国里也没有。"

"听上去值得为了这个干一杯。"

"干杯。"

"自从上次之后,"哲学家说,"我说的是那次之后,你好像变了很多。"

"是吗,"我感兴趣地看着他,"有什么变化?"

"说不上来啊,"哲学家说,"但是这种变化又确实是存在的。当然,你的样子没有发生什么变化,笑容、习惯、眼神、手指的动作……但总体来说,比起几年前,似乎有什么东西已经彻底从你身上消失了。"

我微笑:"我认为这是老了。"

"或许吧,"哲学家擦了擦前额,那个部位早已被他摸得闪闪发亮。

我们就此不再言语。

那天,我们在露天的饭馆里坐到很晚,天空中没有月亮的踪影,风中已经掺杂进了些微妙的凉意。不管我们愿意与否,夏天已然过去,秋日即将来临。哲学家每到此时总对他心爱的季节依依不舍,就像黄昏时分街道上那些不愿意被大人叫回家吃饭的顽童。从现在开始,他会一直固执地坚持在室外吃饭,直至天气冷到大街上所有夏天露天使用的白色塑料桌椅都被搁置起来,在北风中蒙上厚厚的灰尘。

"你是不是还有事情想跟我说?或者,瞒着我没说?"他忽然问我。

"不愧是多年老友,直觉无可挑剔。"我点点头,递给他一张折叠成豆腐块的纸张。

"这是什么?"他皱着眉狐疑地看着豆腐块说。

"是那个写信的人的电话,准确地说,是他注册信箱时留下的姓名和联系方式。"

"你表妹找到的?"

"嗯,大概是通过她在网站的一些朋友。"

"这孩子效率还蛮高的,我的雇员要是这么热心工作倒好了。"

"我找到了那个人的联络方式。"表妹说。

霜降来临,紫色的葡萄珠随即从我的膝盖上滚落一地。

"你跟她怎么说?"

"我告诉她以后不要再跟我提起此人,关于此人的猜想将永远到此为止,一切和他有关的事情将像听话的小狗一样随她处置。"

"你这话听起来简直有点诗的味道了。"

"被你一提醒,确实有点……"

"想必她很是不理解吧?"

"有点生气,不过时间不长,她一向认为我是怪人。"

表妹半赌气地把写有此人姓名和电话的纸片扔给我,纸片叠得像个小豆腐块,大概在她的提包里放了很久,边缘已经被磨毛了。我把这个纸块捏在手里几分钟,随后,它就像听话的小狗一样蜷缩到了我的口袋里。

事实证明,表妹确实没有真生我的气,半小时后,她把我们实在吃不下的葡萄硬塞到我的包里,而且约我周末跟她一起去看一个展览。

我注视她片刻,她是那样的年轻,好像整个夏天的金色都被禁锢在她粉红色的面颊上,她正值容易痛苦、容易爱上,也容易反悔和忘记的年纪,我不知道自己是该羡慕还是该同情她。

三个小时后,写有这个人秘密的纸片如同小狗般乖觉地趴在了哲学家的膝盖上,哲学家审视着它,同时也看看我:"你真的没看?"

"嗯。"

"也不打算看?"

"嗯。"

哲学家的表情称不上赞叹,但显然也不是批评性质的。

他和我都明白,或者说,只有那些曾经有过被激情吞噬的不幸经验的人明白,这是一个该考虑是否止步的时刻了。此时止步,虽然需要付出一些努力,却还算安全。

他摇头叹息说:"我真不知道是该钦佩你好,还是怜悯你好。"

我耸耸肩。

"那,我可以看看这张纸吗?"

我犹豫了一下。

"可以的。"

哲学家看过那张纸后,询问地看了我一眼,我微微点头,他随即把纸揉成一团,扔进了身边堆积如山的毛豆和花生壳里。

我们随即各自沉默着又灌下一杯啤酒,月亮不知道什么时候已升至半空,是奇妙的橙色,在两幢楼之间颤颤巍巍地露出圆圆的脸儿来,我忽然意识到,怕快要到中秋节了。

酒精奇妙地释放了我们的一部分控制力,哲学家突然自顾自咯咯笑起来。

"笑什么?"

"他住的地方……"他独自在黑暗中又笑了一会儿,"不可思议,他居然跟我不幸的老朋友住在一个城市里。"

"谁?"

"隋炀帝,真是太奇妙了。"

"住在西安、洛阳,还是扬州?"

"扬州,当然是扬州。"

我们所坐的餐馆的位置,其实正对皇城——那个独自矗立在城市中心已经上千年的城池,孤独的堡垒。在我的角度,能看到城墙后黄色琉璃瓦的一角宫殿,斜伸入深蓝色的夜幕。护城河偶尔倒映出岸边路过汽车的灯光,转瞬即逝。我第一次发现,皇城是这样寂寞,寂寞了几百年。无数的臣民、闲人、旅游者从它身边经过,或许从没有意识到,它在嗖嗖地散发出无可言喻的寂寞气息。

"你说,他每天躲在皇宫里干什么呢?"

"谁?"

"你的老朋友。"

"他嘛,他其实做了很多很多事情,开凿运河,征伐高句丽,大败吐谷浑,他建造了一座很复杂很美丽的宫殿叫迷楼,谈过很多很多次恋爱,也做过很多爱,派人找千里马,跟大臣生气,造龙舟……据说他让太监捉了很多萤火虫,在夜里放出,历史书上说这些萤火虫飞起来'光遍岩谷'。到了后来,因为在短时间里做了太多事情,或者说因为太着急把它们做成,对现实失望以后,他干脆就留在扬州不回来了。"

"听上去倒像很开心的一生。"

"但什么都无法安慰一颗敏感、焦灼和充满挫折感的心,玩乐不行,作诗不行,甚至幸福本身也不行。"哲学家像煞有介事地回答。

"有很多女朋友、做很多爱也不行。"

哲学家似乎在暗中发笑："嗯,有很多的女朋友、做很多爱也不行。"

"那,怕还是熊猫的世界更快活些。"

"那是。"

余下的时间里,我一直想着在那深黑色的宫殿里飞起一大片冷色萤火虫光芒的样子,想着寂寞的皇城,另外一个城市里的月亮、柳树、绵延千里的运河,河水偶尔反射出岸边路过汽车的灯光,转瞬即逝。

还有,那颗焦灼和对现实曾抱有易碎幻想的心。

几天后的一个夜里,我从睡梦中被男友推醒,想来是做了个不快的噩梦,醒来的时候身体扭曲,大汗淋漓,嘴里留下了苦涩的尘土的余味。男友半迷糊半安慰地抱了抱我,他的身体温暖,散发着年轻健康的男子令人安心的气息,他嘟囔着:"做噩梦了吧。"

"嗯。"在黑暗中,我摸摸自己的脸颊,脸颊和枕头都是湿的,想必是在梦里大哭来着,直到很久以后,心脏好像还在被一只无形的手揉搓着,隐隐作痛。

"不要趴着睡,也别把手压胸口上。"男友口齿不清地说,随即沉入无可无不可王国冬季一样悠长的睡眠。

我迟迟未能入睡。

在那个夜晚,在我体内,无可无不可的王国下起大雨,居民们前一天已经晾干的衣服又成了湿漉漉的,散发着雨和伤感的气味。王宫花园青石板铺就的台阶上形成了小瀑布,房檐流下的水连成一条线。国王在寂寞的城堡里辗转反侧,夜雨绵绵,原本清澈的河水被雨水冲刷得翻腾起了河底的泥沙,变成了褐色,犹如记忆中泛起的前尘往事。

无可无不可王国整夜都在下雨,我睡意全无,悄悄起床,拉开窗帘,窗外楼下花园里寂静一片,每一只鸟、每一只秋虫和花坛中的每一棵植物都在安稳的睡眠中。

我长久地坐在桌前,闭上眼睛,想着在那深黑色的宫殿里飞起一大片冷色萤火虫光芒的样子,想到月亮、柳树、绵延千里的运河、皇城和焦灼的心。我的思绪如同游丝一样微弱,时断时续,直到黎明,直到邻居家车库的门发出咔嚓声,车灯划破寂静和窗帘上的阴影。

新的一天,就这样开始了。

一只蓝色的蜻蜓,平生我只见过一次。在一个大雨将至的八月的夜晚。

我静静地坐着,静静地数掌心里的硬币。

它从窗外飞进来,沿着夜色发亮的骨骼。它经过了朴素的道路。短短的,一直通往郊外的墓地。一只蓝蜻蜓,它的美丽,就像她曾经许下的诺言。

我抬头看了看天空,灯火都熄灭了,只剩下一盏盏的台灯。

我反复地思索着,刚刚箍好的木桶,刨花的清香,新摘下来的葡萄,若干年后的酒浆,绣花的坎肩,手风琴,哀伤,火堆边的舞步和笑脸,马厩里牲口的咀嚼,断断续续的谈话,剪下的羊毛,画布上唯一的颜料,一条不存在的河流,两岸看不见的风景,隐忍多年的秘密,上锁的抽屉,爱情的一元多次方程,屋顶,平台,还有星星,眼睛一眨一眨的星星。

关于无可无不可的王国的故事,基本就该到此为止了。从这个意义上来讲，我也可以不将它写下来，因为无可无不可的缘故。

不过我还是要多说几句，同样是因为无可无不可——那么，把一些小事情写出来也未始不是一种地道。

后来，秋天来了。哲学家终于嘟嘟囔囔回到了室内。

后来，我遇到过一次背着蜗牛壳的同事，他用自己独特的一种类似奋力挣扎的姿态，从大街上背着电脑包匆匆走过。而我坐在男友的车里，我们两个的目光居然在尘土飞扬的几秒钟里相遇。

他仍旧是那副迷惘的表情，随即，他认出了我，微笑刚好来得及在他的嘴角上形成。可能外人不大明白我为什么会这样形容，但的确是那样的，他的微笑如此突如其来和轻捷，仿佛一个在远处放下了一个什么包袱的人，然后，他猛然挥手，消失在我的身后。

后来……后来也没什么了。

　　她轻轻地碰了碰我的胳膊，却什么也没有说。
　　蓝蜻蜓在花瓶的壁上停留了一会儿，然后离开了。瓶中的花已经枯萎。
　　它飞走了。
　　这或许就是人们所说的"痕迹"。有些东西就好像这一只蓝色的蜻蜓，今生我只见过一次，而且只能见这么一次。我预感到有什么事情即将发生。是的，我的确看到了正在发生的一切。我打开了窗子。
　　下雨了，她细声细气地说。
　　我摊开手掌，七枚硬币在雨水中闪闪发亮。

注：楷体内容引自杨横波的诗集《一百零一个下午》（百花文艺出版社）。

1116号房 亚特兰蒂斯酒店

> 亚特兰蒂斯酒店哟,无人不知,无人不晓,
> 在铺满白砂的蓝色海底,人们日夜逍遥。
> 我一心想念1116号房的女郎,
> 独自面对大海,从黄昏等她到拂晓。
>
> ——摘自某六十年代民谣

"亚特兰蒂斯酒店哟,无人不知,无人不晓……"

与这首上个世纪六十年代风靡一时的民谣所唱一模一样:亚特兰蒂斯酒店果然坐落于蔚蓝蔚蓝的大海正中,那真是钴蓝色、一望无际、波澜不惊的大海。酒店前的广场和小码头间由云石铺就的宽阔栈道相连,可容几辆汽车并排开过。此地的保护神,海神波塞冬留着大胡子,手持三叉戟,被一群衣衫轻薄身材丰满的海洋仙女簇拥着,站立于广场中心气象万千的喷泉中。

码头由雪白巨大的正方形云石砌成,台阶直伸入温暖透明的海水,游客和他们所携带的千奇百怪的物什:男女情人、狗、猫、鹦鹉、蟒蛇、蜥蜴、矮种马、双座自行车、独木舟、冲浪板、华服美

酒甚至汽车……就这样络绎不绝地被摆渡船从二十分钟航程以外的码头送到这里。

与歌中所唱一模一样,亚特兰蒂斯酒店有着世界上最白最细腻的沙滩,沙滩上长着姿影婆娑的椰子树。说真的,我从没见过那么蓝的天,阳光如同金色的丝绒一样柔软而温暖地覆盖在人身上,空气里时时浮动着不知名的热带花香。

与歌中所唱一模一样,亚特兰蒂斯酒店由我所见过的最高最雄伟的石柱搭建而成,远远看上去就像一座从海中拔地而起的巨大古埃及神庙。海浪在阳光下反射出金色的光芒,在浅黄色花岗岩的柱子上画出变幻莫测的图案。

我站在门口,只顾仰头注视廊柱上的壁画和雕刻出的复杂螺旋式纹样(后来,我才意识到那些纹样都是六面体图案无穷无尽的变形),头上戴着的帆布帽子竟然"吧嗒"一声掉到了地上。

"果然是这样啊!"我惊叹道,话语刚出口,便变成了在大厅穹顶中极其轻微的回响。

一个秃头中年侍者拿着我的行李,站在一边善意地微笑——想必他对此类反应早已见怪不怪了。

"小姐怕是第一次到这里来吧?"他爽朗地说,"对了,您可想看看那辆海中法拉利?"

"是吗?在哪里?"

"就在门口左手边,您去看好了。我在这里等着您,不碍事的。"

我急不可待,按秃头侍者所说跑出大门。在栈道尽头,清澈见底的海水中,一辆老式红色法拉利静静地待在白色沙砾铺就的海底。据说,在上个世纪六七十年代的某个夏日夜晚,一位通宵达旦寻欢作乐的女游客,大概是某石油大亨的遗孀或什么人,借着酒劲儿和大麻上头，撞飞栈道栏杆，将其稳稳当当开入了水中。

此人有无被救起不得而知，至少旅游指南中没再提过，但此后，该车便成为亚特兰蒂斯酒店的标志——水中法拉利，梦中天堂，灯红酒绿的海上王国，衣香鬓影醉生梦死之地……

不管外面的世界如何变迁，打仗也好，革命也好，运动也好，年轻人游行示威，被催泪弹和橡皮子弹赶得四处乱跑，独裁者们纷纷丢掉脑袋，政客和军队轮流上台，华尔街股票暴涨再暴跌，饥荒、海啸、地震、禽流感、经济崩溃席卷世界……但亚特兰蒂斯酒店的男女住客永远衣冠楚楚，像飞蛾一般在笑语、美酒、音乐和繁星中来来往往。

"这里难道还真有1116号房不成？"

沿着巨大的回廊向房间走去时，我忽然想起，小声问侍者。饭店的地面铺着极为柔软厚实的地毯，色彩古旧典雅，想必还有某种特殊的吸音作用，我们走过时几乎没有发出任何声响。

他颔首。

"那……可以住人吗？"我来了兴趣。

"住倒是可以住，只是这房间经常被老顾客预约，外人很难订到。"侍者看到我露出失望之色，赶紧解释道，"从房间陈设上看，其实也并无甚特别之处，不过是间普通的客房而已，正对南面的大海……您想，这里三面环海，除非您特意选择正对庭院或山谷的房间，否则又有哪间房子不冲海呢？"

"倒也是……不过，听了那首歌那么多年，多少有点好奇。"

"确实如此，到这里来的人，几乎都会问起1116号房，"侍者报以理解的微笑，"其实歌手本人倒真没住进过这间房，所以说，不过是虚构罢了。"

"听说住进去的情侣都以分手告终？"

"这个嘛……小姐，"此时，我们已经来到房间门口，侍者利索地打开房门，将行李轻轻放下，用比我优雅不知多少倍的姿势接过小费，随即彬彬有礼地向我躬身告别，"即便不住进1116号房，世间的情侣怕也多半以分手告终吧？"

我哑然失笑，有理。

"高兴吗？"

"嗯。"

"真看到海底的法拉利了？"

"嗯，很大个儿，不过让海水和贝类腐蚀得差不多了。"

电话那头的是我的男友。这次旅行原本该是我们俩一起来的，这是他的公司因其业务出色给予的奖励——在亚特兰蒂斯酒店免费的七天住宿和往返机票。但就在临出门前，公司突发紧急状况，他不得不留下处理。最后，我只得孤身上路，享受这个莫名其妙的单人豪华假期。

房间宽敞明亮，家具看上去很有些年头，各种精美的摆设和小物件应有尽有，即便如此，空间之大还是给人留下了极其深刻的印象。白色的纱质窗帘在空中飘荡，屋里所有的物品似乎都在充溢着花香的海风中飘飘欲飞。摆放在房间中央的床超级宽阔，能容三四个人打滚，人躺在鸭绒枕头中如同陷入了云堆。茶几上的银盘里堆放着芒果和葡萄，个头奇大无比（顺便说一下，这里无论什么东西似乎都比正常的尺寸要大很多），半透明的果皮下蕴藏着金黄甜蜜的汁液。

我拿起一只芒果，刚倒在床上，男友的电话便来了。

"看到水里的幽灵没有？"有一个关于亚特兰蒂斯酒店流传很广的传说，说是如果游泳者在那辆法拉利四周游弋时，幸运（或者说是不幸也行）的人常常能在水中看到酒店中那些著名常住客的幽灵。据说，通常是位戴特大号墨镜、头裹爱玛仕头巾的金发中年女性，也有一说就是车主本人，时不时会神色漠然地像游鱼一样扑向游泳的人。

"可惜我不会游泳，也不潜水。"

"争取这次学会嘛。"

"也是，学会的话，我一定替你向她们问好。"

他哈哈大笑。

"好好玩，把我那份也玩出来。"

"放心。"

"亚特兰蒂斯酒店哟，在铺满白砂的蓝色海底，人们日夜逍遥……"

夜晚来临时，我才注意到桌上其实放着几张请柬，除去有电影可看，一张是"有空请拨冗参加某晚会"，另外在广场西侧有个"露天音乐酒会"。

一想到可能需要跟素昧平生的人打交道，我就心烦不已。如果男友在，我还有可能鼓起勇气跟着他出门，在陌生场所认识几个人，但现在我是孤身一人——因此，我换好衣服，最终在开场后半小时慢悠悠溜达到了广场西侧。

空气里飘荡着热带花卉的香气和欢声笑语，无数张小圆桌旁坐满盛装的男女，充溢着脱口而出、转眼就忘的打趣和介绍。在面向大海的小广场上，金色的香槟一杯杯地端出来，杯子有月亮大小。而真正的月亮则像只橙色的大橘子，在海面上方随着草坪上带三角钢琴的爵士乐队铿锵的乐声微微颤动。

我跟几个临时认识的男女坐在一起，他们无不是收入丰裕的牙医和外科大夫。按那请柬上所写，客人大概都是酒店方面根据其资质精心挑选出来的，"您一定能遇到让您愉快的同伴"。

我暗自寻思，奇怪了，难道这里有医生俱乐部不成？不知道是否是我的错觉，我同桌的几位牙医都牙齿洁白整齐得吓人，偶尔咧嘴大笑给人以森然感。另外几个外科大夫则一边喝酒一边谈论着大病保险、医疗器械的价格、医院里患者和医务人员闹的笑话，每每捧腹不已。

我听着听着，觉得甚是兴味索然，不由得纳闷，为何他们离开医院还对其如此津津乐道？这样一来，跟没离开医院又有什么分别呢？

不晓得为什么，热闹非凡的赌场也去过了，小剧院、电影院和海滩也看了一眼，温泉和各色桑拿浴室散发出氤氲的香气……这里漂亮倒是漂亮，但我就是觉得，自己无论如何跟这地方没多大关系。我与眼前的欢乐气氛似乎被什么东西微妙地分隔开来，大概是一种薄如蝉翼的非现实感横贯其中。

究竟为什么会这样，倒是说不太好。

另一个秃头侍者（这里的秃头侍者似乎格外多，我开始怀疑是不是该酒店水质有问题）给我送来一杯装饰得五彩缤纷的鸡尾酒，据说是该酒店的招牌饮料，名字就叫亚特兰蒂斯。闻上去有股水果香，喝到嘴里甜滋滋的，一股掺了肥皂粉般的酒味儿。

也罢也罢，我摇摇头，一气将之喝光，随手又叫了一杯：还是入乡随俗吧。

一

晚上10点半,我长叹一声,躺倒在大床上。这是我到达亚特兰蒂斯酒店的第一天里的第100次叹息。我几乎可以肯定,这次假期将漫长得无以复加。

"不会吧,你可是在全世界最适合日光浴的地方度假……"男友在电话那边打着哈欠,纳闷地说,"我可是刚刚处理完商场被人电话威胁放了炸弹的事件……是放炸弹哟,你能想象吗?这个世界上其他人脑子里到底在想些什么?"

"真的放炸弹了?"

"看来是假警报,"男友的声音透着疲惫,"其他情况还是不说也罢,反正是一塌糊涂。"

"但我确实感到乏味透顶。"我愁眉苦脸地继续抱怨,"晒太阳也不能一晒七天呀。"

"人家都视无所事事为人生最大梦想……"

"我天生劳碌命。"

"对了,猫怎样了?"我忽然想起这事儿。

男友的父母去国外旅行,把家中养了八年的一只哈巴狗般大小的白波斯猫放到我们这里。我们临走时,原本想把它放到宠物医院去寄养,但男友既然不出门,也就作罢了。这只猫年纪大了,左耳朵又聋了,脾气甚是怪异。如果它睡着了,在左边喊它无论如何弄不醒,一旦在右边将其叫醒,它立刻对人——熟人也罢,陌生人也罢,又抓又挠又咬。

"吃得倒挺多,不过心情显然还是不怎么好。"男友汇报说,"刚才还挠了我一下。"

"抓破的话,你要去打防疫针才行。"

"没有。万一抓破也别担心,爸妈给这家伙定期打针。"

他随即又打了个哈欠,这怕也是这个晚上的第100个:"睡吧,我明天7点还得早起,要参加一个跨国电话会议。"

"晚安。"

"把一切烦恼都抛诸脑后,好好享受人生。"

"你这话活像旅游广告。"

"你还别说,"男友说,"真是从广告里听来的。"

得得,我想,关键在于,我有什么烦恼需要大老远跑到这里来抛诸脑后,或者说,真能抛诸脑后吗?

"无聊啊。"第二天近午,我再次对着太阳发出哀叹。

防晒油也擦了,太阳也晒了,阳光不错,白色海滩确是举世无双、细软无比,椰子树婀娜多姿,身穿比基尼跑来跑去的姑娘们也美丽动人。鸡尾酒嘛,我在短短三十分钟内就喝下四杯,颇有些飘飘然的感觉。可一想到要无所事事地在这里躺上七天,我却无论如何也忍受不了——哪怕就像广告中所说,"能将您从头到脚都晒成美丽健康的小麦色",也不行。

真不理解,有些人在这里怎么能一住就是几周乃至几个月。我记得,以前看过的一些报纸杂志说,亚特兰蒂斯酒店有些常住客,简直是以此为家。他们在这里乐此不疲,日日笙歌,呼朋唤友,常年像候鸟一样来来去去。

为什么会这样呢?我暗自纳闷,一面喝下第五杯掺了龙舌兰酒的鸡尾酒。手脚利索、皮肤晒成完美小麦色的酒保(又是一位秃头用一种恰到好处的关心表情注视着我，似乎有点犹豫是否要给我第六杯。不知道是酒精作用，还是太阳的照射，我有点昏昏然，仿佛脑袋里有个什么东西不大好保持平衡……大海、天空、沙滩和我自己，似乎都在莫名地微微颤抖。

这就是人们所向往的幸福人生吗？每年花一大笔钱跑到这大海中孤零零的岛屿上来寻欢作乐。莫非，在这里找到亲密朋友，或者随便什么的概率要比在每天朝九晚五两点一线的人生中大不成？

"您玩得还算愉快吗？"傍晚，当我无所事事地在花园中逡巡时，有着温暖笑容的秃头中年侍者偶然路过，客气地问道。

"啊……"我垂头丧气地回答，"还成。"

"看起来不大尽兴嘛。"

我耸耸肩。

"有什么我能帮到您的吗？"

"能否使一天不要有二十四小时之多，每天多吃几顿饭，另外，能否告诉酒店不必准备这么多太阳和海滩？"

"理解理解。"该侍者贴心地冲我微笑，"亚特兰蒂斯酒店嘛，确实是这样的。有的人喜欢得不行，有的人在这里待不到一天就觉得无聊得要命。"

"看来我属于后者。"

"嗯……"该侍者咳嗽了一下，露出一点点欲言又止般的笑容，"这个嘛……"他似乎能用笑容同时表达出同情、安慰和一点点矜持。

后来我渐渐发现，此人的微笑有一百多种型号，个个都能恰到好处地表达出各不相同的含义，令人叹为观止。

"哦，对了。"就在我即将步入酒店之时，他忽然想起什么似的说，"D字楼有个图书室，要是小姐闲得实在无聊，不妨去看看。"

如果一个人能迎着常年吹拂的东南风直上蓝天，像海上的信天翁一样张开翅膀在空中滑翔，这家酒店恐怕最终在他眼前呈现出一个方正的"古"字形，牢牢盘踞在这座树木葱茏的岩石小岛上。

　　一个巨大十字形建筑是其前半部，前厅直接伸入海中，后面的建筑则像欧洲中世纪古堡一样呈长方形，中间庭院里的广场用半透明的彩石铺就，全部是六面体的图案，在阳光照射下显得色彩和谐妙不可言。庭院中绿草如茵，种满奇花异卉和各种芳香植物，每种旁边都相当精心地附有标注其名称和功用的铭牌——它们中的一些早在中世纪之前就被亚洲和欧洲的僧侣们精心培植，制作成罕见的药物和催情剂。

　　在花园正中，有一个天然泉眼在汩汩地冒着泉水。一本介绍酒店的小册子写道，岩石岛地下蕴藏有丰富的冷热泉水，热泉被直接引入了酒店每个房间的浴室。据说，这泉水能治疗各种皮肤病，并令人青春长驻、精神焕发。

　　"D字楼，D字楼。"我喃喃自语。

　　在这庞大的环形楼中寻找图书室，其实没有想象中那么难。亚特兰蒂斯酒店在每个三岔口、交叉路口乃至过道上都放置有极为清晰明确的标识。何况，侍者们也经常路过。我不能不赞叹他们察言观色的本领，只要游客稍露犹豫之色，这些人便能彬彬有礼地给你指出方向。其余时间，他们就像猫一样，迈着无声的步子从你身边走过，犹如一个个微笑的幽灵。

　　"去C、D字楼由此右转""去珀罗涅珀餐厅由此下楼""去梭罗厅由此上楼""A、B字楼由此直行""1号电影放映厅由此右拐""小姐，如果您在找的是图书室，下一个岔道右拐便是……"，在空旷的走廊中走上一阵子，我发现自己的脚步声被厚得恰到好处的地毯吸掉，声音在天花板和廊柱间引起的回响也因为某种技术而消失了，人的耳压似乎发生了某种微妙的改变。

这样耳朵嗡嗡地走上几分钟，就像走了好几万光年，又仿佛坠入某晚无穷无尽的梦境。恍惚中，我忽然想到，若是人在一生中能遇到亚特兰蒂斯酒店这么清楚的路标倒好了。在人生任何一个岔路口，若是能看到例如"想结婚者由此右转""想生孩子者由此下楼""想一辈子不工作者在下一个岔口走左边"等指示，人生想必会简单、愉快很多，不是吗？

"不是吗……"我忽然发觉自己自言自语说出了声。

我停下脚步，面前是条小走廊，通向一扇橡木大门，上面镶嵌有银色铭牌。

图书室到了。

门后放了一张明显是古董的巨大橡木桌子，桌后坐着位正在看书的瘦老伯。他属于怎么看都看不出确切年纪的那种，在50岁到70岁之间，面目和善，牙齿雪白，眼睛深邃，令人欣慰的是，头发居然十分茂密。此人身上附着有一种莫名的极其牢固的东西，究竟是什么，一时半会儿我还真说不上来。后来，在电光石火的一瞬间，我明白了，那是一种活生生、心平气和的悲剧性、悲怆感，就好像曾经得到又失去了全世界，就是那么大且显眼的不幸。

真是奇妙，这悲怆感如同牢牢攀附在海底法拉利上的藤壶一样吸附在瘦老伯的身上，我不由得对悲伤的他心生好感。

"来看书啊。"

"嗯。"

"随便看，喜欢可以带回房去。每人每次借出不能超过三本，在这个册子上写下书名和房间号即可。"

"谢谢。"

这个巨大的房间前半部分是阅读室，在光线通透的落地窗旁放着一些柔软的沙发和座椅，巧妙地用绿色植物隔挡出了一些私密空间，后半部分则整齐地排满高度直达房顶的书架。让我感到愉快的是，这里没有铺地毯，而是代之以光滑的大理石地面。巨大的落地窗正对庭院中淙淙涌动的泉水，白纱窗帘在空中时时飘浮不定。

　　我的鞋跟敲击地面，发出清脆的嗒嗒声，在空荡荡的屋子里回响。不真实感消失了，代之以彻头彻尾的现实性。

　　不错，不错。

　　书很是不少，但分类逻辑非常特别。几乎每个时代的通俗小说、画册、各种语言的时髦读物这里都或多或少地收集着一些。我怀疑他们是否将几十年来住客遗留下的种种书籍也都收集到了此处：从侦探小说到深奥的哲学大部头，从六十年代的吉他演奏乐谱到孕期40周护理手册，甚至有古董画册、革命理论著作和汽车保养30法……这里活脱脱是个书籍博物馆，一个热衷于研究全世界近几十年流行出版史的人在这里怕是要欣喜若狂。

　　我在架上找到本雷蒙德·钱德勒的侦探小说《长眠不醒》，二十年前的出版物，翻译、印刷和硬皮封面无一不呈现出那个时代特有的惬意，纸张质量上乘，拿在手里沉甸甸得恰到好处。这一切时时提醒我们，美好时光早已一去不复返。

　　"喜欢侦探小说？"老伯合上手中的书，摘下老花眼镜问我。我瞥了一眼，那是本日文的浮世绘画册。

　　"只是想消磨时间而已。"

　　正在有一搭无一搭的寒暄中，门开了。一个中年男人走进来，他冲老伯微微点头打了个招呼，随即踱向书架。

　　"是老住客？"看样子是熟人。

"嗯，1116房的。"

"1116号房，"我忽然来了兴趣，"就是那个1116号房？"

老伯慢条斯理地颔首。

说到底，这里只有一间1116房嘛。

二

1116号房的住客是位40岁上下面目模糊的男子，确切地说，就是那种让人看过一眼后总记不清楚他到底有没有戴眼镜的中年人。头发不短不长，未曾发胖，一件浅色衬衫外加一条褐色棉布裤，脚穿休闲鞋，普通得不能再普通，远不如老伯身上那奇妙的悲怆感来得显眼。

我后来在深夜的一个闹哄哄的舞会上又看到了1116号房男子。这是典型的亚特兰蒂斯酒店式的狂欢，笑声无节制地从人群中倾泻出来，人们忽而分散后又重新组合，一些穿着轻薄裙装的年轻姑娘和时髦小伙子手持酒杯在其中钻进钻出。

过后，照例是音乐，叮叮咚咚的伤感流行舞曲从乐队金色的乐器里一泻而出。人们在音乐中抱成一团：有肚腩的中年男人拉扯着年轻姑娘无止无休地绕圈子；表情拘谨衣着标致的男女彼此留着微妙的距离；也有年轻的情侣守在一个角落里像小动物一样用鼻子和其他什么部位彼此蹭来蹭去，还有些姑娘趁着酒意仰头在人群中漫不经心地跳单人舞……

"这些年,这里也有很大变化,客人们越来越随便,很多人穿着人字拖就来看书了……人字拖……"老伯流露出不寒而栗的表情。

"现在的年轻人多数求舒服,"我安慰他,"时代总是要变的。"

"要知道,这里可是亚特兰蒂斯啊,"老伯摇头道,"唉,过去的时光真是令人怀念啊。"

"老伯所谈到的那个美好时代,究竟是什么时候呢?"我喝下一杯鸡尾酒,不由得遐想开来。由于此人身上的年龄感和沧桑感混淆在了一起,导致我的时间观念发生了某种错乱。

当思想在老伯身上大开小差之时,我正跟两对新认识的夫妇坐在舞池边的小桌旁喝酒。他们正在热烈讨论最近的股市行情,其中一位器宇轩昂衣品不凡的中年男性在讨论国际金融市场,他在大谈金融城中各家的方法论和预测模型……妻子们则在有一搭无一搭地讨论孩子的教育问题。其中一位太太感叹说,现在的私立幼儿园一开始就要用外语授课,孩子从小就要被灌输那么多知识:"真是可怕啊。"

"是啊,我们那个时代,什么也没学不也这么过来了吗?"另一位叹息道,她的儿子似乎在同时学习钢琴、国际象棋和法语。

钢琴、国际象棋和法语,风马牛不相及的组合。但也没办法,她怪不好意思地解释说:"除去钢琴外,这家幼儿园教授的乐器就只有长笛和小提琴,而儿子不中意长笛与小提琴。"

"干脆就送孩子去不用学习这些的幼儿园或学校嘛。"

母亲们面带迷惑地看着我,我只好重复一次刚才的提议:"那就送他们去什么技能也不学的幼儿园好了,只管痛痛快快玩耍即可。"

大家沉默了十几秒。

"问题是,这个世界上没有你说的那种幼儿园,"其中一位解释说,"全部变成了以学习什么为目的的幼儿园。"

行吧,算我孤陋寡闻。

我百无聊赖地四处观看,发现1116号房男子手拿酒杯正在角落里与一个身材魁梧的大汉谈话。

直到此时,我才意识到,男子身上的平易其实是种特殊气质,那是能让自己变得透明,融入四周环境的本领。此时他身着线条简洁、剪裁精良的吸烟装,似乎扔下酒杯就能立刻跃入舞池,也能坐下来就正经话题侃侃而谈。壮汉则穿着一件样式奇妙的衬衫,上面画满各式各样的海龟。我不由得感叹:"瞧瞧,居然有人会穿这样的衬衫,这个世界也真是多元化了。"

"那人啊,听说是个精明的生意人。"

老伯搜索记忆,然后零零碎碎说了一些:"他的公司做得很大。每年都会到这里来,五六年了,一来必住1116号房。因为总在这里借书登记,所以注意到了房间号。对了,两年前他还特地买了批相当不错的画册捐给图书室。"

"喏,就放在那里。"他指点着靠墙的一排书架。

看来,1116号房男子跟那首伤感的爱情歌曲委实挂不上钩。

好歹挨到9点,我打了个哈欠,对那两对沉浸在教育体制和股票市场改革大讨论里的夫妇说再见。身穿海龟衬衫的壮汉正在舞池中兴致勃勃地穿梭来去,1116号房男子已经不知去向了。

回到房中,我将电视频道翻来覆去搜索了五遍有余,完全提不起精神看任何一个台。有一个频道在放一部恐怖片，大意是父亲和具有通灵能力的残疾女儿、美丽女护士、黑人保安、身穿保守三粒扣西装的银行家及一个穷困潦倒的白人酒鬼因为停电被困在医院的老式电梯中。好容易从电梯中钻出，六人发现医院忽然空空如也，变成了另一个空间（也许是地狱）。老片子，典型的斯蒂芬·金风格。我猜那神气活现大谈理性和逻辑的银行家准是第一个牺牲品。没出二十分钟，我的预言就应验了——他被几只黑乎乎的大爪子抓住拖入电梯的黑暗中，然后被什么东西——看上去很像魔鬼，咔嚓咔嚓吃掉了。

按好莱坞的游戏规则，接下去的死亡顺序大体应当是，善良但脑子不大好使的黑人保安、酒鬼，最后剩下女护士、父亲和孩子得救，男女两人多半还能为此结缘，心心相印共度下半生，照顾残疾孩子。如果这部片子里还有条狗的话，那狗保准也能幸存……

黑人保安还未被什么东西抓住，我的睡意已经袭来。

深夜，我从睡梦中惊醒，看了看钟，刚好12点。

做了个极不愉快的梦，大概是临睡觉前看恐怖片的后果。梦境没成形，但在梦中，我真切地触及了某种滑溜溜、黏腻腻的东西。醒来前一瞬间，觉得有一种长着大爪子的东西盘踞在胸口，它浑身满是墨绿色的冰冷鳞片，沉甸甸的身体压得我浑身冷汗，叫喊不得。

也许是开着台灯睡觉的缘故，我随手将其关掉。

然而，在这天晚上，睡眠就此离我而去，一去不复返。

在黑暗中，我努力捕捉窗外海浪远远地拍击岩石的鸣响，未果。

说来也怪，在离海岸有一定距离的地方，海浪声并不明显，甚至很难为人所察觉。只有在不知不觉中一步步走近大海，越过了某一界线,海浪声才会和着腥咸的空气扑面而来,仿佛大海上空扣着一个透明罩子。这让人想起每天餐桌上各路侍者川流不息送上来的菜肴——他们会以郑重其事的姿态,一下子将上面的银罩子揭开,鞠躬致意后灵巧优美地将其呈送上桌。在那特别的手势下,简单的三明治俨然都能被赋予某种超凡脱俗的意义。

我想着大海和它上空的罩子,想着在罩子之外翱翔的信天翁和各色海鸟,想着它们滑翔的样子……在这里,鸟儿们整天不知疲倦地在气流中滑动,敏捷地捕捉着其中哪怕一点点变化。有时,它们张开巨大翅膀停在风中一动不动,有时,则收敛翅膀像子弹一样从天上忽然坠落,消失在海水里……第一天,当我在海滩上百无聊赖晒太阳时,鸟儿们优美的动作和在空中画出的曲线给我留下了极为深刻的印象。

罢了,死活睡不着,时钟指向凌晨两点,我决定去海边走动走动。

大海在沉睡,水面波澜不惊,连最小的浪花似乎也已经沉入最深的睡眠。出乎我的意料,海岸并非漆黑一片。天空中有几颗零零落落的星星,这已经是后半夜了,我目力能及的天空被一种奇特柔和的光线照亮,白色絮状的云朵清晰可见,而且在急速地变换着形状,从我头顶无声掠过。

这夜晚有些什么地方与我初来之时不同了,是什么呢?我想了想,脑子尚未从噩梦中转换过来,想不出来。

亚特兰蒂斯酒店是一个不折不扣的狂想产物,按图书室老伯的话说:"简直比当初在沙漠里建拉斯维加斯还要离谱一万倍。"

那天下午,在图书室,我有一搭无一搭地跟老伯聊了半天。

此人对酒店的一切了若指掌,简直是部活历史。比如,他告诉我，亚特兰蒂斯酒店的建造者是个在石油、钻石还是其他什么玩意儿上赚了大钱的暴发户。几十年前酒店开工时，同时代的人无不认为此君是个彻头彻尾的神经病。想想看，一个人不喝酒不赌博也不泡妞，唯独对在离海岸二十分钟航程的岩石岛上盖酒店入了迷，大有埃及法老一登基便派出数万奴隶为自己建造金字塔之势。

初打地基之时，该岛碰上过一次百年难遇的台风，损失巨大……当时的舆论更加一边倒地认为，在这么个地方建酒店的主意只有疯子才想得出。不过，一切反对和怀疑都不能浇灭这位狂热者的雄心壮志。花了十年时间，中间历劫无数，酒店终于建成。但此人随即发现，自己妻离子散，钱袋空空如也。在极度潦倒中，他不得不将其转卖，随后，很快便一头浸泡在劣质酒精中郁郁而终。

我叹了口气。

"也算是个有梦想的人哟。"老伯感叹说。

世上之事往往如此，理想主义者如飞蛾扑火般直奔悲剧结局。而后人则在其构筑的幻想王国中随意添加所谓的意义，也许，一切早已与前者最初的构想大相径庭。

与其建造者不幸命运形成鲜明对比的是，亚特兰蒂斯酒店转手给一个神秘的巨富家族经营后不过几年，舆论便开始大肆赞美该地，说其建筑气势雄伟啦，想象力超凡啦……这些姑且一听也罢。这里的建筑风格在我看来除了庞大外，多少有些不伦不类，只能称为笨重的新古典主义风格，带有一种唯我独尊的陈腐气息，活像出现在星球大战中银河帝国时代的狂想产物。

倒是后人们纷纷赞美选址者匠心独具，听上去颇具讽刺意义，人们似乎把酒店兴建之初遭遇的台风事件忘了个一干二净：这里处于一个海洋暖流区域，四季如春，台风更是百年难遇。酒店后的小山为它挡住了强劲的海风，将其牢牢环入怀中。岛上冷热泉水充裕，还有一片小小的湖泊，地下水水质甜美无比，稀有植物繁多，是海鸟和各种野生动物的天堂。

"确实跟传说中的亚特兰蒂斯一模一样嘛！"后人大多如此赞叹。

亚特兰蒂斯哟亚特兰蒂斯，柏拉图笔下的理想国，生活在那里的人面貌俊美，智力超群，由十位贤明的国王统治，终日跳舞、聚会、服用迷幻药物……柏拉图说："随着时间流逝，他们圣洁的一面逐渐消失，变得腐败无能，日趋堕落。"因此，宙斯决定惩罚亚特兰蒂斯人，用大洪水淹没了这个帝国……

我暗自嘀咕，不知是否有人意识到，亚特兰蒂斯日后的结局可不太妙。

我再次回过头去注视沉睡中的亚特兰蒂斯酒店，时已半夜，只有一些零星的窗口还有灯光，一如夜幕中稀疏的星星。不晓得月亮在哪里，但想必是在的，因为天空被某种奇妙而柔和的光线照亮。

建筑旁边的泛光灯已然关闭，浅黄色花岗岩在这种光线下苍白如云石。酒店后如屏障般耸立的小山在阳光下看起来青翠可爱，在夜晚却显得黑黢黢的，充满攫取和压迫的欲望，那气势磅礴的建筑被嵌在其中，竟然有点像塑料制成的模型或小孩子的玩具。

我忽然觉得，在这一刹那，这酒店终于露出了本来面目。它仿佛失去生命的躯壳、一段假肢，犹如被废弃的舞台，显得空空荡荡，甚至连同那回响在虚空中的海浪声都有些虚假和不堪一击——这样看上去，它确确实实不过是个偏执者的狂想而已。

说到底，这是他人的梦幻之地。而我自己，怕是早已失去了幻想和沉浸于梦幻（不论是哪种型号）中的能力。想到这里，虽觉有点无病呻吟，但不快和空虚感油然而生，如同从天而降的信天翁一样，牢牢占据了我的心。

回到酒店,我从庭院中穿过,有个人正坐在泉眼旁的铸铁椅子上抽烟。

是1116号房男子,他已经换上了一身舒适的便服。

他冲我颔首。我也点点头,随即走进楼中。

真是怪人,居然这个钟点还在外头转悠。

三

"我说,你是不是有点小题大做?"男友在电话那头唉声叹气,猫在屋子里喵喵乱叫了一夜,吵得他无法入睡。而我一大早便给他打电话,他被我们俩折腾得没法。

"我忽然有点怀疑人生的意义。"

"我没听错吧?"他莫名其妙,"你只是去度假而已,何以开始扯起人生意义来了。"

我叹了口气。

在这里,我整天没事可干,书看不下去,电视也是一样,思考任何问题只会让脑袋疼痛不已。酒店的饭菜没滋没味,睡觉睡得晨昏颠倒、怪梦不断。海滩上人们的嬉戏声混杂着花草盛开的气息传入室内,竟然有些险恶。

焦虑和无聊感最终上升为我对自身存在的某种怀疑。在亚特兰蒂斯酒店,就像被迫照镜子一样,我终于意识到,自己的人生何其单调,这在过去被日常琐碎的生活和工作占据时是体会不到的。我显然既无目标,也乏梦想——无论哪种型号的,哪怕是希望在晚会上与有钱男子相识后共度春宵那种。

那些在亚特兰蒂斯酒店的草坪、舞厅中翩翩起舞的男女看上去无一不乐在其中,唯独我是个彻头彻尾的局外人。

这个强制性的悠长假期最终像一杯掺入毒汁的蜂蜜酒(我在海滩的酒吧上喝到了此物),开始变得苦涩起来。

我仰望天空,叹了口气,照旧是瓦蓝的天,没有云,也没有鸟。

没有鸟?对啊,我再次确认,没有鸟,天空中空空荡荡。

奇怪了,我来的第一天,海面和庭院中四处都是俯冲和滑翔的鸟类,我曾经为它们灵巧的动作和鲜艳的羽毛惊叹不已……算了,不管了。我用遮阳帽盖上脸,继续叹气,这叹气漫长得怕是能传到岛的另外一端,传到那被阳光照得蔚蓝通透无比的海面上……

我在图书室再次遇到1116号房男子。

"你好。"他开口对我招呼道。相比平凡的外貌,他有一种不同凡响的声音,温和而低沉,带着一点点夏日午后海水在微风下的震颤。

"你好。"

我正犹豫要往哪边书架走之际,他开口问:"待得不耐烦了?"

"你怎么知道?"

男子微笑:"玩得开心的人何至于每天来这里借书看?"

也是。

"找本侦探小说看好了,适合打发时间。"

"我已经借了本《长眠不醒》。"

"好眼力。"

我照例在当天晚上1点半醒来。

没办法,我叹气,难道自己就此养成了叹气和失眠的习惯不成?

无奈,在果盘中抄起一只苹果吃掉后(尺寸照例是硕大无比),我披上外套下到庭院中。此时,月上中天,四围有圈彩色的光晕,无云也无风。庭院中寂静无声,没有鸟鸣,泉水似乎也停止了涌流。

在这一天之内,我第二次遇到1116号房男子,他坐在灌木丛中的椅子上,没有抽烟,不知道在想什么。

这次,他像熟人一样有礼貌地站起来:"一起坐坐可好?"

"不打扰你?"

"当然不。"

我们有一搭无一搭地闲谈起来。男子问我是否是第一次来这里,我说是的。他哦了一声,随即客套地问了几句我对酒店的感觉。

我叹了口气,在这里,似乎我真的养成了叹气的习惯。他敏感地觉察到了我的变化,沉默下来。

随后,他想起什么似的问我:"我可以抽支烟吗?"

"没问题,请便。"

他点点头,从口袋里掏出一只狭长的银质烟盒,盒中烟已经所剩无几,看来此人烟瘾不小。他抽出一根,用酒店的火柴点燃,饶有兴味地吸了第一口,长长出了口气。空气里随即弥漫起一股芬芳的烟草味道。

看到那火柴,我忽然想起了点什么。

"我能问个问题吗?"话音刚落,我有点后悔,不知道自己是否有些唐突。

但话已出口。

"当然可以,请问。"

"就是……就是你总是住1116号房,是跟那首歌有关吗?"

"哪首歌?"男子诧异地问,抬头凝神思考了十秒钟,随即大笑起来,"哈,不瞒你说,我是住过1116号房间很久以后才听说有那么首歌的,现在连调都不大记得了。"

"我这人成天忙着干这干那的,没什么情趣,更无音乐细胞,属于五音不全的类型,对数字倒是敏感。"他说,"1116其实是我自己的幸运号码。第一次来的时候心念一动,觉得很吉利,就订了这间房。之后,来的次数多了,慢慢也就养成了习惯。"

哦,我有点不好意思:"是我想多了,说到底,这个世界上哪有那么多爱情故事呢。"

男子动了动嘴角。

我们陷入了一阵沉默,此时,月亮在空中似乎悄悄移动了一点,它四围有圈微妙的彩色光晕,无云也无风。庭院中寂静无声,泉水似乎也沉入了睡眠。

"我说,"过了很久,男子忽然开口,几乎吓我一跳,"你不觉得这个地方有什么异样吗?"

"异样?"我诧异地注视着他,男子的眼睛隐藏在阴影里,看不清楚其中有什么。

"是的,你不觉这里有什么东西跟头几天有些不同?"

我苦思冥想了一会儿。

是的,正如他所说,我在潜意识里感到了某种奇特的暗流,但却不能确定那究竟是什么,就仿佛是某种呼吸平缓眼神贪婪的野兽蹲伏在长草中,也像被关在罩子里波澜起伏的大海,空气里总体是有点什么异常的地方。

"确实是有点,但究竟是什么呢?"我不由得说出声来,"我想不出来。怕是我没有你熟悉这里的缘故吧？"

他摇摇头："不，跟熟悉无关，我也是这次才发觉的。"

"鸟，你不觉得奇怪吗？鸟没有了。"

我恍然大悟。他说得完全正确，我在某个时刻也诧异过，没有鸟，天空、地面空空荡荡。

奇怪哟，我记得自己在来的第一天，曾对海面上滑翔的鸟儿种类之多惊叹不已。这里的庭院中四处是羽毛鲜艳的鸟，它们从人的手上灵巧地啄食面包，或者大大咧咧地停在客房窗口……

"它们都到哪里去了？"

"不晓得。"

我仰望天空，那里忽然多了几条长如丝线的云彩，和第一天风起云涌的感觉不同，它们稳定地待在空中，形状久久不变。

"怕是要地震了，或者是刮大台风，"我半开玩笑地说，"书上不是说过吗，动物对自然灾害有预警，一旦灾难来临便会一窝蜂跑掉。"

男子摇了摇头："按理说不至于，当年他们选择这个地点很有点学问。好像有个什么暖流流过，将这里保护起来，所以，岛上气候绝佳，台风百年不遇。"

"咳，亚特兰蒂斯帝国还受到诸神庇护呢，最后还不是沉没了。"

男子沉吟片刻："倒是有点道理。"

我想着遥远的不知沉没在哪里的亚特兰蒂斯帝国，想着那静默的城市和蔚蓝的海水，藤壶和各色水草悲怆地附着在白色的云石柱子上，不知名的鱼类在神庙的废墟里像鸟儿一样穿梭……

我忽然来了精神："喂喂，反正大家过不了几天就要一起沉没，所以……"

"所以……"

"所以现在大可畅所欲言，大吃特吃，乱搞男女关系，不必考虑什么账单啦、股票啦，对老婆忠贞不贰或者让孩子上名校的问题了……随心所欲便是。"

男子放声大笑起来。

我们再次陷入沉默。

奇怪的是，这不再是之前那种清澈如海水般一望到底的沉默，男子若有所思。看得出来，有些什么东西，或许是记忆，或许是想法在困扰他。半晌，他呼出一口烟，白色的小烟柱在离嘴唇不远处突然溃散。

我在脑海里极力捕捉久违的睡意，该回去了吧，往白色城堡般的大床上一扑，呼呼大睡。但没办法，脑内就像这里的天空，无云，无鸟，也无风，什么都没有，空空荡荡，清醒异常。

男子似乎觉察到了我的动静。"想回房间了吗？"他说，"不好意思，你困了吧？"

我苦笑着摇了摇头："我如今在这里夜夜失眠。"

笑意渐渐从他的眼角荡漾开来："那，再坐会儿好不好？我也难得有机会跟人这么聊天。"

我点点头。

"你刚才提到1116号房间……"又过了一会儿，男子静静地开口，"其实，我跟1116号房间，倒不是像刚才说的那么简单，这里面确实是有故事的。"

我来了精神，果然如此。

"想听？"

"嗯。"

接下来便是这名男子和1116号房的故事。

四

五年前,男子第一次住进1116号房间,跟自己所爱的人。

那年他42岁,生意做得如日中天,人也健康爽利,有正常和睦的家庭(妻子是与他同一大学的师妹,两人有一对双胞胎女儿)。因此,别误会,这不是中年男人在家庭里得不到温暖,转而在外面寻找补偿的俗套故事。他只是在正常的人生轨迹里被突如其来的爱给击中了。

在五年前一个春天的下午,男子在一个偶然场合遇到一位女子,双方随即坠入有生以来的第一次热恋。对方比他小10岁,已婚,家境富裕,没有孩子。那是一场如同掠过沿海大陆的热带台风一般迅猛的恋情,一如亚特兰蒂斯酒店初建时所遭遇的那场风暴,它摧毁了陆地上的一切,不由分说地将工人、云石、脚手架撕得粉碎,又将其碎片卷入几千米的高空。

那完全是一种超出他四十二年生活经验之外的情感,似乎得到了她,一切就都可以重新开始,失去她,世界将至此告终。

"等等等等,"我感兴趣地插嘴,"你为什么会称这种感情为爱?"

男子看着我。

"我们每天都在经历着很多情感,比如喜欢、不喜欢、讨厌、被吸引、嫉妒、被伤害等等,为什么你认为你这一次碰到的就是爱,而其他则不是?或者说,你到底认为什么是爱?"

男子沉吟片刻:"问得好。其实我也一直在问自己,现在、过去、无时无刻,甚至在当时头脑晕眩失去方向感时,这一疑问始终都存在。我也说不大明白,为什么人们会称某种感情为爱,而不是其他。但这些东西完全取决于个人体验,既无从考证,也无从与其他人讨论,反正绝无仅有,姑且称为爱也未尝不可,你说呢?"

"也对。"

男子的个人经历倒并不算复杂。他是理性的摩羯座,A型血,独生子,家境富裕,父亲是收入不菲的专业人士,母亲在他10岁时就因病去世了。

可能是因为母亲身体差经常出入医院的缘故,男子自小就被放到学校住读。他成绩优秀,独立生活能力极强,14岁便被实验班选中,考上了一所著名大学。22岁那年,他的同龄人刚刚跨出大学校门,他已经从另外一所一流大学拿到博士学位了。毕业后,男子被分配到政府部门工作。很快,他就因为聪明和极强的业务能力,成了一位正处于上升期的官员的助手。

男子从很早就意识到,自己的乐趣恐怕不在于官场,更不在于面对各种公文报表,而在于实实在在解决问题,和各色人等打交道,最后让他们乖乖掏出钱包供其使用。在政府工作是他的人生规划的一部分,因此倒不能算浪费时间。相比之下,与其同龄的人多数还在考虑出国深造或拿不定主意要干什么,男子却从一开始就有极明确的目标和极强的计划感——这十年的政府工作恰到好处地打磨了他的气质,让他免于愣头愣脑、锋芒毕露,他跟随的官员仕途极为顺利,也为他积累了不少日后要用到的人脉资源。

在这期间，他结了婚，妻子是毕业后在一个聚会上偶然遇到的低年级师妹，两人在大学倒是不认识的。妻子和他一样，自小家境宽松，是个大大咧咧、性格随和的女子，模样清秀，讨人喜欢——一句话，各方面都和他很相配。

或许因为母亲是个有点令人紧张的神经质女人，他很中意妻子为人的那股轻松惬意劲儿，工作上的烦恼绝对不带回家来，很多事情懒得多琢磨，业余时间全部用在自己身上与家庭生活中。后来做了母亲也是如此，全职在家带孩子后，妻子还去画油画、学法语，经常找朋友烫烫头发、看看电影、逛逛街什么的，很是自得其乐。

说到这里，我不得不声明一下，男子并不是个特别善于讲故事的人。事实上，在这个晚上，他并未对我讲过任何生活中鲜活的具体情节。例如，他与那女子是如何相遇的，两人如何一见钟情，种种外人可能产生强烈兴趣的所谓故事和细节一概没有。

我逐渐意识到，与其说男子在讲述自己的故事，毋宁说他在将反复思考后得出的某些结论尽情向我这个陌生人倾吐。在这一过程中，他也在试图厘清自己的思路。他所谈论的这一切怕是已在心中酝酿许久、萦回不去的几个问题、几个关键词语，比如爱、爱的产生、爱的消失……他的思绪和疑惑犹如在海上的信天翁和各色海鸟，它们反复升空，一旦捕捉住哪怕一丝微小的气流，就能顺势滑翔盘旋不已，在蓝天上画出有规律的曲线。

从学生乃至更早的孩童时代开始，男子的身上就有着成功人士必备的一些特点，比如说，头脑极其聪明，目标明确，逻辑性强。他有着与生俱来的说服力，非常讲义气，懂得让利，也有手腕，自然而然就能把各种人和商业机会聚拢在自己身边，并从中得到好处。

但他周围的很多人也意识到，男子再坦率、亲切、能干，旁人其实始终无法准确把握他的内心，总觉得跟他到底还是隔着一层。家人也好，同学也好，交往过的女人也好，谁都弄不清楚他脑子里到底在想什么。

就做生意本身而言，这种性格有其明显优势所在。男子的目标感异常清晰，在处理具体问题时，能用一种超然物外的姿态或者思维方法去考虑目前的处境——就好像他与自身也隔着一层什么。这样一来，加上运气，他得以安然渡过生意上的几次重大危机。

但这一点对他的个人生活而言究竟是好是坏，男子不得而知。早在少年时代，他和父母就不亲密，成年后，父子之间的关系更是彼此客客气气（父亲后来再娶也是造成双方距离感的一个主要原因）。

他没有所谓真正的亲密朋友，也无甚嗜好，也许唯一多年养成的习惯就是看书、看电影。和妻子在一起和睦生活了十几年，但两人都并非谁也少不了谁。他固然爱女儿们，但在她们小时候，他总忙着外出，等她们长成为有独立念头的少女时，他发现自己完全不了解她们。不过，彼此虽然不大亲密，倒也是正常温馨和有求必应的父女关系。

在婚姻期间，他有过一些外遇。不，那些关系多数连外遇都谈不上，只能说某些女子身上偶然有些东西让他心中一动，或者好奇。男子选择暗中来往的女人时总是很小心，灵敏的直觉能够使他立刻排除有太多企图心和情绪不稳定的人。倒不是怕妻子发觉，而是出于本能——无论男女，除非万不得已，他不想让任何人靠自己的世界太近。

刨除那些短暂的性吸引，其实真正能引起男子兴趣的女子并不多。在生意逐渐成功，有了些空闲后，男子试着去接近过几个让他觉得有趣的女子，她们中的绝大多数人也都欣然与之交往（毕竟，似男子这般聪明能干的成熟男人对女人总是有吸引力的)。但这些关系最终无不落得同一结局：即开始相互试探的阶段倒还有趣，甚至让人兴奋不已，一旦上床后，双方很快就对彼此失去了兴趣，最终落得个平和分手。

其中有一位，他甚至忘记到底是哪一位了，对他评价说，他固然十分温柔体贴，富于绅士风度，但总给人一种十分遥远的印象，仿佛在太空行走的宇航员——和他接近，就跟试图从开动的汽车倒视镜里看清楚景物一样，最后总会落得力竭失望的下场。

男子对这类评价倒并不大在意。事实上，在42岁之前，他的人生可说得上无甚遗憾。追求的目标基本一一到手，他不觉得自己缺少什么。如果说跟人有某种隔阂这一点让他人不快的话，那也没办法——无论如何，这是他自身的一部分，谁会对自己的手指或者脚趾动辄挑剔不已呢，他只是知道它们存在而已。

然而，这一切，冷静和超然，太空行走……在遇到女子后随即土崩瓦解了。

"她是特别中你意，还是……是你喜欢的某个类型，只是你过去不自知？"

男子摇摇头，烟早已燃尽，唯余灰烬。

"我曾经试图将我们之间的感情归类，但后来我意识到，在这个问题上想要下定义或总结什么是愚蠢的。"男子沉默了一会儿补充道，"我记得有人说过，爱不可言说，那么对它进行分析，岂非是对爱（姑且假设这玩意儿存在）的莫大嘲弄？"

我含混地点了点头，又摇了摇头。

男子只知道，那是一场如掠过大海的热带台风一般迅猛的恋情，它犹如亚特兰蒂斯酒店初建所遭遇的那场风暴一样，摧毁了陆地上的一切，又不由分说地将其撕得粉碎，并将碎片接二连三地卷上几千米外的高空。

我费力地试图想象那风暴，未果。

没办法，这种类似东方神秘主义或性高潮似的"觉悟"体验，过分依赖于个人感受。一个聆听者只能用自己经历过的陈词滥调来进行类推，否则便无从理解。但也正因为如此，这种理解的努力变得更为徒劳。我匆匆回忆了下自己的一生，没有，没有风暴，顶多是春日黄昏中浮动的薄如蝉翼的暮霭，有些小不称意、失望、凑合，也有些小小的欢喜——听上去何等无聊。

我叹了口气："想象不出来那是种什么感觉啊。"

男子点点头："遇到了就明白了，之前，我何尝能想象出这种事情。"

"这个……遇到了，究竟是好，还是不好呢？"

"说实在的，我也不知道。"

五

一开始，两人都没有意识到，这是超出他们生活经验范畴的一场燎原大火。

男子以为自己不过是异常喜欢该女子,这种情况毕竟是有的。他们都是生活经验丰富、性格稳定的成年人,一开始,虽然多少有些意乱情迷,但两人是本着不伤害各自家庭的原则开始相处的。男子估计(也许也在暗中希望)这种罕见的热情在约会一段时间后就将慢慢衰退,像以前的关系一样,双方逐渐厌倦,断了来往。

然而,几次约会下来,男子发现,他对女子产生了巨大的激情和占有欲(对方也对他产生了类似的感情)。这真是前所未有的感觉,他如此渴望贴近一个人,或者说,一个人对他产生了那样强烈的影响。世界仿佛分成了两半,有她的一半变得生动鲜明,影像更为清晰,声音与气息变得亲切和微妙,连阳光都格外灼热、金黄。没有她的那一半世界则让他心里空落落的,不知干什么好。

男子在激情荡漾之余,平生第一次感到莫名的恐惧。

日常可控的一切似乎都已被倾覆,在迅速离他远去。他首次觉得,自己将不再成为自己。在他固有的观念里,什么爱啦,感情啦,固然不错,但自己首先必须是自己。否则,他几十年来辛辛苦苦构筑的一切都将置于何地呢?

每天,他在家里、办公室和其他地方毫无来由地转来转去,尽量找事情做,比如,加大运动量,每天在游泳池里游上3000米,直到浑身肌肉酸痛;上街东游西逛,给朋友和家人买东西;突发奇想,带女儿和妻子出去旅行;或者无端动脑子再额外去找些新项目来做。无论在工作和生活中,他都显得比平时更注意细节,也更乐意跟他人交流。甚至连生意上出现令人烦躁的状况,他也能以比过去更为耐心和超然的态度去对待了。

外人、搭档和下属无不觉得,他变得比以前更成熟、思维更缜密,也更和蔼可亲了。但唯独他自己心里清楚,他这不过是想找人或者事情——随便什么——来消磨没有女子存在的那部分时间罢了,这是当时他所能找到的保持日常生活平衡的唯一方式。

"听起来真奇怪,"我插嘴说,"被你这么一说,这感情仿佛使你非常苦恼。"

男子点头:"事实上,不给人带来痛苦的情思就不是爱。"

"为什么?"

"因为爱会催生出占有欲,占有欲是一切痛苦的根源。人因为想占有,就会产生恐惧,既恐惧失去,也恐惧爱情的结束。"

"不是还有所谓无私的爱吗?"

男子笑笑:"在我的理解里,那大概是别的东西。"

"你的意思是,恐惧和独占欲都是爱的标志?"

"正是。"

最终,男子和女子一起来到亚特兰蒂斯酒店1116号房。那是两人第一次单独出来休假。之前他们自然已经幽会过无数次,但两个人生活在一个城市里,见面也好,游玩也好,总有些避讳。女子对他说,想真真正正单独相处几天——他恰好也在这么想,想真真正正完全拥有她,哪怕一天也好。

男子有时暗自寻思,从这个角度看,婚姻制度居然是符合人类对情感的期许的。过去,他认为一夫一妻制不过是陈规陋习而已。现在,他却意识到,爱情必定有独占性,或者说,驱使人寻求一对一的婚姻模式。人一旦陷入爱情,要么在此处,要么在彼处,几乎不存在什么中间地带。

有时,他想到她也会和其他男人说说笑笑,比如,她的理发师、在健身房晨练遇到的邻居、一起上班的同事、异性朋友,随便什么人……竟会无来由地感到一阵阵狂热的嫉妒和恐惧。其症状包括烦躁、出汗、心跳加速。发展到后来,他每时每刻都要和见到她或给她打电话的欲望作战,有时候,他甚至想在女子工作的写字楼和住所附近逡巡,以便制造一次偶遇。

但有关这一切,他从未告诉过女子,从未——这些行动也仅仅是停留在想象中。他基本控制住了自己,并没有将其付诸实现。过去,男子若觉察到自己女伴的嫉妒和好奇超过了一定限度,铁定颇有技巧地对此人逐步疏远。现在,想想自己居然也落到如斯地步,他不由得时时涌上一阵阵荒诞感,觉得报应不爽这话大约还是有几分道理的。

不过,说来好笑,在他疯狂嫉妒过的人中,唯独没有女子的丈夫。偶尔想到对方,他时不时甚至存有愧疚之心。从一开始,她有配偶这一事实就没对男子形成过太大困扰——在绝大多数时候,他似乎是把女子当成一个单独的个体来考虑的。

总之,自从爱上女子,男子时不时觉得,自己越来越难做到像以前那样潇洒自如地进行角色切换了。他的内心被这个秘密堵得严严实实,就像亚特兰蒂斯酒店密不透风的天鹅绒帷幕,一丝光线也无法透过。

他恨不得一把抓住谁,对着对方一吐为快:"是的,我爱上了某个人,想拥有她,完完全全的她;想每天早晨起床在身边看到她;想拥有她的二十四小时、每次微笑、每根头发、每个眼神;爱到不能容忍她在我面前拥有哪怕最微小的秘密……是的,也许你觉得一个中年男人像个20多岁初坠情网的小年轻一样疯狂是件荒诞可笑的事情,但,它确实就这么发生了。"

可是想归想,环顾左右,他却并没有这种能倾吐心事的朋友。没有。

他闭目摇头叹息,叹气似乎已经成了他的习惯。唯一可以说些实话的只有妻子，而现在对她说这些，只能让无辜的人受到伤害，让事情变得更糟。

就这样，他们来到了亚特兰蒂斯酒店1116号房。

正如男子之前所说，之所以选择这个酒店房间纯属偶然。1116不过是他的幸运号码而已。他看中的是亚特兰蒂斯酒店的与世隔绝，那正是他和女子想要的东西。

他们在1116号房间度过了六天，时间宛如缎子一样从身边滑过，那是没有任何标记却又时刻充盈着美好回忆的六天。两人无所顾忌，彼此完全拥有，倾心谈话到深夜（谈能想到的各种话题），水乳交融般做爱，一起游泳、晒太阳，一起跳舞，一起在岛上散步。男子和她尽情欢笑嬉闹，仿佛回到了无忧无虑的青年时代——其实，在他真正的青年时代，反倒没有过这般无拘无束与人心心相印的经历。

最后一天，男子和女子一起登上亚特兰蒂斯酒店所在小岛的山顶。山势虽然陡峭，但女子灵巧如羚羊般稳稳地手拉手与他攀登上去。他们从大片不知名的树木和繁花中穿过，羽毛五彩缤纷的鸟儿歌唱不已。常年积累的落叶在他们的登山鞋下咔嚓咔嚓作响。他们时不时碰断身边树木细小的枝叶，那伤口很快便积聚了眼泪般晶莹的树脂，散发出冷冽刺鼻的芳香。

他们爬过一些陡峭的山坡，最后来到小岛的最高处，那里山势忽然平缓，绿草如茵。在草地尽头有峭壁拔地而起，上面建有一座小小的白色灯塔，群鸟在四周飞舞，恍如人间仙境。

两人爬到峭壁最高处，那里面向广阔无垠的大海，仿佛世界的尽头。远处的海水在阳光下显出不同深浅的蓝色，海浪涌动着，在岸边的黑色礁石上撞碎，变成白色的泡沫。海鸟在风中穿梭。峭壁下，被其巨大阴影笼罩着的白色海滩上有几处空隙可见阳光，在那里零零散散晒太阳浴的人显得十分渺小，像来自另一个世界的微弱的回声。

在那里，他们互相许以爱的誓言——这一字眼在他们过去的人生里，从未被如此郑重地提及。两人长时间拥抱着，仿佛是世界上仅有的两个人。男子平生第一次觉得，与一个自己之外的人完完全全互相拥有。他们毫无间隙，合二为一，唯一能在之间通过的，只有风。

是的，只有风，风吹起他们的衣襟和头发，充满他的怀抱，充满世界尽头。

也就是在那一瞬间，男子的心先是被巨大的幸福填满，随之而来的则是更大的恐惧——他已经无法忍受失去她，失去爱情，失去这种亲密。他比想要世界上的一切都更渴望拥有女子，拥有这种感觉。没有她的余生对他而言，只能是荒漠一片。

那天上午10点左右，我在酒店庞大的床上被电话铃叫醒，感到脑子昏昏沉沉，像患上感冒的前兆。

晚上与男子聊天，或者不如说听他独白到凌晨，我累得脑海里完全变成了一片空白，或者就像男子所说，像荒漠。

待他讲完，我们互相道别，我摇摇晃晃上得楼去，连衣服都没脱便一头栽倒在床上呼呼入睡。

说来也挺讽刺，这是我在亚特兰蒂斯酒店唯一一次克服失眠。

我闭着眼睛伸手摸索着接起电话，是男友。

"猫不见了。"他劈头便是一句。

我费力把脑子里散落在四处的意识碎片归拢到一堆："猫……

哦，猫，怎么会不见呢？"

男友在电话那头几近气急败坏，据他说，印象里猫一直都在的，食物在减少，水盆也干了，便盆里的猫砂更是每天清理。

只是这家伙一直不喜欢见人，因此，他便仅仅是机械地做着这些事情，想当然地认为猫躲在某处窥探这一切。直到昨天晚上回家，他发现食物原封未动，开始担心这家伙是不是得了什么病，四处寻找。结果发现，猫在我们的两室一厅中神秘消失了。

"昨晚一点和两点多钟都往这里打电话来着，可你不在，"男友抱怨道，"你跑到哪里去了？"

我觉得很难对他解释，自己深夜未归是为了听一个陌生男人大讲恋爱故事，于是策略性地重拾猫的话题："怕是你没找到吧，猫喜欢爬高爬低的。"

"食水都没动，便盆也没有上过的痕迹，这总不对劲吧？"男友说，"家中所有柜子我都打开了，床底也检查过，还开了罐金枪鱼引诱它出来，但还是踪影不见。"

"不会是从窗口跳出去了吧？"

"不可能啊，"男友说，"每扇窗户都关得好好的，那家伙莫非长出了大拇指，能打开锁死的窗户？再者说，就算打开了窗户，它还能在跳下楼去之前，郑重其事地从外面再把窗户关上不成？"

"也是。"

最终，我们就猫的神秘失踪没能达成任何结论，不得不不了了之，中止了谈话。我起身梳洗，感觉脑袋发晕，用热水浇头半小时后仍旧无法缓解。

男友心烦意乱成这样，我大体理解。与其说他是爱猫，莫如说他怕父母怕到了相当程度。宝贝猫丢了，他父母回来准要大呼小叫一番，翻出他从小到大的一系列失误，最后得出结论，即自己对孩子的教育着实不成功。

说实在的，我之前从未见识过如我男友般的家庭关系，在他身上，爱是一柄双刃剑这一点显露无遗。一方面，他是独生子，可想而知，父母对他的物质和精神需求自然是精心供给。另一方面，他的父母均是受过高等教育的成功人士，对孩子并不是随意溺爱。相反，他们希冀儿子能够成为一个符合他们愿望的人，因此，从小便对他要求十分严格。

我不晓得他们到底希望他成为什么样的人，大抵是聪明、勇敢、懂得自省、正直……由于每个人对这些词汇的理解都有所不同，因此，就更难在教育孩子时将自己的要求精确量化。更何况，有经验的人都知道，想让孩子一丝不差地成长为父母所希望的人，简直比在离岸二十分钟的海岛上修建酒店还要困难——后者通过努力或许能够做到，但前者需求的是发生奇迹。

男友父母的殷切希望和控制欲使得他缺乏自信，内心总伴随有强烈的挫折感，甚至由此产生了不愿承担更多责任的心理障碍。在遇到我之前，他有过莫名其妙的几段"逃婚"史。客观地说，男友是一个正派、有幽默感、有情趣、聪明能干的男人，颇能吸引女人。一旦与合意女子交往起来，双方很容易情投意合，相处愉快。关系进展到一定程度后，对方自然而然想与他发展更深层次的关系，比如同居或结婚。男友一旦行到此处，几乎总是陷入惊慌、焦虑，不能自拔。

他的顾虑在外人听起来很是好笑：他担心自己选错了人，两人相处到后来发觉彼此不合适，最后痛苦不堪地分手——说到底，他打心底里害怕自己让别人失望。他每每在幸福的中段就能预测到后面的不幸结局，并且为之惶惑不已。

结果，为避免这个臆想中的结局，他只得提前逃之夭夭，以求自保。显然，这种武断的做法很容易造成伤害，所以他的几次关系最终都以极为不愉快的形式结束。但他仿佛是被某种宿命驱赶，只能一次次如此行事。

我们目前之所以能顺利相处，大概要归功于我对婚姻或稳定关系不太在乎，当然也可能是因为我们根本也没相处到那个深度。

他的这种性格弱点总让外人多少有些莫名其妙：似他这般一帆风顺者若是也有如此严重的挫折感，那平常人岂非要自卑而死吗？

依我看，这个状态大概跟父母对他的爱有关。男友一直在严明的家庭教育下成长。幸运（或者说不幸）的是，他的父母聪明、成功、有理解力而且善于控制局面。因此，对于他所做的每件事情，他们都有自己的看法和建议——当然，这些看法通常都是对的。

与他相比，我觉得自己挺幸运，父母生下我们兄弟姐妹四人，如果要像他家那样事无巨细地管教每个孩子，想必早已累死了。在考上大学后，父母很自然地对我们的一切都不再加以干涉，假使抓住他们强行征求其意见，也顶多是嗯嗯几声，说句"你自己做决定好了"敷衍了事。

而一直到现在，我的男友却始终无法真正摆脱父母的意志。无论他做什么，取得什么成绩，总要习惯性向父母汇报。后者会谆谆教导，要他更加努力，指出他存在的缺点、不足，让他"不要骄傲"云云。这一切固然算是家庭关爱，但也导致他始终觉得，自己没能让父母满意——因为他与他们的期望（天知道他们到底在期望什么）总差着那么点距离。

若说他们的要求极度蛮横无理，男友一概不加以挂怀也就罢了，可偏偏他们所说无不为绝对真理。而且，男友从内心深处爱着父母，渴望让他们为他骄傲。

这就导致他的行为在我看来多少有点不可思议，像患上了某种强迫症：他急于承欢膝下，事事汇报，每逢有违父母意愿（在我看来都是些无足轻重的小事），他总是先主动坦白，然后再费劲编些理由出来敷衍过关。看起来，明明是自己乐于跟父母交流，但结果却总是"阳奉阴违"，以报喜不报忧的方法草草了事。

每逢此时，我总不由得深深叹息，爱竟然能产生这种效果：要知道，他们本来是有机会成为一个真正相爱而无话不谈的家庭的。

猫能跑到哪里去呢？我在通向山顶的小路上攀爬，一边寻思。统共就那么不到100平方米的地方，它莫非钻到衣橱或什么黑洞里闷死了不成？

很快，山势陡峭，容不得我再就猫的问题多想了。我不得不紧紧抓住身边的草木，努力攀登上去。一路上，我看到大片不知名的树木和繁花，有种开着白色重瓣花朵的灌木，大概花期将过，落英缤纷，地面如同积雪般铺满花瓣。厚厚的落叶在我的登山鞋下咔嚓咔嚓作响，我有时会碰断身边树木上细小的枝杈，那伤口很快积聚了眼泪般的树脂，散发出冷冽刺鼻的芳香。

我爬过一些小小的山坡，最后来到半山腰，累得满头大汗、寸步难移，只得一骨碌躺倒在地。气喘吁吁之余，我不得不感叹，看起来，1116号房的那一对儿体力相当不错嘛——我记得男子说，他们一鼓作气爬到了山顶。

六

老实说,在第二天早上爬山时,男子昨晚,或者不如说凌晨所讲的那些言语,在我脑子里已经变得支离破碎,模模糊糊。就像我身边这些花木叶片上清晨的露水,在太阳的热力下逐渐挥散于无形。

在草地上躺了好长一段时间,我才多少缓过劲儿来。在这片绿草如茵的小山坡上,长满一种无名的植物,它们有羽毛状细致的叶片,开出线条优美、白色羸弱的花朵,自顾自在风中摇曳,沉默无言。

四周只有风的声音,没有鸟,只有风。

我深吸了一口气,把鞋带系紧,好咧,继续前进。

目标:悬崖。

事后看来,亚特兰蒂斯酒店的悬崖成为男子和女子关系中的一个巨大的转折点——在那里,他们互相郑重其事地确认了彼此之间的爱。

随之而来的必然是诺言和盟誓,此乃天经地义、顺理成章之事——我爱你,那么我必须真正拥有你和你的一切。

遵循这一逻辑,他们都得离开各自的伴侣。因为他们已经无法再在日常生活中欺骗身边的人,以求维持私密的地下情人关系。这样做不但虚伪,而且不啻对"爱"这个字眼的挑衅。

男子决定向妻子提出离婚。但就在这当口,他犹豫了,不是犹豫要不要离婚,而是犹豫何时何地提出和怎么提出。

孩子们正在家里过暑假,妻子整日与她们骑自行车、游泳、逛街,其乐融融。他总不至于蠢到没头没脑来一句"对不起,我想和你们的妈妈离婚,因为我爱上了别人",来干扰女儿们无忧无虑的假期。另外,想到妻子与孩子们这些年来与自己度过的平静时日将被打破,他内心时时不无内疚和伤感。

多少次,他欲言又止,最后总是落得退回屋中或在内心自言自语的下场。不知不觉中,男子染上了失眠的毛病。有时,实在睡不着了,他干脆跑到厨房开瓶酒(随便什么酒)来自斟自饮,直到天光渐亮。妻子在他身后卧室的大床上发出安静柔和的呼吸声。他脑海中充满了大海、悬崖和女子,还有风,是的,只有风……那是他此生与自己以外的另一个人唯一紧密贴合的一次。

"没办法啊。"有时候,他甚至会在独自一人时说出声来。

没办法,尽管在外人看来,他的人生十全十美,但他必须拥有女子,哪怕为她放弃这一切——没有她的世界只能是荒漠,是孤寂的火星表面。

最终,居然是妻子出面为他解了围,这是男子没有想到的。

九月初的一天,学校开学了,孩子们返校,这栋房子变得空空荡荡。晚上,他回到家中,妻子已经做好咖喱饭和蘑菇汤等他。两人吃罢,男子去厨房收拾碗碟。回来看到妻子坐在客厅的沙发上,电视破例没开(妻子是个狂热的电视剧迷,总是一天到晚盯着电视看)。忽然间,妻子闲闲地开口了,就像问他要不要喝茶。

"你喜欢上别人了吧?"她说。

男子先是一愣,随后镇定下来:"是的。"

"真心喜欢,对吗?"

男子咬咬牙,点头承认:"是的,是真心喜欢,并不是玩玩。"

"这一点我看出来了,"妻子说,"我们毕竟在一起生活了这么多年,能感觉到。"

"对不起。"

"不用说对不起,"妻子平静地说,"我倒是觉得你这样夹在中间挺痛苦的。所以,我很想知道你究竟要怎么解决。"

男子沉默了很久才开口,他告诉妻子,自己想离婚,想跟另一个人在一起生活。对财产和赡养费完全不必担心,想要什么都可以,孩子们都归妻子也没问题。这些话他说得又艰涩又缓慢,毕竟,他怀有强烈的内疚之心。最后,他谢谢妻子让自己过去生活得很幸福。但对他来说,无论经历何种顺境,始终觉得内心少了些什么,因此,光有幸福是不够的。现在,这种内心的缺失居然能被某人填补上——这一点对他而言,比什么都重要。

妻子面露一丝几乎无法察觉的微笑倾听他的话,手中把玩着电视遥控器。男子忽然觉得,司空见惯的妻子看上去与平时有什么不同。

在家中,妻子酷爱看电视剧和各种做菜节目;女儿们小时候在家会抢看动画频道;现在,母女三人都成了各种电视剧和综艺节目迷;他只看体育或新闻频道。最后,这场家庭电视频道之争不得不以他在房子里总共摆放了四台电视告终。

他的话说完后,妻子低头思索了一会儿。

在妻子沉默的时间里,男子忽然觉得,如果这个时候电视机能突然打开,发出一点声音就好了,一点儿,哪怕是莫名其妙的男女哭哭啼啼也好。然而,没有,只有沉默,连一根绣花针掉到地上都能听见的沉默。

随后,妻子抬起头来,她的表情平静,说话不疾不徐:"其实你说的这一切,我大体了解,因为我多少也有这种感觉。在你身边,我说不上不幸福,但也绝对谈不上幸福。我想,这跟我们之间始终

亚特兰蒂斯酒店1116号房

隔着一层什么有关。我试图通过做其他事情，例如画画、逛街、和朋友一起远足、带孩子来排遣这种感觉。想来，也是我这个人从小家境太好，散漫，不爱努力，很少强求某些东西的缘故……"

"离婚是可以的。"妻子最后说，"我相信你，你给我和孩子们的不会少。我有时觉得，或许我们都有错误。你始终没有对我打开你的内心，而我也没能付出更多努力去了解你。当然了，现在说这些已经无济于事了……"

午夜，男子睡不着（他已经主动搬到了客房里），出来在柜子里找到一瓶威士忌，自斟自饮开来。

他觉得脑子有点乱，有很多事情已经一点点超出了他的想象。

说实在的，妻子这番话令男子大为震惊。这些年来，他一直以为妻子是个无甚心机的乐天派，每天只顾忙活着孩子和自己那点事情。他觉得自己了解她，也能把握她，并且颇为自己能尽力让她和孩子幸福满足而自豪。而现在，他发觉尽管在一起生活多年，但对他而言，妻子其实完全是个陌生人，这导致他过去的世界赖以存在的基石发生了巨大的震荡。

妻子的这些话牢牢地占据了男人的脑海，进而演化成他对自己、对身边一切的疑惑与思索。有时候，他甚至在想（当然，他也知道这种想法很不地道），假如妻子不这么冷静和通情达理，假如她如同一般女人一样疯狂地嫉妒，做出过激举动……事情对他而言反而简单多了。

离婚的事情就这样在不知不觉中被暂时搁置下来，不光是妻子在与他长谈后的几天内就和几个朋友出国旅行散心的缘故，他发现（这也是个很糟糕的发现），自己还没有到下狠心一定要逼妻子马上签字离婚的地步。

生活就这样继续下去：男子定期去学校看孩子们，跟妻子偶尔通电话，出门做生意见客户，在家里睡客房。女子在那段时间经常出差，偶尔回来，两人会在酒店见面，在拉着窗帘的幽暗房间中亲昵，沉浸在彼此的气息里。

那段时间，他们做爱仍旧如胶似漆——女子反应灵敏而恰如其分，他则沉醉于她的身体与气息。

夜晚的她与白天精明颖悟的形象判若两人，这些细微的变化往往令男子着迷不已：她梳得无懈可击的发髻在夜晚会变成芬芳的瀑布，散落在他胸口；她总用一种很特别的玫瑰味浴液，肌肤温暖而甜蜜；她的左膝盖上有少女时代表学校参加全市200米短跑比赛时不慎摔倒留下的痕迹；左手手腕处则有颗蓝痣，隐藏在一只玉镯后面；她有时候失眠，因此习惯把夜光机械表戴在右手上，睡觉也不摘下来。

他熟悉这些细节，也熟悉她的颤抖、流畅的背部曲线和喘息，那是幽暗的下午一首由大提琴演奏的无韵诗。

他们在一起时，除去在悬崖顶的承诺，她并没有再开口问过他的婚姻问题将如何解决，男子也没提。在她，怕是不好开口，大家都是有理性的成年人，都明白一个人十几年的婚姻生活不是那么容易说断就断的。

他则被歉疚和各种复杂情愫困扰着，在事情没解决之前，他不知道该怎么对女子提及此事——至少，她不应该在这件事情里陷入与他同谋的境地，这点最基本的道理他还是懂得的。这些年，遇到大事，他也没有跟人商量的习惯，一贯自己琢磨解决。何况，一旦他这边的事情解决，她也有同样的问题要面对。

"但我后来意识到，这段时间可能导致她和我都发生了一些微妙的变化。"

"哦？什么变化？"

男子想了一会儿，随后掏出最后一根烟点燃，呼出一口烟……

就在胡思乱想和回忆中，我忽然发觉，自己已接近山顶。

如男子所说，爬上最后一个高坡，前面忽然山势平缓，绿草如茵，在尽头有峭壁拔地而起，上面建有个小小的白色灯塔，恍如仙境。

七

这一切（改变）在他意料之外，或者说，他尽力想让自己和女子的关系不发生改变，但变化还是不知不觉降临了。

最终，我气喘吁吁爬上悬崖，一如男子所描述的，那里面向广阔无垠的大海，仿佛世界尽头。远处的海水在阳光下显出不同深浅的蓝色，海浪涌动着，在岸边的黑色礁石上撞碎，变成白色的泡沫。峭壁下，在白色海滩上走动和躺着的人显得十分渺小。

也许是一个人的缘故，整个场景并未让我觉得与爱有什么关系，相反，我很煞风景地想起了传统的英国侦探小说：大海、阳光下的罪恶、不知不觉中发生的谋杀案、消失的生命……

这些模糊的念头很快便被山顶的风吹得支离破碎。

被阳光照久了,我忽然觉得十分疲倦,只想睡觉,大概是头一天晚上熬夜听男子讲话的缘故。这睡意如此强大,我不得不磕磕绊绊走到峭壁下的一片低洼地上,那里有块巨大的石头,正好能挡住阳光。草地很柔软,我脱下外套,胡乱塞成一团做成枕头,一头躺下,随即沉入死一般的睡眠。

"一开始我们或许是心心相印过的,比如,在恋爱初期,或许……"妻子对1116号房间男子说。

奇怪的是,当他们开始谈起离婚后,妻子与他的谈话开始变得充满哲理,直指内心,十分坦率顺畅——她完全不再唠叨往常那些让他过耳就忘的家常琐事了。

"不过时间太久,我也忘记得差不多了。"妻子说,"遗憾的是,这种东西像植物一样,需要不断呵护和浇水,否则就会死亡。你身上的那层硬壳也许确实曾对我软化或开启过……我不知道,究竟是我没抓住机会,还是我确实不是那个人。也或者,除了你自己,世界上根本无人能穿过那层障碍吧。"

男子无言以对。他时不时开始觉得,如自己这般自私和狭隘的人,原本是不配有选择他人的权力的。

男子很清楚,自己的犹豫和沉默就像致命的毒液一样慢慢渗入了这段搁浅的日子。

怎么形容呢?仿佛有某种让光线折射率为之改变的物质,如同玻璃幕墙般慢慢树在了他和女子之间。两人似乎开始隔了些什么,那种亲密的贴合感,那种不顾一切要融为一体的感觉,逐渐被陌生和某种微妙的试探所代替了。

女子和以前一样与他约会,她和蔼可亲,举止得体,有求必应,从不爽约。看起来,她与他一样,都在极力试图向自己或对方证明他们之间没有发生任何变化。因此,他们亲热照旧,见面照旧,一切照旧。但这东西竟然硬是从他们之间长了起来,它生长得如此巧妙和顺理成章,如同攀爬在峭壁上的草木,绿叶蒙尘,在微风中发出沙沙的声响,工程浩大,见缝插针,令人叹为观止。

"你觉得,她是对你失望了吗?"我忍不住插嘴。

"可能吧,"男子叹了口气,"老实说,连我自己都对自己感到失望。"

我突然从无梦的睡眠中惊醒。因为没戴表,我判断不出自己究竟睡了多久,但感觉上石头的影子稍微偏离了一开始睡觉的地方,导致右边身体被晒得发烫。我一骨碌爬起来,极目四眺,四周寂静无声,连悬崖下沙滩上的人都不见踪影了。

空气中弥漫着一种不祥的气息。

天空中一丝云也没有,那瓦蓝瓦蓝的天空竟然艳丽到有点险恶,鸟儿无影无踪,还有风,是的,甚至连风都已经停止,天地间只有海浪极其微弱的鸣响。一时间,我以为是自己的耳压发生了某种微妙的改变,如同坠入了某晚无穷无尽的梦境。

猝不及防,我陷入了巨大的恐惧。

孤独感如同涌动不停的冰冷海水,很快便没过了头顶,我感到自己被孤零零地抛弃在世界尽头。如果这时候能听到男友的声音,能听到他父母抱怨我们把猫弄丢了,哪怕听到亚特兰蒂斯酒店里素不相识的男女闲聊,对我而言,都是一种巨大的安慰。

想到这里,我摸了下口袋,发现出来的时候忘记带手机了,不由得咒骂了一声。

不得已，我只得深一脚浅一脚地匆匆从山上跑回酒店，一路踉跄，大汗淋漓。落叶覆盖在小路上，像鲸鱼的脊背一样滑溜溜的，我心惊胆战地随手抓住身边能够着的一切草木以求稳住身体，心中暗想，男子只顾将其爱的感受讲得天花乱坠，但却没有提及下山路有多么难走。

说实在话，在男子温和、无甚特色的外表下，我能感觉到他那极为强硬的自我。在整个故事中，我很少听到他对其妻子或女友的感受做出过任何描述，她们是否快乐，她们的犹豫和痛苦……换言之，作为故事的另外一半，作为活生生的人，她们在男子这里仅仅是一个角色，或一个符号。我不知道这是男子出于保护他人的原则才在讲述中对此略去不提，还是他压根就没往心里去。

说白了，男子是个自私的人，这一点我完全可以肯定。

他与其他任何人都不可能真正亲近起来。像他那样的人，固然一时间会因为激情荡漾，姑且按他说的，是爱也罢，是冲动也罢，对某个人敞开心扉。但最终，他多半还将回到自我封闭的老路上来——而这一次回归，他那自我保护的外壳将生长得更为坚固，更为巧妙，连他自己都对此束手无策。

在识别自私者方面，我多少也算个小小的权威了。最终，是人的性格决定了命运，而性格是无法改变的。就像我的男友和他的父母之间形成的感情互动模式，前者总是试图取悦于后者，后者却总认为他做得不够好——这一情感地狱是他们自己造成的，其他任何人都无法改变。

我可以肯定的是，1116号房男子将一直生活在与周围的事物和人隔绝的世界里，并不完全是因为他没有遇到值得自己爱的人，更多是因为，他早已做出了选择。

花费了近一个小时，在划伤左臂一处，险些崴脚三次后，我终于安全回到了酒店。看到庭院中那熟悉的一草一木和汩汩涌流的喷泉，我如释重负地呼出一口气，浑身放松下来。

　　也许是心理作用，我忽然觉得，这些过去令人厌倦的景色忽然变得可爱起来：广场地面上那些半透明彩石在阳光下显得色彩和谐，妙不可言；庭院中绿草如茵，泉水淙淙，奇花异卉散发出温暖的芳香；就连那些过去在我看来莫名其妙的时髦男女都显得如此亲切。

　　几个身穿这一季流行的彩色长裙的黑发美人，肌肤被晒成小麦色，挽着男伴匆匆从我身边走过，她们在空气中留下了丝绸摩擦的声音和微妙的香水气息。

　　我寻思，好像早就过了午饭时间，该喝下午茶了。但我懒得回去换衣服，反正早上出门前吃了一只苹果，肚子并不饿。

　　但在与世隔绝的地方待久了，我有点不愿意立刻回房。我想与什么人，哪怕是陌生人聊聊天也好。仔细想想，在这里，唯一能说上话的是那秃头侍者，似乎此人不在附近。我东张西望一会儿，有些失望。

　　对了，可以去看看图书室老伯嘛。

　　图书室仍旧像以往一样静谧阴凉。老伯坐在自己的座位上戴着老花眼镜在翻看什么。他抬头看了看我："来啦？"

　　我发现他在看一本法国印象派画家的画册，隔着桌子看不清楚，大概是莫奈的。奇怪啊，难道此人特别喜欢绘画不成？

　　我想起自己借的侦探小说还没还："一会儿我回房间，把书拿来还了。"

　　"不着急，"老伯说，"你只借了一本，一个人可以借三本呢。"

"哦。"我随意踱向书架。

"对了，"老伯忽然在身后对我说，"那位1116号房的男士托我转告你一句话。"

我一愣："他？"

"嗯，上午他来还书，说是马上要回去了。"

"……"

"他让我告诉你，如果可能的话，还是马上回家为好。"

"什么？"

"如——果——可能——的——话，还——是——马上——回家——为——好。"老伯缓慢而清晰地一字一顿地重复说，仿佛在对一个聋哑人亮出口型。

"你确定他是要你留言给我吗？"

"他说是转告借《长眠不醒》的女孩，借这书的不就是你吗？"

"那倒是。"

八

男子后来还和女子来过一次亚特兰蒂斯酒店——那是在他们的关系变得十分微妙之后的事情。

妻子的话时时回响在脑海里，女子则与他默不作声地在昏暗的房间里幽会。这样的日子过得长了，让男子渐渐觉得，自己如同被搁浅在什么地方的一条鱼一样。按理，奋力一跃，就可落入救命的水潭。

但究竟往哪个方向使力好呢？对他而言，究竟什么才是真正意义上的救赎呢？他脑子有点乱。

他和女子之间的忘我、坦诚相见和默契逐渐消失了。男子恍惚觉得，即便在做爱时，女子的嘴角也每每带着一抹神秘莫测的微笑。之前，他绝对可以肯定那是愉悦和温情。但现在，这表情变得越来越像嘲弄或者其他什么。当然，这完全可能是他自己神经过敏。

男子总在疑惑她是否不再信赖他了。他们的爱情原本是基于双方无条件的信任和融合，假如失去了信任，那么一切就都变味了。

就这样，他们的相处里逐渐渗入了不和谐的调子：他离不开她，却又担心她蔑视自己，因此时时心情低落；他想完全占有她，但对下一步该做什么却毫无概念，也动力全无；有时，他故意想激怒她，以求验证他们的感情并无改变，但最后总落得自我厌恶；他拼命想保持感情的纯度，与在悬崖顶端那热烈、与世隔绝的情感一无二致，可这感情降温的速度如此之快，他连一分钟都骗不了自己，也骗不了对方。

这样一来，就产生了一个令人哭笑不得的结果：由于之前二人超乎寻常的默契确实存在，这导致彼此对对方心理上的些微变化都心知肚明。无论她和他再怎么乐意维持和配合对方，内心却都清楚地意识到，两人的关系已经发生了某种不可逆转的变化——说起来也足够可悲，到了这一步，他们连通常夫妻生活倦怠期的客客气气和维持关系都做不到了。

"真是活脱脱的人间地狱啊。"我感叹。

男子略带好笑似的看了我一眼："看起来，你还真明白。"

"大体上明白，"我回答，"有人曾经说过，为爱而结合是所有婚姻中最不牢靠的一种——因为爱是会消失的。"

"谁这么有哲理？"

我迟疑了片刻："我父亲。"

男子叹了口气："到头来，两个人坐在感情的废墟中与对方面面相觑，这局面确实更让人无法忍受。"

"倘使一开始不是爱，而是其他任何纽带，比如金钱、倚赖或者信任……结果怕是都会好很多吧？"我说，"那些东西都是黏着剂，日久年深，甚至能转化为爱。可是，唯独爱，却未必能顺利转化为尊重和信任。"

"这也是你父亲说的？"

我点点头。

"有智慧啊，"男子叹息着说，"很多道理，不曾经历过的人是不会懂得的。"

我沉默了。

毕竟，萍水相逢，我对一个陌生人的人生做出太多评价也是不恰当的。

还是回到1116号房间的故事上来吧。就这样，男子和所爱的女人互相拉扯着走向了某个终点，某个他们不情愿、一开始绝没料到自己居然也会到达的地方。

无可否认，两人都在努力维系这段感情，但却又都多少有些猜疑和委屈。在男子眼里，女子不再甜蜜，变得不可捉摸和桀骜不羁起来。他们在那点宝贵的幽会时间里动辄爆发冷战和争执，最后又总是以无奈、道歉、泪水达成和解。

这一切相当具有讽刺性。过去，他们认为把双方连接在一起的纽带，那些让他们觉得这个关系与众不同的要素，比如心灵的和谐、彼此的信任……其实是多么脆弱、不堪一击。而且双方都心知肚明，不是别人，正是他们自己成了毁灭这一切的根源。

但是，如果真说要马上分手，两人又都觉得还不是时候。尤其是男子，作为一个直觉相当灵敏、善于把握微妙商机的人，他清楚地意识到了这一点：无论在情感还是肉体上，他们都还离不开对方，稍微分离就会引发撕心裂肺的疼痛。是的，谈分手，还远没到时候。毕竟，悬崖上那一幕太美好，而他们都太不甘心，也太贪婪了……

最后，在女子生日的时候，他们决定抛开一切，回到亚特兰蒂斯酒店，回到1116号房。

是的，回到1116号房，男子虽然明知道未必能找回过去的一切，但他还是想试试。

再次回到亚特兰蒂斯酒店的那天，天气如上一次一样晴朗，侍者仍旧是那么殷勤，音乐仍旧动人，1116号房间一切依旧……唯独他们与上次不同。

男子觉得，与其说女子有些心神不宁，还不如说是两人都有点别别扭扭。具体是什么因素导致了这种情况倒是说不好，但气氛肯定与上次全身心沉浸在对方的气息中大不相同了。

他们彼此都有点客气，小心翼翼，甚至有点迁就对方，这比吵架还令人伤感——在昔日柔情缱绻之地，女子和他各怀复杂的情愫：怜悯、惋惜、责任感、不甘心和善意……但唯独缺少了爱和不顾一切的激情，这简直是对过往一切的莫大嘲弄。

在到达酒店的第二天，他们再次来到悬崖边。在海风和鸟鸣中，两人彼此间隔着一段微妙的距离，并肩极目远眺，沉默良久。

就在那一刻，男子意识到，一切都无可挽回地改变了。

从悬崖走回酒店的路变得从未有过地漫长，两人沉默不语，都意识到了命运的重负。路上，因为无聊，他们强颜欢笑，聊了几句最近身边发生的奇闻逸事，甚至谈到晚上要去找部电影一起看看。男子忽然意识到，他们之间的谈话越来越像过去他和妻子之间无关痛痒的对话了。

随后，男子换好衣服，想带女子去吃饭。

就在这时，女子的手机铃声刺耳地响起。

男子吃了一惊，心里颇有点不是滋味。一般来说，女子在跟他幽会时，尤其在上次来亚特兰蒂斯酒店时，从来都是关机的。因为她说了，自己在跟他相处时不想被任何人和事情干扰。

女子对他做了个抱歉的手势，他耸耸肩，对她用口型说自己去楼下两人常去的餐厅等她，女子点点头，转过身去讲电话。

男子在餐厅中喝下五杯马天尼，等了大约一个小时，女子仍旧没有踪影。最后，实在熬不过饥饿感，他要了一份牛排。匆匆吃罢，男子上楼去找她，随即发现，女子不见了。

"不见了？"我目瞪口呆，"什么是不见了？"

"就是说，她收拾行李走了，没有留言，没有字条，什么都消失得干干净净。我去问侍者，他们说，小姐在半小时前上了最后一班轮渡，此时怕是已经靠岸了。"

"这就是我的1116号房的故事，"沉默了许久后，男子说，"从此，我们再也没有见面。"

"你试图找过她吗？"

男子摇头："显然，她已经决定结束这种关系。此人的性格我很了解，无论如何，她决定的事情是不会改变的。而我不希望勉强她。

"更何况，我又有什么资格去要求她呢？"

我不知道该说什么好，只好继续盯着空荡荡的庭院，透明的五彩石在月光下显得十分苍白，与普通廉价鹅卵石无异。期待了许久的睡意终于大驾光临。为了不过于失礼，我只得使劲忍住无穷无尽的哈欠，憋得脸部肌肉僵硬，眼里逐渐充满泪水，导致面前景物都变得模糊了。

过了一会儿，在好容易忍下又一个哈欠后，出于礼貌，也因为好奇，我终于从半昏迷般的瞌睡中积蓄起一点力气问男子："那么，你每次回到1116号房间，是因为对那段时光还有些怀念或遗憾吗？"

"不不，我没那么浪漫，"男子失笑，"我只是恰巧比较喜欢这个房间号码而已。"

"那么，你为什么还经常回到这里来呢？"

"哦，这是出于生意经的考虑。"

"生意经？"

"嗯，后来我发现，一旦疲倦了，或者想做出某个重要决定，在这里待一阵子，对我冷静思考有很大好处。有时候，与某个极其重要的人谈事情，我也会安排在这里。"

"为什么呢？"

"或许是这里与世隔绝的缘故，"男子考虑了一会儿，说，"在这里，人们更容易审视自我，审视自己所怀有的梦想与欲望。独自一人时，人们不得不更坦诚和不带矫饰地与自我相处。说到底，我想，我们最终需要和平相处的人，无非是自己而已。"

事后，我才意识到，自己当时忘记问他最终是否离婚了。
不过，这一切倒也并不重要了。

最后留在我脑海中的，是男子在向我告别时说的话。
"这件事情结束之后，我会经常做一个梦，梦见在家中或者办公室里翻箱倒柜寻找某些东西。"

"商业合同?存折?身份证?"

他呵呵笑起来:"比那个可重要多了。"

"是什么呢?"

"详细的不记得了,但这个梦无论开头如何,场景总是类似的:我在找某个很重要的东西,急得一头大汗,甚至十分绝望……而这个梦往往以同样的方式结束。一个人,或者我梦里的那个'我'会告诉自己,不用找了,是你亲手把它丢掉了,这一切都是你自己的选择。"

我叹了口气,沉默不语。一来是没什么可说的,二来,他讲这些,怕也不是在寻求我的同情或者理解。

九

他是要我赶紧离开,还是别的什么意思?

"到底是什么意思不好说,但我复述起对方的话绝对是一字不差,"图书馆老伯颇为自负地说,"本人的记忆力是一流的。"

我脑海中忽然浮现出了悬崖的那一幕:一丝云也没有的天空,瓦蓝瓦蓝的艳丽而险恶的天空,鸟儿无影无踪,还有风,是的,甚至连风都已经停止,天地间寂静无声。

那些鸟到底为什么不见了呢?

"您不觉得,这地方多少有点不对劲?"

我一时冲动问老伯说。话一出口，又为自己的疑神疑鬼有点不好意思——我这到底是在操哪门子的心呢？

老伯摘下眼镜，用一块淡黄色的麂皮慢条斯理擦了半晌。他时不时对着光线观察镜片，像个宝石切割匠一样，在寻找哪怕最小的一丁点儿瑕疵："鸟，鸟都不见了，对吗？"

"正是。您在这里那么长时间，可曾遇到过这种情形？"

"没有，"老伯摇头，但补充了一句，"不过，大灾难来临之前，动物都会迁徙吧。"

"那……"

"亚特兰蒂斯嘛，迟早要沉没的，"老伯慢条斯理地说，"古代的那个帝国在一夜之间不也就踪影不见了吗？"

我迟疑不决地注视他的眼睛，不知道这是真话还是玩笑。老伯那忧伤的脸庞上挂着略带调皮的微笑，双眼闪动着湿润的光，让人联想起九月傍晚酒店四周波光粼粼的海面。

"那，假如这个岛屿真要沉没，您打算怎么办？"

"大不了死在这里嘛。"

我服气了。

时近傍晚，亚特兰蒂斯酒店已经燃亮灯火，各种云石、羊皮、彩色玻璃和水晶的灯盏陆续点亮，闪烁着温暖五彩的光芒。衣着考究的晚装男女从我身边走过，绸缎衣服发出窸窸窣窣的摩擦声，首饰在女人们的如云秀发、裸露的脖颈和胸口上闪亮，空气中弥漫着酒、肉体、欲望和厌倦的微妙气息。

和初来时对此的百无聊赖与不屑一顾相比，现在，我甚至是半带钦佩地注视着这里日常的繁荣景象。看起来，即使世界末日到来，即使这家酒店和这座岛伴随着霹雳声和硫黄味道立刻沉入大海，这些人锲而不舍追求快乐与梦幻的劲头也不会发生任何改变。

说到底,这里是亚特兰蒂斯嘛。

具有神奇微笑的秃头侍者走过我的身边,他对我露出充满善意的笑脸,擦肩而过。走了两步,他忽然停下来:"小姐想必不打算吃晚饭了?"

我目瞪口呆:"这也能看得出来?"

"因为您没换衣服嘛,"侍者仔细看了看我,"心情好像也不大好似的。"

"倒也没什么烦心事,"我回答,"就是提不起精神来。"

"哦,那不妨去海滩边的酒吧坐坐,那里有种草莓雪葩,是我们这里最受欢迎的冷饮之一,没有酒精,又提神又可口,还是粉红色的,女孩子都会喜欢的哟。"

"那个……"

秃头侍者扬起一条眉毛:"您还有什么事情吗?"

"嗯……"我迟疑了一会儿,"这里可来过台风什么的?"

"在我的记忆里好像没有过。"秃头侍者思索半晌,摇头说。

"您知道,这个酒店选址是很有些讲究的。这么多年,我们连太恶劣的天气都没见过。不过,据老人们讲,在建酒店时刮过一次台风。那次大风可厉害着哪,连地基带工人还有岛上的很多东西都被卷上高空……在图书馆里收藏的一批照片和画都有讲这件事情,连悬崖那边的地貌都发生了永久性的变化。"

"如果再来一次,你觉得会怎样呢?"

秃头侍者皱了皱眉,眼望远处不到五米处的一小块虚空思考片刻,脸上随即出现一抹神秘莫测的微笑:"嘿,大不了死在一起嘛。"

得，这酒店里的人倒是都挺想得开。

也罢，我对侍者说："趁没被风刮到天上或者沉入海底之前，要谢谢你这些天来的照顾。"

"您可是要走了？"

"嗯，"我点头，"假期要结束了。"

"希望还能见到您。"

"一定。"

"再见。"

"再见。"

回到房间，还没开门，我就听到电话铃像个调皮小子按门铃一样响个不停。我走过去接起，是男友。

"猫还是没找到，你又不接手机，"他气急败坏地说，"爸妈就要回来了，这可怎么办好？"

"它会出现的。"我说。

"你怎么知道？"

"动物嘛，在灾难来临之前总是特别敏感。"

"都不知道你在说什么，"男友气急败坏地说，"你老是这么神神道道的，对我一点实际的帮助也没有。现在我可是在跟你谈很要命的事情——猫不见了，父母会对我唠叨个不停。可你对我的事情却一点都不上心。"

我任由他在电话那头唠叨，听了一阵子，睡意再次袭来，我打了个哈欠，随手挂上了电话。

是的，正如歌谣中所唱，亚特兰蒂斯酒店哟，无人不知，无人不晓；在铺满白砂的蓝色海底，人们彻夜逍遥。

一只猫算什么，亚特兰蒂斯、我们、猫、秃头侍者、牙医、图书馆老伯、红男绿女、1116号房……我们迟早都要沉入大海。

电话铃又响起来，我叹息一声，把头埋入枕头，随即沉入深海般的睡眠。

那年夏天的吸血鬼

那年初夏,我见到了一个女人。不,这样说并不准确,确切的版本是,我与一名过去有一面之缘的女子重逢,而她对我谈起了吸血鬼。

这样的开头是不是令人感到太匪夷所思了?

还是让我从头慢慢说起吧。

那年初夏,我来到一个南方城市。那是下午 2 点左右,太阳虽然还不具有真正伏天的热力,但已经把一切晒成了没有影子的空白,有几只蝉在有气无力地叫着。我坐在一个小饭馆里,手托下巴,长久地注视着这个城市里一条著名的古运河。

这条河是在某个朝代中历经数十年由人工开凿而成的,在当时乃至后世,它一直被当成一个好色荒淫帝王的狂想,纯属劳民伤财的奢靡之举。但不知怎的,它最终却在当代的历史书上被评价为一个了不起的工程,贯通南北,极大地促进了贸易和交通的发展。这一切再次证明,一旦有时间因素掺和进来,人们对同一事物和人物的看法是多么不一样和不靠谱。

古河道正好从这个城市中心穿过——和印在明信片上的样子有些差异，河道狭窄，水呈现出不大正常的绿色，还泛着白色泡沫。唯一相同的是河岸两旁古老的杨柳，枝条修长，姿态婀娜，在风中摇摆……从水面吹来的风是凉爽的，稍微带着一点点藻类植物的腥味。

一

　　我在这里最多只能停留两天两晚，因为我已经办好入职手续，按规定，三天后的一大早，我就必须到新单位去报到上班了。
　　这次旅行是由几天前一个非常偶然的机会促成的。
　　大概是在五天前，我去帮一个戴黑边大眼镜的男编辑搬家，此人趁着几年来唯一的一次房价下跌，买了一套二手商品房，正式结束了长达十年辗转在城中各处租房的历史。为了辞旧迎新，他将用过的一些小电器通通以几乎是白给的价格转让给我，其中微波炉和一套小音响都是八成新。为了表示感谢，我答应日后请他到附近的日餐馆大吃一通。
　　眼镜男请一位朋友开车帮我将电器拉回家，另外，他把一些懒得拿去新房的书也留给了我。我守着一大摞书坐在后座，听着眼镜男和朋友有一搭无一搭地闲聊。眼镜男自认为是这次让全球陷入瘫痪的经济危机的少数受益者，总喜欢与人谈论买房和房价涨跌问题。可惜他遇到的是我这种毕业刚刚几年，只能省吃俭用租房住的人，无从搭话。他的同伴是位职业摄影师，听上去已经在股票上被牢牢套住，心理颇不平衡，很快便把话题岔开到春节去北方原始森林的旅行计划上去了。

眼镜男在一本著名的地理杂志当图片编辑,他正计划拍摄一个北方林业工人运输木头时使用的窄轨火车特辑。随着北方森林的面积萎缩、经济下行和林场的经营陷入困境,这一物件即将永久消失了。正当他们讨论旅行安排与购买何种防寒装备时,我百无聊赖地翻看那些书。那些书看上去都很新,五花八门,我半开玩笑地问他:"这书这么新,是否你买来根本没看过?"

"这些书大多数我确实只是翻了翻,"眼镜男承认,"你到我这个岁数就会发现,书这东西嘛,大体跟女人差不多,翻来覆去只看最重要的几本即可,其他不过是拿来填补寂寞打发时间的。"

我忍俊不禁。

我随手翻开一本半旧的五年前出版的小开本《宗教的自然史》,是大卫·休谟写于1757年的作品,里面掉出一张明信片。看起来是某个城市中一条河的老照片,微微泛黄,翻过来,是一行潦草的铅笔字迹,在微弱的路灯光下几乎看不清楚什么,只有几个字似乎勉强可辨。收信人看不清楚了,寄信人落款倒是清楚的。我瞟了一眼落款和地址,屏住了呼吸。

事实上,正是这个落款导致了我的本次旅行。

现在,我就坐在这个城市的小饭馆里摆弄那张明信片,时不时试图把目光焦点移至明信片与面前的运河之间的某个虚无处。一旦做到这一点,眼前的景物立刻模糊起来,并与图片悄然无声地发生了微妙的吻合——到了这里,我才意识到,这条河可供取景之处大概也就这么一个角度。

明信片背面一共能看清楚的只有四个字——中间两个字是"沉入",最后两个字是"暮色",其余的字一概模糊,貌似有什么人把一杯茶水或者可乐全部泼洒到了这张明信片上。

　　寄信人地址上书"××市珍珠巷1116号",邮戳是不用想看清楚了,连手写的寄信人邮政编码也是模糊不清,只能勉强辨认第一个数字为2,最后一个数字为6。

　　眼镜男对明信片上的人毫无印象,但隐约记得,自己去年将这本书借给过几个朋友,也许这张明信片便是在当时被其中的什么人随手夹入书中……我翻过明信片,第一百次试图辨认这些模糊的字迹。此时此刻,身处异地,我终于得以把促成此次旅行的一切莫名其妙的因素聚拢在一起,试图进行理性思考:在这个城市中靠一张明信片寻人,何况还是我几乎没与之说过几句话的人;时间十分有限;明信片寄出至少已有一年且不提,它完全可能只是一个人匆匆而过的旅行纪念。

　　我叹了口气,一切证据都表明,自己是在做一件极为疯狂和不靠谱的事情。

　　罢了罢了,我再次叹息,做了也就做了。

　　对面的落日几乎是应声坠入运河尽头。那场景很是壮观,周围的一切都被气势恢宏的晚霞染成红色,太阳如直欲燃烧的火球般"扑通"掉入水面,溅起无数水花。在这之后,周围的景物迅速暗淡下来。

　　我后来在翻记事本时,才意识到,自己开始旅行的那天,正好和一年前辞去了大学毕业后的第一份工作的时间大体吻合。

　　顺便说一下,我毕业于某大学的新闻系,除去中文系外,那是所有数学、物理、化学、记忆和逻辑都不好的懒人的避难所。四年大学生活总体来说还算顺利，毕业时，我被分配到一家和食品卫生有关的杂志社当编辑。杂志规模虽小，但那年恰逢就业形势很是不妙，对一个从二流大学毕业、成绩一般的人来说，这份工作已经算是相当不错了。

这本国家级杂志所面向的读者群相当狭窄，其中绝大多数由行业内部的企业公费订阅。杂志社就设在一组十九世纪遗留下来的西洋风格的建筑里，据说是军阀割据时期某个短命政府的办公地。

那几幢哥特风格的建筑上挂着一级文物保护单位的牌子，古旧的木头地板和楼梯松动不堪，在整个秋冬季节会干燥得自动发出咯吱咯吱的响声，仿佛有几个世纪的幽灵在其中游荡。

在屋内抽烟是无论何时都被绝对禁止的，同事们只能到室外去过烟瘾。久而久之，便出现了杂志社近一半的男人都会在风和日丽的下午站在花园的一角聊天抽烟的盛况。即便如此，有关领导还是神经紧张地将灭火器堆满楼内的每个角落，几乎每个季度都要组织大家进行一次消防演习。

大楼幽远阴森，穿堂风总带有厕所和肥皂的气味，落叶在整个秋季堆满后园无人清扫，仿佛是特意安排出的哀怨风景。钟楼上古色古香的大钟永远停顿在10点42分的位置上，就像狄更斯小说《孤星血泪》里哈维夏姆小姐家寂然不动的时间。一开始我还纳闷，他们为什么不索性修好钟表呢？

过了半年，我才明白，这个惟妙惟肖的钟面居然是画上去的，不禁感到管理当局（别管对方是谁）有一种不可思议的幽默感。

我的同事们大体是年过40的中年女性，个人特色不甚明晰，这导致她们在我后来的记忆里被混成一团，无法区分。事实上，我对这个单位的很多记忆都是含混不清的，到底是什么导致的倒不好说，也许是心不在焉的结果。

在这里，喂猫是一项大家共同的消遣和爱好，办公室因此成了猫儿们的乐园。这些猫儿反而是我这段人生中唯一清晰的记忆，我记得自己统共见过四只白爪子的黑猫、两只白色鸳鸯眼波斯猫，还有四只黄色短毛和三只玳瑁色的猫。它们悄然在后园的草坪和核桃树上出没，经常在吃饭时间大摇大摆走进办公室，用头摩擦人的腿，或跳上书桌任人抚摩。

尽管办公室气氛和睦平静，但我却无法从这份工作中得到任何乐趣。

当然，一开始，我也试图努力适应环境。"这是成人世界。"我时不时对自己说。"在这里，一个人不可能事事顺意。"久而久之，我竟染上随时随地对着自己、桌上的饭菜或者无尽的虚空自言自语的毛病。

说服自己在这里待下去的理由其实很是充分：一连三年，大学毕业生就业环境都很不好，这里工资还可以，我还能要求什么呢？何况，跟周围同事一直也客客气气，相处融洽……于是，我尝试埋头认真做好手头的工作，一面试图在生活里找点乐子。平日，我埋头写稿编版，按时上下班。工作绝对不带回家去，在家则自己做饭，看书看碟，听听音乐。

办公室同事对我都还不错，但她们大多是中年人，喜欢看冗长而结局圆满的韩国电视连续剧，总是谈论孩子——在这两个问题上，我都没办法发表什么真知灼见。在这里的工作，几乎无须费力，只要整理些材料往纸页上一堆即可。什么新闻理想啦，职业训练啦，这里通通不需要。

晚上，我独自看书，时而转动收音机的旋钮听各种调频音乐台。一来二去，我熟悉了很多频道和主持人的嗓音。就这样，我靠这种

"偶遇"打发时间。那几年，我在深夜听了很多二十世纪初的老爵士乐，那些回荡在夜间的旋律：埃拉·菲茨杰拉德、比莉·霍利黛、埃林顿公爵……这些人的嗓音和演奏听上去既熟识而又陌生，蕴含着忧愁，撩人心怀。对于当时的我来说，这是种遍寻幸福而不得的感觉，一种缺失感和铺天盖地而来的孤独。

偶尔，在一些公共场合，我能看到一两本我们出版的杂志，被人漫不经心地扔在角落里。每逢此时，我心里总是难受得不行，就好像自己也跟这些旧杂志一样，终将默默蒙尘，黯然老去。这种人生让我产生了严重的绝望感，仿佛被关在密闭的小屋里，正被人用针筒从中一点点抽去空气，最终落得窒息而死的下场。

一来二去，三年的时间过去了。最后，我只能徒呼奈何：即自己无论如何也不可能喜欢这种没有创造力的工作，无论如何也不能就这样在此过完一生。

就这样，在工作三年后的那个春天，我终于决定辞职。当时，工作中正好发生了点纠纷，虽然算不上什么严重的差错，但我觉得这是个信号，于是顺势跟领导递了辞职报告。领导是个胖胖的45岁圆脸男人，除去爱打官腔外，人倒是不坏。不知道真的是为了挽留我，还是仅仅做个姿态，他找我到办公室去谈了一次话。

这间屋子在二楼，是全杂志社唯一朝南的房间，挨着一棵古老巨大的西府海棠，这棵树至少有近百年的历史了。谈话的内容我已经不大记得了，但当时正值黄昏，一阵风吹过，香气弥漫，海棠花瓣像鹅毛大雪一样飘然落下。

"可惜啊……"此人看着窗外的暮春景象喃喃道，倒是没有太吃惊的表情。在我的记忆里，他似乎永远是一副喜怒不形于色的样子。

"不过，这里多半是留不住你的，"他说，"你能坚持这么久，倒有点出乎我的意料。"

他的话让我稍许有些吃惊。转念一想,这想必就是所谓的通达世情吧,也是此人能气定神闲管着三十来号人的缘故。

"可惜啊……"领导咳嗽了两声,站起来,我们顺势就此结束谈话。出门前,他与我郑重其事握了下手,我意识到,这就是道别了。
"其实……"
我收住脚步回过头去。
"你还太年轻,"此人叹息,"时间久了,你就会明白,工作这玩意儿……乃至人生,大体在哪里都差不多。"

话音未落,大风忽起,他身后的窗帘如同白鸟的翅膀般轻巧地张开,飞腾至半空。细胞膜般透明并带有粉色光泽的花瓣随风从窗口纷纷飘入,在空中画出蜿蜒的曲线,最后翩然落于深色木地板上,这一幕给我留下了极其深刻的印象。

之后,我在一个下午回去办理了离职手续,人事部的职员给了我一个装方便面用的小纸箱,我把为数不多的一点私人物品放在里面,又请几个没提前回家的同事一起在杂志社旁边的饭馆里吃了顿饭,就算告别了。

捧着纸箱离开时,我回头观望,在夜色中,这幢大楼更像小说中的某个场景了:钟楼上的大钟永远地停顿在10点42分的位置上,海棠花已然凋谢,黄色蔷薇盛开,把长长的枝条压弯了。春天已然过去,夏季即将来临。一只白爪绿眼的黑猫不动声色地蹲在围廊上注视着我,然后打了个哈欠——这就是我消磨了三年时光的地方。

从此以后,我再也没有回来过。

二

老实说，辞职时，我是一时冲动，根本没想好去哪里。当时只是觉得无论如何不甘心这样过上一生，最后变成40岁的女人，天天喂猫。

当然，现在想来，无论甘心与否，不管喂不喂猫，最终自己都是要变成40岁甚至更老的女人的。

我发出一声叹息，落日应声坠入运河尽头。那场景很是壮观，周围的一切都被气势恢宏的晚霞染红，太阳如直欲燃烧的火球般"扑通"掉入水面，溅起无数水花。在这之后，周围的景物迅速暗淡下来。

我看看表，这个夜晚算是已经过去了，也罢，还剩下至多一天一夜加上半个白天的时间（我已经订好晚班的飞机），如果找不到这个什么珍珠巷，就权当是来该城旅游了一趟吧。

如果我是一只鸟，在高空滑翔时所看到的这个在历史上著名的古城，它所呈现的形状多半是个圆形摞在一个长方形上。

圆形是保存完好的老城区，中心是那个在历史上以好色荒淫闻名的帝王在此修建的皇宫。南面的长方形是新城，包括了政府行政部门、商业区、高科技开发区、大部分居住区及附带的娱乐、教育、医疗基础设施。该城的大部分居民已经在过去的十年里，被政府半强迫半诱惑地逐渐移入长方形中，古城则变成了这个省份里闻名遐迩的旅游景点。

第二天，我起晚了，离开宾馆，在新城区里随便找个地方吃了一顿当地著名的面条作为迟到的午餐：面条细到不可思议的地步，配有新鲜蔬菜和河鲜的浇头，汤的味道很是了得，琥珀色，清淡却有余味。

吃饱喝足后，我在附近瞎逛一气。这个城市布满便利店、咖啡馆、麻将馆、棋牌室和茶馆。它有着所有南方城市中特有的纵横交错的单调岔路，周围耸立着爬满青苔和铁锈的老旧居民楼。整个城市正在大兴土木，拆得像是劫后余生，刚刚建好的中心商业街和其他城市相比一无二致，无数千篇一律的中低档商品房在废墟中如同雨后春笋一样冒了出来。

我漫无目的地乱转了几个地方，决定去买张地图，于是去了趟当地最大的书店。那个书店对面有一个以本地历史上一位文化名人命名的公园，男女老少其乐融融地在草地上晒着太阳，空中飘荡着几只色彩鲜艳的氢气球。我在书店里翻书入了迷，等买了几本书出门时，发现时光飞逝，已近黄昏。

走到半路，我才想起，自己居然忘记买地图了。

果然是一无所获的一天。我开始寻思，是否要放弃寻找，干脆第二天上午去当地的旅游景点玩玩算了。

傍晚时分，我偶然走到一个巨大的公交枢纽里。因为无事可做，在纷繁复杂的各路站牌中，我一个个将地名从头看到尾。奇怪的是，此地路牌上"道""路"甚多，却唯独找不到"巷"字。

最后我脖子酸痛，徒呼奈何。我身边站着一个戴着大号黑边眼镜的老伯，他在等的车怎么也不发车，无奈中只得和我聊起来。说来也巧，老伯退休前在市图书馆工作了几十年，对该市的变迁可谓了如指掌。他说，这个城市中所有的"巷"都集中在老城中，老城道路狭窄，基本不通公交车。

"政府规划新城时考虑得甚为周到，南北称为路，东西称为道。"

老伯手舞足蹈地说。

"那么，您听说过珍珠巷吗？"

"珍珠巷，珍珠巷……"他念念有词，凝神思索片刻，"名字听着确实耳熟，你去老城里找找看吧。"

"这个城市里的巷名大抵都是这么个调调，"老伯最后在我道谢离去时说，"都是什么珠啊玉啊什么的，谁让它过去是古都呢。"

老城，古运河枢纽，兵家必争之地。

城外围绕着破旧不堪的城墙，里面是隐藏在阴影中的各式民居。古运河从旁蜿蜒流过，河岸两边的民居已经无一例外被修缮成了那种老旧式样的新建筑，挂满花灯，多半已经变成酒吧，作用是招揽顾客和美化市容，和城内那黑压压一片的老旧建筑形成了鲜明的对比。

我站在河边一处花园中的假山上眺望，这里地势很高，山顶亭子的匾额上书两个龙飞凤舞谁也看不懂的字，凉风拂面，空气中充满水草的湿润气息，从我站的地方，能看到城池的中心点——皇城。

我勉强辨认出远处那独自矗立了上千年的小堡垒：在护城河后的城墙里，一角宫殿斜伸入深蓝色的夜幕。护城河偶尔倒映出岸边路过汽车的灯光，转瞬即逝。

我刚刚辞职不到一个月，就逐渐跟一小撮人接近起来。我所说的"一小撮人"是由媒体记者、编辑、书商、广告人、写剧本的、平面设计师、自由撰稿人、部分互联网企业职员组成的一个圈子。

我和他们接触起初是为了生计——辞职后，我一时不大想上班，看了看存款，如果接点零散的活计，还能坚持半年，于是为一些杂志撰稿或为广告公司写点文案谋生。我的大学同学或多或少都有些这样的关系，一来二去，我摆脱了过去那种朝九晚五的封闭生活，和这个圈子中的一些人混熟了，眼镜男也是在当时认识的。

这群人的基本特征如下：成年累月不辞辛苦地在城市里寻觅书籍、睡觉对象和饭局；不用朝九晚五定时上班；经常一起打羽毛球、篮球或者游泳；酷爱收集各种盗版DVD、打口CD，对某个时段某个国家的电影或者音乐有特殊兴趣；无论组织自助远足还是吃饭，付账基本遵循AA制；善于从网上和各种二手市场里找到自己想要的东西；收入不甚稳定但总体来说还算可以；选择起度假的时间、地点来颇为自由。

他们习惯熬夜，每每要睡至日上三竿自然醒才起床，不熟悉这一特点的人，比如一开始的我，在上午12点前打电话找他们，总会被转入秘书台或语音信箱。这些人惯常的工作地点是家或是几个有网可上的咖啡馆或酒吧。在那里，他们跟相熟的老板要上一杯饮料，就能坚持在网上浏览几个小时。这些人基本都还未结婚，即便结了，似乎也不像过去我遇到的那些同事，动辄要在6点就赶回家煮饭。

如果非要形容一下的话，我认为他们身上都有一种无家室之累、只为自己活着的感觉，自由自在，生活质量，至少是精神生活质量，相当不错。

那年的夏天在我的印象中，成了一场流动的宴会。我逐渐融入一种任性而自由的生活节奏：上午睡觉，下午工作，然后像飞蛾一样，在黄昏中从四处赶来，聚集在某个味美但拥挤的小饭馆里吃饭聊天直到深夜。

在风和日丽的晚上，大家一般会选择在露天的街头上喝啤酒，那里满街弥漫着烤羊肉串的烟雾和水煮鱼的辣椒香，让路人咳呛不已。

那几年，这个城市一直流行吃麻辣小龙虾，几十只红色的小龙虾和辣椒堆在大盘子里呈宝塔状被端上来，大家一起动手扭下虾的大钳子，咔嚓咔嚓地大嚼特嚼，那场面煞是壮观。

直到今天，我仍旧记得自己在那年夏天所体会到的奇妙的蓬勃心情：和过去那个时间永远地停顿在10点42分的杂志社相比，这个世界是何等精彩。在这类聚会里，人们漫不经心地谈论着自己——自己的感情奇遇、工作中遇到的各种机会，也谈论身边的人和股票暴涨、高科技公司的上市。听上去，风险投资和各种创业机会比比皆是，在我的记忆里，那年夏天，人们的喃喃细语中始终流淌着金钱和自由的韵味。

这些人对权威冷嘲热讽，对周围的人（尤其当对方不在时）与世界语带双关，充满奇思异想。他们可以从某上市公司黑幕直接跳跃到冰川消融和全球气候变暖问题，也能从办一本杂志忽然切换到借着酒劲儿倾诉自己的焦虑、恐惧与孤独，最后这一点则让当时的我备感亲切。

不知为什么，即便是焦虑和不快，在他们的叙述中也精彩纷呈，仿佛人生中的另外一次冒险。我活像闯入了《了不起的盖茨比》的世界，像初次看到新大陆的荷兰水手，感到人生如此妙趣横生，在这里，人们牢牢地掌握着自己的人生与选择，彼此都充满善意……

形容倒是形容不好，只是感觉上风格外清凉，树荫格外绿，世界的颜色、空气和声响都发生了变化，变得如同一首由100人组成的管弦乐队所演奏的乐曲那样热烈而直白，动人心弦。

直到后来我才意识到，我辞职那年的夏天其实是极为特殊的一个时期，那确实是一个充满了憧憬和期待的季节，也是这个世界自以为是、欣欣向荣，或者不如说虚假繁荣的顶点——因为就在那年冬天，我们和全世界一起跌入了本世纪最大的经济危机。

三

"失败啊。"当晚,我在旧城中转悠了近三个小时后,疲惫不堪,对着空气自言自语道。

我一直自认方向感相当不错,但这座古城终于让我彻底失去了自信。这里的巷子彼此连通和阻隔,分割出小小的空场,一些乘凉的居民搬来凳子坐在那里的路灯下,用我听不懂的方言聊天,空气中混杂着民居中飘来的香皂、蚊香、热水和洗发水的气息……有东西"噗"一声落在不远处,定睛看,是只黄色的猫蹑手蹑脚从墙头跳下。

我就在这些互相连通又阻隔的街道中迷了路,无论从哪个入口进入,总是会在巷道尽头,被一堵意料不到的墙拦住去路。说得更确切一些,无论怎样在岔路口进行选择,最终,我发现自己总是来到似曾相识的地方。

面目近乎一致的居民们坐在一起,动作整齐划一地用蒲扇拍打着腿和身体驱赶蚊子,他们身上散发出一种南方特有的花露水的味道。我可以发誓,自己至少路过一个身穿白色汗衫、淡蓝色短裤,脚踩红色人字拖鞋的老伯三次了。四周建筑的组成部分虽然形状各异,高低不一,但道路总在我自认为即将通向中心点时发生逆转,就好像那正中的皇城具有某种奇怪的斥力,让我在最后关头成为擦边球。

我在这座盘根错节的迷宫里摸索,起初小心翼翼,后来无可奈何,并且意识到自己是何等荒诞不经——这种感觉其实从此次旅行的开始,甚至从几年前起便一直困扰着我。

最后,我停在一个回路的尽头徒呼奈何,抬头看着天空,头有点眩晕。附近没有路灯,深蓝的天空中也没有月亮,但却被某种奇特的柔光照亮。四周是寂静的民居,就在我身边五米处有家酒吧还是饭馆的灯箱亮着。

忽然,一名女子从此门中跨出。我们打了个照面——就在这1/10秒里,我们都意识到,彼此之前在什么地方见过面。

"不可思议。"我说。
"人生嘛。"女子歌唱一般回答。

女子将我让进她身后的小院。或许因为疲倦,也可能是这个夜晚具有某种魔力,在我眼里,这家小酒吧显得温暖而似曾相识。

干净整洁的小院落里有棵巨大的榕树,树枝上垂下密集的须根,就像老年人的胡须。花坛里种有无刺的攀缘蔷薇,它们在主人精心搭成的架子上开成了一片粉色的烟霞,房子周围还开着一些南方特有的我叫不出名字的时令香花。大门的门槛边有个凹进去的小小神龛,供奉着土地神位。

院落中有三间房子,女子把我让进其中最大的一间,里面空无一人。屋子被书架隔挡成了一些独立空间,散放着色彩鲜艳的布艺沙发、几口巨大的鱼缸和一些几案。家具与其说是在追求复古和装饰效果,不如说是追求实用和舒服。

一只如同哈巴狗般巨大的白色波斯猫蜷伏在书架上打瞌睡,看上去岁数不小了。我从它的右侧走过去,猫敏感地睁开一只绿油油的眼睛,冲我警告般地"喵"了一下,随即把头搁回爪子上去继续呼噜。看上去,它似乎在刻意表明,自己对来人也罢,还是正在鱼缸里游动的尺把长的红色鲤鱼也罢,一概不关心。

我颓然坐倒:"累死我了。"
"我们有种Sangria,是自己调的西班牙风味水果酒,味道很好,专治劳累。"

"要喝多少才能治好脚上磨起的水泡？"

"尽管喝便是，今晚我请客，"女子微笑道，"因为我就是老板。"

就这样，我得以一杯杯地喝起那个什么Sangria来，这种红色的果子酒里还漂着梨块和新鲜核桃仁，不是很甜，有某种微妙的温暖与清澈的口感交织着。喝过一轮之后，身体开始变得轻飘飘、暖洋洋，心情也随之放松起来。

就在一年前的夏天，我们的聚会往往便以这种酒后的飘飘然结束。至于到了最后，其中一些人是否和另外一些人上床，我不得而知，因为我每每坚持不到最后，在12点左右就会投降、撤退——否则第二天将伴随有宿醉后的剧烈头痛、记忆短路等症状，我很容易失眠，所以不大敢熬夜。

总体而言，在这样的一个圈子里，不知道为什么，除非酩酊大醉或特别寂寞，大家还是在刻意地维持彼此之间的朋友关系，或者不如说，在保持某种距离，虽然他们中不少人见面时显得万分熟络和热情。

"我们在去年夏天见过，对吗？"

"很有可能。"女子回答，"不管怎样，我记得你的样子。"

我也记得她的样子。

女子有张让人感到舒服的脸，五官平静而典雅。在我关于那年夏天像起泡酒一样发酵的记忆里，过客无数，唯独她那苍白到近乎透明的脸庞给我留下了不可磨灭的印象。

稍后，我记起来，初遇她是在一家酒吧里。那是个隐藏在老城区里的小院落，高大古老的房屋内音响效果奇佳，书架和一些舒服的沙发隔开了几个独立空间,屋子里散放着几口巨大的鱼缸和一些几案。

谁都知道,在一起聚会频率太高的人总是不可避免地要谈到和性爱有关的八卦话题,比如谁和谁睡觉了,比如欲望,比如外遇和忠贞,比如真话与欺骗。他们为了消磨时间,有时候还会玩些"你想和哪些女(男)人上床""大实话和大冒险"这一类半真半假的游戏。

在不明就里的外人眼里,这些游戏和问答就只是游戏。但其中的一些人,仅仅是一些人,在特定的时候,会知道自己到底严肃到了何种程度。

当时,关于爱和唯一的话题被引出,好像是因为有人问起,在这个世界上有无特定之人是真正属于你的。顺便说一下,这种聚会上,提出这种莫名其妙问题的大有人在。

听众们想了半天想不明白,只好问对方,你为什么要把男女间的互相吸引和上床说得如此复杂。难道我们不是每恋爱一次,便会产生对方是自己一生中唯一的幻觉吗?

有几个热衷于抠死理的人更是争论不已,难以得出结论。因为首先要弄清楚我们在讨论的究竟是喜欢某个人还是某类人的问题。喜欢某类人是大多数人的所谓性偏好问题,比如有人喜欢大眼睛、皮肤白皙、身材娇小的女子,认为那样的我见犹怜;有人则喜欢臀部丰满的;当然也有人喜欢单眼皮高个子男生……还有的人看到长有浓密胸毛的男性就心动不已——总之,全看个人口味与喜好。

但该话题引出了如下的讨论,即世界上是否存在那个你一直向往的人,那个你的另外一半,一个你找不到此生就不完整的人。有没有可能你那欲望的船只只有一个唯一的码头,一旦抵达那里后,便不再起航(这是典型的文人的描述)……一轮争论后,最后,它不知不觉中又演变为另外一个命题:人到底能不能把握自己的命运,我们真的能找到我们所要的东西吗?得到了那东西(别管那是什么），我们就能幸福吗？最后，有人干脆下结论说，其实我们讨论的是永恒的问题——幸福能否一直持续到永远？爱情能否一直持续到永远？如果没有永恒这一前提，那么一个人得到幸福后，岂不是会立刻陷入对失去这一物件的恐惧中去吗？

"说到永恒，"一个陌生女人打破了沉默，"永恒是不存在的，正如完美的人生也不存在一样。"

"你这话是否太绝对了？不是有大把人在欢度美好人生吗？"一个人问。

"它们只不过是在他人眼里看来完美而已……无论过上哪一种人生，我们终将落得以绝望收场。"她环视四周，"对于这一点，难道你们还有什么疑问吗？"

在女子说话之前，几乎没有人意识到她的存在。她的回答仿佛没有页码的书，仿佛水渗入了沙……众人不约而同地陷入沉默，唯有屋子一角里青石雕刻的大鱼缸中几尾活泼的红色金鱼游动时发出噗噗声。

不知是因为喝了点酒，还是尴尬的缘故，女子的脸红了。我不由自主地被这一幕深深吸引，不光是因为成年人很少脸红，还因为她脸红的方式——那红晕宛如一层粉红色的水汽，以肉眼可见的速度逐渐弥漫到她苍白得近乎透明的肌肤中。

我被这种奇妙的变化弄得目瞪口呆，电光石火间，脑海里竟然浮现出辞职那天傍晚所看到的景象：鹅毛大雪般粉色的花瓣从窗口纷纷飘入，最后翩然落于深色木地板上——女子那少女般的害羞情态就是给我留下了如此深刻的印象。

事后，无论大家再说什么，女子都仿佛意识到了自己的失态，不再吭声了。就在当时，我的手机响了。等接完手机回到屋子里，话题重开，已经变成了十月到底去哪里度假。我环视屋子，女子已经不在了。

"说来奇怪，"我对女子说，"我现在居然能清楚地回忆起你当时的样子。"

"我们当时在讨论什么？"

"好像是关于永恒的，还有是否存在着完美人生的问题……"

"听起来真混乱，好宏大的命题啊。"女子笑起来。

"但其实是一码事。"

沉默半晌，我们不约而同地换了话题。

"你怎么会在这里的？"

"我来……"我不晓得该怎么解释这次旅行的由头，虽然几杯酒下肚后，这个理由显得不像刚才那么荒唐了，"我来找个人。"

女子面带笑意："在这个城市？找到没有？"

"没有，"我忽然想起什么，"你算是在这里定居了？"

"从某种程度上说，是的。"

"那么，你知道这老城中可有个叫珍珠巷的地方？"

此时，在吧台下隐蔽的一角里，电水壶发出水烧开的鸣响。

女子起身过去。

我瞥见面前的几案上有本倒扣着的书，随手拿过看了一眼，发现这是本旧书，封底掉了，封面也被磨得几乎看不清楚。

"《隋炀帝艳史》？"我失笑，现在居然还有人在看这个。书是竖版的，什么时候印刷的看不清楚，封面翻开，内里有很细巧的一行毛笔字，早已被磨得模糊不清，似乎是"购于西单书肆"，落款日期倒很清楚："民国二十九年"。

女子手持一杯热气腾腾的茶水回来坐下。她并没有喝，半闭眼睛搜索自己的记忆，怪留恋似的用纤长的手指抚摩杯壁，仿佛陶醉于那温暖微妙的气息。

"珍珠巷……是巷，按理应该是在这个老城里……"她沉吟半响，摇了摇头，"没有，至少在我的记忆里，这里没有这个地方。"

我哭笑不得。

"这个地方对你很重要吗？"

我摇摇头，喝下一口Sangria，又点点头。就在摇晃脑袋之际，忽然感觉自己对头部重量的判断已经开始发生某种微妙的错乱，思维似乎在不可抑制地四处乱飞，变成了白花花亮晶晶的一片碎屑，像打碎的镜子。

"小心哟，不要使劲喝，"女子笑了，"别看它甜滋滋的，其实很有点度数。"

"我已经发觉了。"

四

"你还记不记得，那时和我们聚会的人中间有一对男女，男的是个金融行业的高级白领，女的则是一个出版社的编辑？"

"不记得了。"女子仰望房梁，思考了半晌，回答，"老实说我那时候心思根本不在这些人身上，而且你们不常在那个酒吧聚会，所以我几乎什么人也不认识。"

"可你偏偏记得我。"

"是啊，有时候，人的记忆就这么奇怪。"

我不晓得人们是怎么认识这个世界的，说到我自己，我是通过不断地寻找完美的偶像和范例来认识世界的。

比方说，我关于幸福家庭的一切认识是来自于我的父母，他们二十多年来一直过着平稳、有商有量的生活，以至于争执在我家实属稀罕物。相比之下，我的同学们的父母会吵嘴，甚至动手打架。闷热的夏夜，那时空调还很少见，家家户户开着窗户，从邻居家传来的吵闹声有时让我好奇得不顾危险把脑袋探出窗外，去偷听他们争执。

从小时候起，我不曾记得父母吵过一次嘴。我们的家庭谈话总是四平八稳地围绕着饭菜的质量和当天发生的各类事情进行。我想当然地认为，所谓幸福的家庭大抵就是这样的。

我后来意识到，用眼中所见去建立所谓的完美范例，再使其成为认识世界的标杆，最终往往会产生意想不到的戏剧性颠覆效果。比如，20岁我回家过暑假的一个下午，母亲在阳台上为她养的几盆花换土，我在旁边帮忙。我们聊起在大学恋爱的事情，母亲闲闲说来，她爱的人不是父亲，而是她大学的第一个男友。她态度从容闲适，感觉上简直比告诉我晚饭吃什么菜还要家常。而我则目瞪口呆，惊骇得几乎能被一根羽毛打翻在地。

"可我认为，"我讷讷地说，"你们过得很幸福。"

"舒适、幸福是没问题的，"母亲说，一手灵巧地掐掉那盆马郁兰上的枯败枝叶，"但爱，那完全是另外一回事情。"

大概觉察到我的异样，母亲反问："怎么了，你？"

"难道，你们不是彼此唯一的选择吗？"

"哪有这种事情？"她笑，"只是命运罢了。"

"爸爸他……知道吗？"

"我不知道啊，"此时，夏天午后的热风吹过，母亲目光有点迷惘，下意识伸手撩了下头发，"不过，到现在，这些倒也并不重要了吧？"

那么，到底什么才是重要的呢？

如果母亲意识到这次谈话对我产生了多么大的颠覆性效果，想必就不会轻易将以上内容讲出口——或者，她根本就是希冀借此改变我对人生的认识方式。

这件事情之后，我对世界和自己产生了相当大的迷惘。关于表象与实际的差异、唯一性、命运和这个世界上到底是否有人能够幸福的命题在我的脑子中乱成了一锅粥。当然，因为我年纪太小，或者说经历太少，这种思考最终没有形成任何结果。

不过，于我而言，即使在当时就意识到自己对世界的认识中存在着严重缺陷，也是无法改变的。因为我只能是我自己，无法跳过无知的阶段跨越式成长。大凡是人，都要先预设一个世界何以为此的模型，然后不断通过人生遭遇和实践来调整它。

有所不同的是，有的人一开始会把人生想象得比较合理，并且顺利消化现实与想象之间的差异。而我恰好相反，不但一味沉迷于所谓的完美典型，对人生也并无一针见血的洞察力，最后只能靠无数次失望和挫折来笨拙地调整自己与世界的关系。

说回来，回到我这次旅行的缘由。

在我辞职那年的夏天，有这么一对男女进入我的视线。男的在一家大型跨国金融机构工作。当时,他似乎和几个财经类杂志的编辑是朋友,也或者是私下有事情要谈,我拉拉杂杂在几次聚会上见过这名男子,也与他说过几句话。此人长相英俊温煦,一身装束永远将商务和休闲元素搭配得恰到好处,讲话态度平和,声音悦耳。和身边那些欢闹、狂放而肆意的人群相比,男子身上有种与众不同的内敛与理性的气质,让人不由自主地对他产生好感和信任。

他的女友据说是他的大学同学,两人在一起已经近十年。和他一样,该女子也是美貌出众、气质超然之辈,态度固然爽朗大方,骨子里却与人保持着某种恰到好处的距离。有几次,我看到他们共同出现在聚会上,透出一股相当默契和谐的感觉。

"被你这么一说,"酒吧女子说,"我想起来了,是有这么个人。"她思索片刻后说出了男子的名字。

"对吗?"

"对的。"

尽管听上去很荒诞,但是,就是这对陌生人不知不觉中承载了我关于完美人生的某种假设——他们是我眼中的神仙眷属,是幸福的完美典范。

这一想象一直维持到某天,男子忽然消失,不告而别。

"不告而别?"酒吧女子骇笑,"讲讲看,我后来搬来了这个城市,因此后面发生的事情一概不晓得。"

我一时语塞。

其实,我也不清楚真正发生了什么,因为我跟这对男女根本不算认识,因此也不会有什么准确的一手资料。但到了夏天终结,当秋季和金融危机夹杂着罕见的沙尘天气袭击了我们的城市时,据一些认识他的人说,男子消失了。他和女友婚礼在即,彼此熟悉的一些朋友已经开始张罗着为他们准备结婚礼物,此人却结结实实地从空气中消失了踪迹,连女友也不晓得他的去处。

"到底是工作出了问题还是逃婚?"酒吧女子颇感兴趣。

"按理说,不是工作问题。事实上,他的公司是本次金融危机中的大赢家,"我摇头,"至少,我听到的传言跟工作无关。"

"那么,传言跟什么有关呢?"

我思索半晌,不得要领。

是啊,现在想来,我听到的其实都是人们对其消失这一事件绘声绘色的描述:女友如何尴尬啦,朋友如何错愕啦,包括有些人事后诸葛亮地对他消失前一些异常行为的分析……但,并无理由。

我摇了摇头,是的,并无理由。

随即,金融危机取代他,成为街头巷尾更大更为持久的话题,男子和他的故事就这样被人遗忘了。

"不过,我还是不明白,"酒吧女子咳嗽了一声,清清嗓子,"这跟你的旅行有什么关系呢?"

我叹了口气,从包中取出明信片:"你看到没有,这是他从这里寄出的。"

酒吧女子等我的下文。

没有下文。

"这日期是很久以前的了,甚至也不是寄给你的……"酒吧女子吃力地辨认字迹,最后无奈地罢手,"而你就这么跑到这里来找他?"

"嗯。"

沉默半晌,她大笑起来。那情形,如同七月的夜晚,邻家顽童往小池塘中丢了块石子,"扑通"一声,水中出现无数大大小小的涟漪,就像林中的跳蛙跃入月色,我的心不由得随着那水面的晃动而微微震颤起来。

我被这明快的笑声感染,闭上眼睛,长出一口气,也笑了起来。

说来奇怪,从看到明信片起,到飞到这座城市,一直笼罩着我的荒诞无稽感,终于就此消失了。

五

"是很荒唐啊,"笑罢,我拨弄着手中的酒杯说,"老实说,我这几天一直有点像着了魔一样。"

"人一生中总要疯狂几次的。"

"老实说,若真是遇到此人,我也不知道该说什么好,"我耸耸肩,"我甚至对此人的长相也记不大清楚了。"

"为什么你会对他如此好奇,"酒吧女子笑道,"莫非暗恋上了?"

我沉默半响,不知该从何说起。

直到此时,我审视内心,才意识到自己为什么对此人的结局如此孜孜以求——这其实跟我的同事们爱看俊男美女演的言情剧是一个道理。

尽管自己的人生乏味,但如果看到他人在欢度所谓的完美人生,我会下意识地告诉自己,你看,这个世界上终究还是有人能够找到幸福。现在回过头来看,那大抵是种补偿心理,或者说,精神鸦片。

这与后人坐在书桌前看上几页一千四百多年前隋炀帝的荒诞人生，感慨道"你看你看相比他我们也不是那么不幸……"是一回事。

"补偿心理。"酒吧女子重复着，有些出神。

"我好像一直在寻找所谓完美和幸福的典型，"我补充道，"哪怕世界上所有的人都不幸福，只有一个例外，并且被我找到，我就能说服自己，乏味的现世还有点希望。"

"在你心目里，他是完美的典型？"酒吧女子问，这里说到的他便是消失的男子。

"嗯。"我有点不好意思，"有点冒傻气吧。"

酒吧女子以手覆额："一看便知，此人不但力求完美，而且相当在意自己在别人眼中的形象。这号人通常很容易陷入对人对己的极度焦虑。"

我泄气地靠向椅背："以我这种观察与判断力，日后还想要当记者靠写特稿谋生，看来真是难上加难。"

酒吧女子一时不知道说什么好，随即探头看了看我的杯子："还要再来点Sangria吗？"

"好像有点喝多了，我一喝多就爱唠叨。"

"难得放松下嘛。"

"那，我就不客气了。"

"抱歉啊。"同学对我说。

通过他的介绍，我原本要在秋天进入一个正正经经的大报社做记者，这是我实现理想的第一步。但随着经济危机来临，对方要压缩成本暂停招聘，我找工作的事情也因此被搁置起来。

就我本身而言，因为平时还在干些零活，生活倒还不成问题。

但随着那名男子的消失,也许恰逢经济危机,世界和我仿佛都越过了某个临界点,就好像这个城市每每临近黄昏就会突然发生的大塞车——每辆车都在按既定路线行驶,既无车祸也无雨雪,在毫无知觉的情况下,大家准会在一个时刻寸步难行,通通堵在路面上。

  作为替代性方案,我暂时被介绍到报社做校对。这是份临时工,每晚七点钟,我到达报社,坐进排版人员云集的制作室一角。编辑们将当天报纸的一部分版样交给我,我阅读后将错别字与语意含混处用红笔标出,再交还给他们。如此重复上三次,直到版面万无一失为止。

  和我一起工作的还有四位退休的出版社老编辑。其中一位永远携带一只传说中在二十世纪七十年代存在过的晶体管收音机,他塞着耳机边听边看版,跟他人不交一语,看完就夹起收音机走人。另外一位的玳瑁框眼镜坏了,一条腿用胶布缠着,总是抽空在手中无版时仰面倒在椅子上小睡片刻,直到被送来版样的编辑推醒。这种随时随地入睡的本领甚是了得,我看了不由得心生羡慕。

  在这里,我再次意识到自己对世界的认知谬误。

  每天,我看到这些自己曾经羡慕不已的人周旋于乏味的日常工作流程之中,从早到晚坐在电脑前不停地敲打键盘。几个在夏日的聚会中妙语连珠的记者动笔所撰写的稿件原件支离破碎、生硬乏味,让人不忍卒读。编辑们每天草草在版面上改动些许字句,在排版室中一边对着我们或者空气喃喃抱怨记者无能,一边催促疲惫的美术编辑们动作快些,以便能在晚上10点前下班。

  人们之间如同我在第一个单位所看到的那样,彼此客客气气,即便聊天,也只是聊些无关痛痒的话题。我梦想中那些直指心灵和亲密无间的谈话踪影全无,代之以对报社内部绯闻和升迁内幕的反复推测，其中不乏连外人都能感受到的恶意与患得患失。

我夏天所见的那些随意挥洒的善意和友情似乎成了遥远的传说。而我每天校对所读，全部为这个世界逐渐陷入混乱的悲惨消息：某某银行倒闭，某某大楼着火，某某大亨跳楼或者饮弹自尽，新型流行感冒和大洪水席卷全球死伤无数……

"这简直就是世界末日嘛。"我喃喃道。

就这样，一来二去，风已经夹带着寒意，萧瑟的冬天终将降临人间。我每晚6点半准时沿着铺满落叶而空无一人的道路走去报社，阅读整个世界的混乱和危机。有时候，走着走着，蓦然感到自己不属于任何人、任何团体、任何种类，而只是自己，孑然一身。面前漫长的道路如同怪兽般在一点点吞噬自己的时间与力气。

熟悉的绝望感再次涌上心头。

我开始时不时想到那消失的男子，虽然不知道他究竟为什么消失，但自己倒终究开始有点理解想逃离什么的心情了。

"因此，你就来到了这里……"

"因此，我就来到了这里。"我如回声般应道。

酒吧女子手中不知何时换上了一种红色的饮料，看上去有些黏稠，也许是Bloody Mary。

"那么，你如果真的遇到他，想问什么呢？"

"不知道啊……其实我很想知道，像他这样的人，究竟有什么样的烦恼能导致其突然消失。"

"其实你无非还是想弄清楚这个世界上究竟有没有人能获得真正的幸福，对吗？"酒吧女子问，"或者说理想的人生模型到底是否存在？"

我愣了半响："全中。"

"也罢也罢,"酒吧女子喝光手中的饮料,苍白的肤色似乎渗入一丝红晕,"我给你讲讲我的故事好了。"

"好啊。"

"不过有一点,"酒吧女子转动手中的杯子,沉吟片刻,"我希望在讲的时候,你不要怀疑我所说事情的真实性。也就是说,不要提问。乍听来,我的故事中有些常人无法接受的成分。但如果你一心对细枝末节或故事的大前提进行质疑和求证,反而会让我无暇讲出自己的真实感受。"

"很有点《一千零一夜》的感觉嘛。"

"如果你真能把它当成童话来全盘接受,也未尝不可。怕的就是我们从此陷入没完没了对细节的证实或者证伪,如何?能接受我的条件吗?"

我点了点头。

雪白的大猫笨手笨脚地从书架上跳下,拉开身子伸了个长达五秒钟的懒腰,然后径直走向我,狐疑地在我裤腿边嗅来嗅去。

"好大的猫啊,"我有点害怕它会突然对我伸出利爪,畏惧地缩了缩腿,"岁数很大了吧?"

"嗯,有十多岁了,左耳朵已经聋了,脾气也很糟糕,有时候毫无来由就对陌生人又抓又咬的。"

酒吧女子看到我露出的害怕表情后笑了,将猫抱去一边。沉默片刻,她清了清嗓子,开始讲自己的故事。

"你还记得遇到我的地方吗?"

"是个酒吧。"

六

遇到这名女子的酒吧是我的朋友们选择的聚会地点。后来，我们又去过那里一两次。对我来说，如果不是和一大帮人来，自己单独一人不大可能去那里。很难说是什么导致了我这种微妙的感觉，这情形，就好像遇到了一个面熟的人却怎么也叫不出对方名字来一样让人挠头。

这家酒吧地处偏僻，来的人多是常客，三三两两坐在一起，小声交谈。这些人乍一看无甚特别之处，但空气中多少会回荡着些超现实的氛围。

对了，正是这个字眼。回忆起来，这种气氛的产生，大约是在那里的常客们身上的某种一致性所导致的——这些人都带有些许冷漠和端庄的气质，表情严肃，聚精会神。看上去，他们仿佛是一个特定世界里，或者从事某种特殊职业的成员，比如医生、律师……正在用自己的语言小心谨慎地交流着什么。外人在这里待久了，会产生一种奇怪的窘迫感，感到无法融入。

"你对那个酒吧的老板还有印象吗？"这名女子问。

我努力回忆，记得第一次去酒吧的那个晚上，我们几个人低声交谈着在胡同里穿行。夜已三更，四周寂静无声。我的手机忽然响起，铃声震耳欲聋，吓人一跳。我接起来听，还未放下电话，朋友忽然拉住我的胳膊："老板。"

"谁？"

"刚才那个从咱们身边过去的人就是酒吧老板。"

我根本未曾察觉有人从身边经过，被他提醒，悚然一惊。回头一看，不远处一个身材瘦削、中等个头的男子正低头大步向着我们来的地方走去，身影很快隐入黑暗。

那是我第一次见到酒吧男子，只是短短的一瞥，但印象颇深。那人走路的样子非常特别，很难形容。日后有一天，我恍然大悟，那是如同滑行一样无声、省力而迅捷的步伐，是猫科动物的走法。

"是的，我记得他。"
"这个故事有一部分跟那人有关。"

女子在遇到酒吧老板之前的人生相当平淡。她当时33岁，离婚已经三年。

女子的第一次婚姻是与同学结婚，这是城市中受过高等教育的青年男女的普遍经历。她离家上了一所著名的大学，在念书期间和另外一个系的男生谈了恋爱。男友的家就在这个城市里，父母都是正当盛年的高级公务员，在政府里混得如鱼得水。

正如人们所说，家境影响人，男友是在宽裕环境中长大的孩子，姿态悠闲，品位良好，有时有点孩子气，总体是个颇为善良的人，不大喜欢费力跟人争夺什么。比起拼命巴结老师在学校中混成学生干部，或在图书馆奋力学习准备考托福出国，他倒更喜欢舒舒服服在家看几部电影读点书。待到大学毕业后，女子因为成绩优秀，早早就获得了一份同龄人都很羡慕的高薪工作，进入了一家全球500强的跨国公司。男友虽然有几门课靠补考才勉强及格，却由父母安排顺顺利利进入了政府单位。

男方父母对女子还算满意，她出身高级知识分子家庭，本身乖巧大方，是个办事很有章法的人。在双方家长的眼里，两人从工作到性格，倒是十分互补。女子身在异乡，逢年过节总去男友家消磨时光，并没有其他恋人与对方父母之间的那种生疏，很快就变成了他家庭中的一员。

就这样，25岁的时候，他们结婚了。

结婚后，两人住在男方父母提供的两室一厅里，女方父母则买了车送给他们作结婚礼物。两人的婚后生活跟在学校期间无甚区别。他们的爱好很一致，比如，都以穿着舒服得体为原则，品位都算不错；都不大爱逛商场，平时只喜欢逛逛书店、二手货市场或者音像店；周末和假期要么和一群志同道合的旅行者组团出游，要么就干脆待在家中看碟；彼此也都理性大方，很少干涉对方的交友和私生活。

但就在27岁那年，女子的职业生涯来了个大大的飞跃，她被猎头挖去另外一家跨国公司。该公司当时刚刚进行完一次涉及全球范围的巨大合并，需要大量人手来完成合并的后续工作。女子忽然发现，自己在工作上面临比原来单位多上几十倍的挑战。要读的法律条文和要学的东西很多，天天加班到夜里十一二点乃是常事，加之新来乍到，对公司内部一些微妙的人际关系还不熟悉，一时间承受的压力很大，连睡眠都出现了问题。

但是幸运的是（或者说不幸也行），她遇到了一个极有能力的上司，倾其所有给予她各种指点。此人是善于交际的天秤座，风度翩翩，长袖善舞，看问题一针见血，同时又有极强的实际操作能力。在他的帮助下，女子相当快地进入了角色，他们做的方案最终得到了总部的嘉奖，女子也获得了一种从未有过的成就感。

女子的人生轨道终于发生了某种变化。一来二去，她和上司发生了关系。

"这怕是一定会发生的事吧？"我插嘴。

女子颔首。

一来，由于工作关系，他们在一起待的时间远长于她与丈夫相处的时间。二来，女子除了父亲和同年龄的丈夫外，从来没有与其他男性如此亲密地相处过，而上司是大女子十五岁的成熟男性，在她的生活中扮演了老师和兄长的双重角色，两人又有着不同一般的默契。因此，一旦有一方稍微主动，两人铁定会发生什么。

"这个关系最终影响了你和丈夫的婚姻？"

女子先点点头，然后又摇头。

"也是，也不是。"

上司一开始便明确告之女子，自己虽然被她吸引，却不可能离开妻子和家庭。双方便是在这样一种心知肚明的情况下开始的——对他们来说，性关系不过是对两人到达了某种亲密状态的确认而已，从某种意义上看，这也许连办公室恋情都谈不上。

但正是此人，为女子打开了窥探商业世界内部运作的一个窗口。出于天生友善也罢，虚荣也罢，出于女子的悟性或他们彼此间的特殊吸引也罢，他乐于教授她在工作上如何获得成功，并且以她一点一滴的进步为荣。

这样一来，女子意识到自己身上蕴藏着种种潜力，这是被巨大的外部压力和上司引发的自我意识大爆炸。这才是比任何冒险都更为激动人心的旅行——她活像闯入了《了不起的盖茨比》的世界，像初次看到新大陆的荷兰水手，感到人生充满妙趣横生的冒险，自己牢牢地掌握着人生与选择。

如果拿什么来打比方的话，人类历史中的文艺复兴时期可勉强比拟——总之，在经过了混沌和循规蹈矩的人生后，一个人能够发现自我，并且通过它来取得外界认同和成功是何等快意之事。形容倒是形容不好，感觉上，自己能够到达更远和更为美好之处，那是大海另外一端遥不可及的新世界。

在那里，风格外清凉，树荫格外绿，世界的颜色、空气和声响都发生了变化，变得如同一首由一百人组成的管弦乐队所演奏的乐曲那样热烈而直白，动人心弦。

"可以理解。"

"真的？"

我点头："虽然我一直过着不大顺心的人生，但却大体理解你说的这种感受。为什么倒是说不好……"

这样一来，不是上司的介入，而是女子自己的心态导致了婚姻的变化。

相比她面前初露端倪的新世界，丈夫那一成不变的人生显得何等乏味。前面已经说过，他其实是个性格温和还有些孩子气的人，喜欢轻松的人生，闲来愿意和几个好友一起打游戏，外出旅游，或者做做家务。看上去，公务员那吃吃喝喝、毫无波澜的工作十分适合他——因为父母的特殊关系，也因为性格温和、善于协调，丈夫毫不费力就获得了领导的照顾和喜爱。

她有时候也试图给他讲讲自己的工作，希望对方能参与进来，给予回应。但后者往往了无兴趣，最多凑个趣议论几句完事。毫无疑问，一个外人不疼不痒的意见，对于正处于办公室政治旋涡中的女子来说，既不管用，也无法形成任何对等的交流与触动。

就这样，女子苦恼地发现，自己从工作中得到的精神与物质回报远大于从家庭生活中获得的，这导致她把更多的精力花在了工作上。每天，她早出晚归，连周末的大部分时间都在办公室加班。丈夫则准时上下班，回家后做饭，吃罢洗碗连带收拾屋子，然后打打游戏或看上几张碟。一来二去，夫妻两人渐行渐远。

女子时不时觉得，这个家更像是男女生宿舍，而丈夫成了与自己无甚干系的室友（她那时还不理解，这种不干涉有可能源自其温和宽容的内心）。在她当时的想象中，婚姻想必该比这种白开水般的室友关系更为地道和幸福——试想，连上司都能成为她的良师益友，难道夫妻间不该有更为宝贵和激动人心的东西存在吗？

"恕我直言，"我咳嗽了一声，"你和你丈夫的人生……在我这个外人听起来，倒还蛮幸福的。"

"是啊，"这名女子点头，"现在回过头看，那是相当正常而温馨的家庭生活。"

丈夫也曾经纳闷地问过女子："你到底在折腾些什么呢？要房子，要车，我们已经有了——人家奋斗就是为了过上这样的生活。"如果要更好的房子车子，假以时日，两人慢慢努力也会办到。他实在对女子的激情与焦虑大惑不解，认为她每天如同无头苍蝇般扑腾来扑腾去实属不智。

而女子这边却无论如何也无法认同丈夫的看法。吃完饭后（丈夫很喜欢做饭），他聚精会神地盯着电脑屏幕手攥鼠标，率领自己制造出来的精灵士兵、独角兽和各式妖精对着敌人的堡垒一通强攻不已，屋子里回荡着电子游戏中攻城略地的雄壮音乐。

每逢此时，在一旁处理文件的女子会由衷地感到气不打一处来——此人难道打算就这样度过一生不成？难道人生，无论书本所说也罢，自己亲眼所见也罢，不该有更多追求或更为精彩吗？

"经过这几年的苦闷人生，说真的，真的是苦闷啊，"我说，"我模糊地感到一点，就是人生其实可能不如我们在书本读到的、在别人身上看到的那么精彩。"

"你应该说，人生绝对不像我们想象的那样精彩。"

"真的这么肯定？"

"喂喂,这可是由血的经验教训换来的结论哟。"

我泄气地举手投降。

但无论后来如何顿悟人生这玩意儿本身毫无幸福可言,或者说,无论多么精彩的人生也有其阴暗面——甚至远不如前夫那平静而毫无波澜的生活来得温煦,对于女子而言,在当时,她确实无法改变自己的看法。因为她只能是自己,而一个人对人生的领悟必须是由时间、之前的各种经历和所犯错误累积而成的。

就在这时候,酒吧门被推开了。

七

在这样一个夜晚,酒吧门被猛然推开,一男一女走了进来,感觉上很有点像斯皮尔伯格拍摄的印第安纳·琼斯博士冒险电影里的情节。气氛、时间都刚刚好,如果男人这时倒地不起,女子手中拿着和宝藏有关的羊皮地图,我也不会有多惊讶。

酒吧女子起身走过去微笑招呼,一个刚才似乎完全不存在的黑衣小伙计也忽然从空气中应声出现了。

这对男女身上带着潮湿的气息,他们从我身边飘然掠过时,我下意识地联想到雨和湖泊,还有长在湿地中深绿巨大的蕨类植物。他们在屋子的另外一角坐下,我只能看到那个男人的背影,女人那清秀小巧的脸隐藏在角落的阴影里,有点孩子气,像只乖巧的白兔。小伙计为他们端去红色的饮料,似乎是酒吧女子刚才喝的那种。

两人与酒吧女子低声郑重地交谈,看样子是有什么事情要讨论,三人间回荡着显而易见的默契。

出于无聊,我回到手边的《隋炀帝艳史》上来。翻了几章后,我忽然意识到,对于在大学接受西式逻辑思维训练的人来说,这类中国章回体小说缺乏明确的走向,如同隋炀帝所建造的迷楼——它们是一座循环往复的迷宫。

在每一个章节中,作者极尽渲染隋炀帝荒淫奢侈之能事。但整体来看,这类型故事如此类似,就好像一条用回形针串起的项链一样,没有出口,也没有入口。每个故事都是同一个故事,如果不是时间或者地点在发生变化,你会担心写故事的人最后莫名其妙地停留在某一个点上,就此静止,或者说,无穷无尽地循环下去。

"简直是死胡同啊。"丢下书,我喃喃道。

在现实生活中,酒吧女子和丈夫的关系也进入了死胡同。最终,在30岁那年,女子提出离婚。

可想而知,这种在外人看来毫无道理的离婚很是不易。但女子在她七年(尤其是最近的这三年里)的职业经理人生涯中学到的就是这种手段:坚守底线,对各种阻碍无情、耐心而有效地一一进行摧毁,从而达到目的。

丈夫大受打击,在他看来,他们的夫妻关系虽然不那么尽如人意,但无论如何也不至于要离婚。一开始,他坚决不同意女子的要求,并且试图弥补(虽然该怎么弥补他也不大清楚)。但一来女子已经买好房子提前搬了出去,二来他本性也不善于特别坚持什么,最终,他妥协了,在离婚协议上签了字。

有赖于他性格中的适可而止与温和,两个人最后还如同朋友般吃了顿饭散伙了事。

故事虽然讲到这里就戛然而止，但我想，离婚后，女子的人生并未像她所期待（天知道她在期待什么）的那样勇往直前下去。如若顺利，她早该变成她上司那号人物，天天坐在办公室中发号施令了，何至于跑到这个古城里来开什么酒吧？

"我说，"女子看看我的杯子，"换种喝的可好？"

我抬起头，发现她已经结束了和那边的谈话。

我忽然意识到，身边的这四个人——小伙计、女子和那陌生的一对儿有什么共同之处。或者是他们都身着黑色，修长优雅，或者是他们的相貌都端正清秀，当然，那个男人的脸自始至终我看不到。也许是我喝多了，我总觉得这几个人还有一种很难诉诸语言的共同之处，都带有些许冷漠，这导致周围的空气发生了些微改变，温度和气压都有所下降。

"不能再喝酒了。"我揉了揉眼睛。女子不愧为酒吧老板，善于察言观色，这个什么鬼Sangria的后劲儿果然上头了，让人觉得飘忽不定。

"还是来杯蜂蜜香草茶吧，是自己种的。"

"那就谢谢了。"

"那么，酒吧老板究竟是何时介入你的人生的呢？"

"不要着急，"女子微笑着摆摆手，"先尝尝这茶如何。"

她递给我的那杯琥珀色的茶散发出温暖的太阳般的气息，混合着蜂蜜和柠檬味道……等等，怎么会是柠檬味？

"这种草叫香蜂草，英文叫Lemon Balm，叶子有柠檬的香味，我把它种在外面的花坛里，拿来冲茶很是解暑，对胃也有好处，正好给你醒酒。"

"就像大太阳下的树荫一样,"我慢慢分辨那微妙的滋味,"形容倒是形容不好,只觉得是混合了炎热和清凉的感觉。"

"到目前为止,这怕是我听过的最为贴切的形容了。"

酒吧男子其实是在女子离婚期间不知不觉进入她的人生的。在我的印象里,那家小酒吧地点隐蔽,外人很难发现。但它恰好在女子买下的住所附近,因此,她很快就成了那里的常客。

严格地说,酒吧男子的长相并不能称得上英俊:已届中年,30到50岁之间,中等个子,第一眼容易让人误以为是瘦弱,实则肌肉结实紧绷,这一点从他卷起的袖子和半开的领口处便可窥出一二。头发理得短短地贴在头皮上,通常总穿着一件棉布衬衣,下着休闲布裤和球鞋,普通得不能再普通。

即便如此,他的脸却仍旧有着某种极为引人注目之处,那就是线条绝对洗练、干净。这么说吧,这张脸简洁到了好像比正常人要少长了些什么的地步。当他低垂眼睑的时候,一切表情都一扫而空,甚至还包括体温。你会觉得此人被冰冻在了某处,在他身上,时间可以被忽略不计。目睹此景,女子脑海中时不常浮现出希腊诸神的形象,那是她在假期中曾在大英博物馆和希腊当地看到的在月光下宛如活物的云石面孔。

女子当时正被离婚中的各种琐碎问题搞得焦头烂额,双方父母和丈夫隔三岔五便要打来电话对她唠叨一番,两人的财产也总是分割不清。但不知为什么,第一次来到这家酒吧,在与酒吧男子交谈片刻后,她便有种平静感,似乎烦恼离自己远了些。

有可能是男子的说话方式给她带来了这种心平气和感。

第一次交谈发生在酒吧男子向她推荐酒精饮料的时候，顺便说一句，他推荐给她的第一款酒正是店里自己调制的Sangria。女子向他要烟灰缸，因为心情烦躁，她在那段时间似乎染上了烟瘾。她顺口问他是否抽烟，他回答："以前抽，但现在不抽了。"

"因为吸烟有害健康吗？"

他平静地回答："其实，上瘾也是需要坚持的。"

"你有过烟瘾？"

"曾经有过。"

"后来呢？"

"后来懒得坚持了。"

这就是他们之间通常谈话的形式，酒吧男子对她提出的所有问题，都耐心一一作答。他的答案总是奇妙地不具有现世性，也就是说，那不是日常回答问题的方式，而是充满哲理和置身事外的宁静。这对于正沉浸于各种琐事，例如家产如何分、车子归谁、猫归谁啦等的女子而言，就像一贴有舒缓作用的清凉剂。

如果继续追问他"为什么懒得坚持？"，酒吧男子或许会极为轻微地露出笑容，或者反问"为什么要坚持呢？"，那回答就会如同到达终点的最后一班地铁一样，缓缓地，就地不动地，永不开启般地停下来。这种若无其事、心平气和便能使某样东西到达终点的本领，给女子留下了深刻的印象。

她有时候会想，如果父母、丈夫当时提出的种种关于离婚的问题能如此平静地被什么东西或什么人截停在电话线的那头，那该是何等幸福的事情啊。

逐渐地，如果不加班，女子养成了去店里喝上一杯的习惯。

一开始，她这么做是下意识想躲避各方打到家里来的无穷无尽的电话，手机可以关机，她很后悔把新家的座机告诉了他们。

很快，女子发现酒吧里也提供一些简单的饭菜，比如各式三明治和意大利面。并不是所有酒吧都能做出如此简洁美味的饭食。尤其是意大利面，店里用番茄、胡椒和新鲜罗勒（香料）手制的酱料清淡、鲜美、滋味无穷，配上新鲜的紫甘蓝沙拉，简直是自动滚入人的胃中。因此，每逢加班回来肚子饿了，她就会去店里吃点东西。

晚上，只要是在酒吧里，酒吧男子要么是坐在角落里看书，要么就是在柜台后静静站立着，一动不动，既像在沉思，又像什么都没想。他似乎从不疲倦，也不厌烦。一旦有客人来了，需要吃点什么的时候，他招呼对方和准备酒菜的动作也总是从容不迫，节奏舒缓。这种姿态给予当时处于焦虑中的女子莫大安慰，虽然不大好形容，但仿佛光是他存在的这一事实便能使她镇静许多。

女子渐渐还发现，酒吧男子的知识面广博至极。一旦被人问起，他随随便便就能就某个历史、军事问题或经济现象给出他人相当详尽的回答。多年的工作经历让女子知道，只有真正对某个领域了若指掌的人才能给予一个外行这样条理清晰、逻辑严密和简单易懂的回答。最难得的是，他从未流露出任何炫耀或自得之意。

有一次，女子意外地发现，此人对于古建筑的结构和历史有着极为精确的知识。她大学学的科目就是建筑，而对方似乎比自己这个科班出身的人还要渊博许多。

好个奇妙的人物，她心说。

八

就这样，在一杯杯Sangria中，半年过去了，女子终于离成婚，并且送走了上司。

"哦，对啊。"我恍然大悟，闭目摇头，看来是喝多了，我都忘记这里面还有一个上司了。

上司在和女子一起工作后的第三年，升任另外一个区域更高的管理位置。这个职位需要他举家迁居到国外。他工作发生改变时正逢女子离婚前后，她忙于买房子、装修，之后又要在家中引爆炸弹、搬家、办离婚手续，因此焦头烂额，自顾不暇，对上司的变动虽然清楚，但也没大往心里去。

他们的关系早已经变成大半是朋友、小半是情人那种。最初共同应付外部挑战时带来的激情已然过去，剩下的无非是信任和亲密而已。较之在一个城市里幽会睡觉，两人倒更为享受偶尔一起出差去外地，工作结束后一起共度一个放松的夜晚。完事后，两人通常在被窝里搂抱着天南地北聊一聊，或者八卦一下工作和单位里的人事，相当轻松愉快。

上司正式告诉女子自己的调离消息时说起了继任：是个厉害角色哟，要小心应付。当时，两人正在一个海滨城市出差，于是在晚饭时去了当地最好的一家饭店，喝光两瓶葡萄酒，算是告别。

喝到一定程度，上司破天荒问起她的婚姻，之前，两人从不谈及自己的另外一半，这多少也算是一种默契了。

"没事吧？"他说，"其实差不多也就行了，不要乱折腾，人生无非如此而已。"

"希望不是我们俩的关系影响到你的婚姻，"上司最后说，"这是我最不愿意看到的事情。"

女子沉默不语。

相处了这几年，她早已觉察到，上司是个相当自爱的人：喜欢被人崇拜，坚信自己长袖善舞、无所不能，极其在意做人和做事情的姿态要够漂亮。此人身上也确乎有着某种奇妙的天赋，就像用笛声带着老鼠们穿越城镇的彩衣人一样，他能在某个阶段用催眠般的力量让身边的人对他信任无比，向着一个目标努力——人们通常称之为领导力。

但事实上，一旦接近到一定程度，女子就发现，即使是在最私人的时间里，上司也很少有松懈的时候，甚至在假日和与恋人相处时也对衣着仪态一丝不苟。他是天生的职业演员，任何时候都试图以最佳卖相示人，连做完爱后也不忘问对方一声："我还不错吧？"

看到他如此兢兢业业地维护自己的完美形象，女子备感滑稽。与之相比，她多少还算是个有点真性情的人。她意识到，从某种程度上来说，上司的自我是要靠周围人的仰慕、赞美和认同所滋养的，只要不涉及太严重的利害关系，他不会丢弃任何战利品，也不会放弃任何获得赞赏的机会。

久而久之，此人势必变成一个背负着无比庞大库存的收藏家——而她不过是这些收藏中的普通一员而已。

女子意识到，他以自己的方式说再见的时刻到来了，这也是往她身上贴上标签，写好分类目录放入收纳盒的时刻。在那个庞大的仓库里，古老的阳光穿过阴暗的地窖，细密的灰尘在光柱中静静飞舞，各类物什在格子和盒子中寂然无声……

"没那回事。"女子喝干杯子里的酒说,随即结束了这次谈话。这次,他们破天荒没有回宾馆一起睡觉。

他说这话到底是什么意思呢?女子想,最可能的一点是上司想在最后告别时将自己的那点内疚也好,什么也好,通通消解。

假如真是这样,那她乐得顺水推舟。

她对上司最后所说也确实是大实话,他的存在还不足以撼动什么。几年相处下来,尽管对他的专业判断仍旧十分信任,但她私下并不认同他的职业演员生涯……这听上去颇有讽刺意义,是他挑选并训练了她,让她开始认识自我——而她一旦有了自己的判断,却首先对自己老师的人生不以为然起来。

不,不,并不是他创造了她,而是她自己发生了改变。女子再次确认,上司不过是提供了一个让她改变和认识自我的诱因和环境而已。

他们就此别过,从此,再也没有什么联系了。

这是都市人处理情感问题的典型方式,非常自爱,略带幻灭,理智冷静,不拖泥带水。相比之下,前夫的温煦已经是比照进储藏室那缕阳光更为古老的史前记忆了。

"这么说,你什么也没有得到?"我忍不住插嘴,忽然意识到用词不妥,"抱歉,我是说,你什么也没有选择?"

女子微笑着垂下眼睛,她纤长的十指在深胡桃木色的桌子上相对交叠成宝塔形,手指甲光滑润泽,呈现出奇妙的粉色,宛如瓷质艺术品。

"说的是,我是什么也没有得到。"

"那么,你究竟想要什么呢?"

"老实说,不知道啊,"女子略带抱歉地回答,"大概,我在潜意识里一直觉得，在这个世界上，自己总能遇到比平凡单调的人生更好的某些东西吧。"

上司走后，他所谈及的"厉害角色"接了他的班。此人和上司的风格完全不同，在工作中就事论事，与下属间尽量不掺杂任何个人感情，对高层的意图判断十分准确，能够在一分钟内辨认出对面的人到底对自己有无益处——毫无疑问，此人确是职场中的顶尖人物。

女子与之合作尚属顺利，以她审时度势和办事的能力，还很快被升了一级。但她很快意识到，自己过去无疑对工作灌注了过多的感情与理想色彩。现任上司把更多时间花在和真正有权势的人搞好关系上——这才是现实世界的通常做法。从对女子的要求来说，她只需要做好分内工作即可，无须主动多想或多做些什么，如果太积极了，搞不好还会被现任上司当成威胁。

就这样，冬去春来，相当奇妙地，女子发现，有某种东西就像毒汁一样慢慢渗入了她离婚后的生活。怎么形容呢？仿佛有某种让光线折射率为之改变的物质，如同玻璃幕墙般慢慢树在了她和过去那个朝气蓬勃、充满希望和变化的世界之间。

随着时间推移，这个世界的真相逐渐显露，那种觉得自己将得到更为美好的东西、人生如此新鲜的感觉，逐渐被孤独、平淡和某种微妙的挫折感代替了。

女子深感惶惑。她试图证明，自己的工作和人生没有发生任何变化。于是，她努力让自己的工作照旧，生活也照旧：像以前一样，她与同事开会、工作、加班，没事在新家的阳台上种花，去健身房游泳，和一些有旅行爱好的朋友远足，或者看看电影，翻几本自己爱看的书。

在他人眼里，她仍旧和蔼可亲，举止得体，工作效率很高，而且在职业道路上一帆风顺。她的薪酬在同年龄段的人中已经高到离谱，全世界各个国家利用出差也罢、年假也罢都去得差不多了，看上的当季欧洲名牌服装和手袋也基本能一一手到擒来。

但这种挫折感和惶惑竟然硬是从她的世界里长了起来，它生长得如此巧妙和顺理成章，如同攀爬在峭壁上的草木，绿叶蒙尘，在微风中发出沙沙的声响，工程浩大，令人叹为观止。

是否是工作上的一些小不如意导致了这种感受呢？女子有时也会扪心自问——但似乎不完全是。现任上司带来一两个亲信，他们有时会在工作中和女子发生些小摩擦，但这还不足以影响到她的心情。拜前任上司所赐，她早已被训练得相当职业，从处理客户关系到办公室政治方面的手法都已炉火纯青。作为一个理性和正常的女人，她也并没有虚荣到认为每个上司都要与自己发生特别关系的地步。

但毫无疑问，她对工作倾注过多热情的情况确实发生了改变，这种奇怪的感觉继而上升为对自身存在的某种怀疑。

有时候，在单位加班到深夜，或者在管理层会议上，女子会忽然无来由地问自己：“我究竟在为什么为谁工作，我对世界或者世界对我而言，究竟有何意义？”尽管她的公司为全世界提供了最多的通信设备，但她所在部门的工作，仔细想来，无非是消耗大量能源和各个部门扯皮而已。

在这一刹那，这个在某种程度上寄托过她理想的地方，终于露出了本来面目。它仿佛失去生命的躯壳，一段假肢，犹如被废弃的舞台，显得空空荡荡，甚至连同那些活动在其中的一流聪明人物，都如此虚假和不堪一击。

后来因为公务，前任上司和她还见过一面，那是在他们欧洲总部的一个高级管理人员会议上，女子陪现任上司列席。前任上司则代表另外一个部门。一瞥之下，她忽然觉得此人已经不再如过去那般风流潇洒了——按理说，体重相貌都没变，衣服照旧考究至极，英语无懈可击，头发修剪得如同夏日草坪般利落。他身边跟着一个女副手，后者一副对他佩服得五体投地的样子。

电光石火间，女子忽然灵光一闪：那女孩正充当自己过去的角色。

最终，也就在那一刻，她意识到，自己是无论如何也无法成为上司（无论是前任和现任）那样的人的。尽管她曾经非常接近，而且差一点就成为那样的人。但不幸（或者说是幸运）的是，她既无法像前任上司那样精力充沛不厌其烦地营造出梦幻场景，说服自己和旁人沉浸其中，又不能像现任上司那样，在算计他人和捞到现实好处里获得全部的满足。

前夫所说的话在那段时间会时不时在她脑海里回想："他人所追求的生活我们早已经拥有，你还折腾个什么劲呢？"

就这样，时间一天天过去，一年，两年……终于有一天，空虚和绝望感从天而降，如同在大海中两年才在桅杆上停下来歇息一次的信天翁，最终落在她的头上。

"功亏一篑啊。"我说。

女子好笑般看了我一眼："看来，你还真的明白哟。"

"我过去的人生可以说失败无比，"我笑了笑说，"你所拥有的事业和生活上的成就感，我一点都没体会过，但是——"

"但是？"

"但是，大体上，我却明白你的感受，那就是人生真是千疮百孔，令人失望。反过来看，假如我能在这个世界上顺利地找到所谓的完美一对，找到有人在欢度真正妙趣横生的人生，可能我对未来的困惑就能少一些,失望感也会更轻一些。"

"这也是你会来到这里的缘故。"

"是啊,"我点头,"与其说,我想找到那名男子,不如说我真的很想知道,那些在外人看来精彩的人生背后究竟隐藏了什么。是否别人也如同我们一样困惑而充满对自身的怀疑……比如,如果隋炀帝知道他所做的一切最终不过是场为外人所诟病的虚无的话,想必也就不会那么使劲折腾了吧?"

女子大笑起来。

"而现在,听了你的故事,我想,我也无须去寻找什么消失男子了。"
"我们不过是殊途同归而已。"
"有道理。"
我们各自陷入对自己处境的沉思。

九

我极为熟悉女子所说的绝望,那是我在过去的几年中独自一人度过的所有夜晚的总和。

我能在黑暗中闻见略带青草味的风的气息。这种气味只能来自夏天,是万物蓬勃生长,有黄色蔷薇盛放,在清晨坠满晶莹的露水把枝头压弯的季节,是槐花落满地面,暴雨后传来猛烈泥土腥味的季节……偶尔从楼下射过来移动的车灯光柱,透过窗帘的缝隙,在天花板上画出奇异的图案——这是晚归的邻居们在露天车位上停车。我关着灯，开着收音机，听着二十世纪各式各样的爵士乐歌手们用嘶哑奇特的嗓音唱着孤独的调子，那是调频频道里晚间固定的爵士乐节目。

在这样的时节，绝望感通常混合着伤感从天而降，那种伴随爵士乐节奏的尖锐的痛楚令我的心脏为之一阵阵抽紧。这一段经历导致我认定爵士乐乃是孤独的乐曲，当时所听过的每个音符、看过的每本书，其中的每个字都让我更深地浸入孤独、年轻和无助之中。

我常常想，自己难道真的就要这样平淡乏味地度过一生不成？中学时期的一帆风顺，考上大学后父母的欣喜，包括自己对未来的懵懂和渴望，在此时此刻，最终都随着音符的跳动转化为刺痛内心的利刃。这是一个人被迫面对真实自我的时刻。我必须与那个不会变成任何特殊人物，而仅仅是自己——平庸的自己面面相觑。

只有经历过这类时刻的人才知道，这种劈面相逢是何等令人意气消沉。

"每个人的苦恼虽然都不同，但在惧怕孤独和平庸这一点上，大体是一致的。"我在那年夏天所认识的人里有一位是公认的"女性杀手"，他有次说，孤独时的人，往往要被迫面对自我和真相。

"这就是很多人会选择打麻将、谈恋爱、甚至努力工作的缘故。"他大笑，"伏尔泰说过，工作使我们免于饥饿、纵欲和无聊。"

此人在大学学了六年的哲学，后来号称"想通了"，于是丢掉哲学跑去经商，成了个相当成功的商人。他有个大方能干的老婆，但据熟识的人说，这些年来，此人身边五花八门的女友至少换过三十个了。有次喝到半醉，他对听众，也就是我和眼镜男，忽然说了一句话："我觉得，把我和那些女人连接在一起的东西并不是感情。"

此话从"女性杀手"嘴里说出，虽然有点奇怪，但也颇为自然。"那些女人在我这里所寻求和得到的一些东西，弥补了她们在婚姻中找不到，或者说缺乏的什么。仔细想来，她们其实无非是需要某种亲昵和关注，无论来自任何人。这有助于人抵抗孤独，或者如之前我所说的——无趣而平庸的自我。"

"可是，在你这样的已婚男人身上追求某些东西抵抗孤独，不是缘木求鱼吗？"我曾经纳闷地问，"你跟她们的关系永远是暂时的和不可靠的。"

"能乐得一时是一时嘛。"

我说这话不是为自己辩护，此人最后说："我很清楚，自己这样做是不对的。这些事情如果让老婆知道了，后果不堪设想，也会让他人非常之苦恼。

"但是，就算是这样，我也并不懊悔自己这么做。那些女孩子们恐怕直觉上也对这一点心知肚明：她们和我发生关系并不是因为我如何吸引她们，而是她们希望被人爱，希望被人抱，希望被人惦记，而我只是恰好出现，并且能够体会到这种心情而已……"

我记得自己当时对他的话不甚了了，我还年轻，还有许多渴望——这不过是个登徒子的酒后胡言而已。但在后来的一些孤独时刻里，我时常想起他说的这些话。

"我想，你比我还好一点，"我打破沉默，"你至少有酒吧男子。"

女子笑了。

"听了你对他的描述，我觉得那是个相当有智慧的人，也许能对你的人生有所帮助。"

正如我所猜测的那样，女子确实越来越依赖于酒吧男子，她经常去那里吃饭，甚至把一些本来需要在办公室加班完成的工作拿去酒吧做。

酒吧男子一般是悠闲地坐在柜台后的固定位置上看书，有时候也会盯着空中某处发愣。无论外面如何风和日丽，院内古木参天遮蔽着阳光，使得老房子内阴森而华丽，酒吧男子总在自己的身边开着一盏小灯。女子第一次来的时候就发现，这套老房子里的音响和灯光效果奇佳，照明被安排得极为适合阅读，却又不影响他人。屋顶则做过一些专业处理，混响和回声都被不动声色地消除了。遍布屋内的几个环绕立体声音箱摆放得恰到好处，位置和功率显然是经过精心计算的。

他的声音低沉柔和，在吩咐小伙计或者与人交谈时，视线并不单一地落在对话者身上，有时候会注视着他们身后50厘米左右的某个点，一边缓缓点头。在任何时候，他都保持着永恒的平心静气，既不会不耐烦，也不知疲倦为何物。女子后来在一个展览中看到某件古陶时，忽然有种熟悉的感觉——在半明半暗的灯光下，酒吧男子的脸上有残留在陶器上那种彩釉的质感和颜色。

也许是酒精的作用，也许是后来的香草茶，我忽然感到困意如同潮水般涌来，庭院寂静无声，无一丝蝉鸣与鸟叫，连鱼缸中的鱼都已经陷入沉睡。

"你是爱上他了吗？"我用手撑住头，开口试图打破困倦。

但话一出口，我觉得这个问题有点鲁莽，只得歉意地做了个手势。

"我也很难定义那是不是爱，"女子摇头叹息，"他对我而言，似乎更像是一种梦想。从他身上，与其说我找到了某些共同点，不如说更像寻找到了我所不能企及的优点和完美之处。而这些，曾经是我试图在工作、丈夫、上司和身边的环境中寻找，自以为找到，最终却屡屡错失的东西。

"你和我一样，其实无非也是在寻找一个完美的模型而已。"

"有道理。"

无可否认，女子对酒吧男子产生了某种超出朋友的微妙情愫。独自一人时，她常常觉得时间是自己的敌人，这使她备感孤独、焦虑和意气消沉。在这几年的独身生活里，也不乏男人对她产生兴趣。她的父母甚至托人给她介绍过几个相亲对象。但是这些人来来去去总脱不开女子所熟悉的那几类：无非是前夫、上司和同事们的翻版，或者是神经兮兮的文艺中青年，这导致女子毫无与之深交的耐心。

她觉得，有这个时间还不如在阳台上开着收音机听听音乐，顺便为自己养的植物浇水、换换土——从离婚时起，女子开始学着养起了迷迭香、香蜂草和百里香，这些芳香植物早在中世纪前就为人们所熟悉，在傍晚会合拢叶片，在阳光下则散发出静谧与从容的香气。

久而久之，女子发现，自己和酒吧男子在一起时，也产生了类似和这些沉默寡言的植物在一起时的感受。酒吧男子和他所携带的宁静深深吸引了女子，他似乎已经与时间融为一体，深谙其中的奥妙，连带让她觉得自己也能借助这股力量与自己或整个世界达成和解——这当然是种幻觉，但却十分美妙。

有他在（他似乎很少时间不在）的酒吧是一个完美的梦境，有简单精美的食物、效果奇佳的音响和舒适的气氛。酒吧男子具备某种神奇的能力，能够感知女子或任何人的需求，无论她与他谈论任何事情、问任何问题，他都能给予详尽和耐心的回答。这种心平气和的好意如同身边的空气和阳光般环绕着她，令她的内心有时如同七月微风下波光粼粼的海面般，泛起阵阵涟漪。

有时，女子也会在独处时自问，自己是爱上他了吗？

但是，没有答案。

她很清楚一点，那就是自己在对方身上体会到的东西，并非激情、性欲或占有欲，那是种奇妙的憧憬、一种渴慕，仿佛又累又渴的旅人在茂密的森林中发现了一泓清澈的泉眼,能够跃入其中洗去疲惫与风尘,却心知自己无法拥有它。

看着酒吧男子,她有时候会感到一种奇妙的悲伤,如同七月的夜晚,邻家顽童往小池塘中丢了块石子,"扑通"一声,水中出现无数大大小小的涟漪,就像林中的跳蛙跃入月色,她的心会随着那水面的晃动而微微震颤和疼痛……

罢了罢了,女子最后想开了,这种能每天见到酒吧男子的生活也没什么不好,至于往下会发生什么,顺其自然即可。

有天晚上,10点半,女子加班后回家,肚子和家中的冰箱一样空空如也。照例,她想下楼去酒吧吃点东西。

就在这时,丢在桌上的手机响了。

她犹豫了一下,没有停止换装。手机响了一阵后停了下来,她刚走到门口,座机铃声居然也随即响起。因为已经穿上了运动鞋,再脱鞋穿过黑黢黢的屋子去接电话有点麻烦,她本想一走了之。但看这架势,这电话多半是父母打来的,迟早得接。

最终,她还是走过去拿起了听筒。

"喂?"

"不要出去。"电话那头是一个低沉的男声,声音很熟悉,她一时没反应过来是谁。

"哪位?"

"我。"

她忽然意识到,这是酒吧男子。

"你怎么会有我的电话?"

"先别管这个,你是不是要来我这里?"

"是的,正要出门。"

"不要出门。"

"什么?"

"不要出门,"他简短有力地在电话中重复,"答应我,不要出门。"

"为什么?"这名女子非常诧异,"出了什么事情?"

"至少在二十分钟内不要出门,就在那里坐下来。"他说。

他的声音里有种不容置辩的权威性,女子伸手打开台灯,缓缓坐了下来,桌面上的时钟指向10点42分。

电话那边的酒吧男子仿佛洞察一切,声音随之放柔和了:"答应我,如果一定要走的话,至少等到二十分钟以后。"

"嗯。"她不由自主地回答。

随即,他挂断了电话。

二十分钟以后?

女子盯着电话,对方犹如蜷伏在桌面的小动物一样一动不动。

这二十分钟里会发生什么事情?

桌上时钟的指针即将指向11点,嘀嗒嘀嗒,时光流逝……

"他是怎么知道我家里电话,又是怎么知道我要出门的呢?"女子寻思。

这漫长的二十分钟即将过去。

女子侧耳倾听,整个楼道里静悄悄的。她一向不是胆小的人,何况这件事情里奇怪之处太多了。

11点5分,她离开家门。

顺便说一句,女子为离婚匆忙购买的房子位于一个高档住宅区内,因为这个城市的地价迅速上涨,她的所谓投资眼光还被他人很是夸奖过一番。她穿过走廊,走廊中的声控灯随着脚步亮起。三部电梯都不在她所在的这一层,女子按动向下的按钮,中间那部电梯随即升了上来。她下意识地数着它经过的楼层:"1,2,3,4,5……"

叮咚一声,女子按过的电梯按钮熄灭,电梯门无声地缓缓打开。

楼道里亮着的声控灯大概是到了时间,几乎在同一时刻熄灭了。

即使到了事后,女子还是很难形容当时的场景。简而言之,那部空无一人的电梯轿厢里满是鲜血,那情形,仿佛是有人故意把大量的血喷洒在了地上和墙上。

鲜血?

是的,确实是殷红黏稠的血液,在电梯青白的灯光下,这个场面显得极端诡异。女子的脑子一片空白,也不知道自己在那里对着这个场面发了多久的呆,大概是不到一秒钟,也或许是一亿光年……电梯门终于老大不情愿似的慢慢合上,然后一路向下,走廊随即陷入了黑暗。

女子条件反射地按动另外一部电梯的按钮,它很快升到她所在的楼层。门缓缓打开,里面正常、温煦。她条件反射地走了进去,按下"1"。

顺便说一句,从那时候起,女子的所有行动都只能用条件反射来概括,她似乎失去了害怕、思索的能力。

"叮咚"一声,电梯到达一层,门缓缓打开,她兀自站在那里不动,下意识地用手攥住家门钥匙……"冷静,"她对自己说,"冷静点……"

"我对你身上所具有的某种东西特别敏感……"前上司忽然在女子的脑子里跳将出来,喋喋不休,"我认为我们两人很像。"

"喂喂,不要为自己的风流行径找借口。"女子对脑子里的他说,同时深吸一口气,把前上司从脑子里驱逐了出去。

冷静，要冷静。

女子忽然反应过来——眼前如果说要冷静的话，恐怕首先是要从这部电梯里出去。因为站在里面等待的时间太长，电梯的门马上要关上了。

她慌忙伸出手去格挡，门"哐当"一声，碰得手臂生痛，疼痛带来了某种现实感，于是她闪身步出电梯。

楼下大厅的场景同样让人感到诡异——两串零乱的血脚印从那部电梯处一直延伸过整个大厅，最后经过台阶，消失在玻璃门外的水泥通路上。一个面色惊恐的黑衣年轻人站在门口，此人脸色惨白，浑身颤抖得像风中的叶子，嘴唇翕动半响，硬是一个字也吐不出来。

他的眼睛甚至并未望向女子，而是牢牢盯住了玻璃大门外黑暗中的某处。女子无计可施，条件反射般地打开大门走了出去。

走出大门不到5米，有人在女子身后咳嗽了一声，她回过头去。
是酒吧男子。

酒吧男子？

酒吧男子再次轻轻咳嗽了几声，然后伸手扶住女子的胳膊，一言不发地走向楼群间的花园。她顺从地跟着他，两人在一丛灌木后的一张石头凳子上并排坐下。夜凉如水，女子无言地抬头注视楼群，万家灯火在这些黑乎乎的建筑上闪烁着，看上去，它们就像希腊神话中有100只眼睛的巨兽，警惕而无言地看守着金苹果。

酒吧男子沉默着，四周空气的密度似乎也为之改变，话语忽然间无影无踪。女子摇了摇头，这个动作似乎对厘清思路无益。她条件反射地咽了口唾液，但是嘴巴里干干的，只咽下去了一点空气。

酒吧男子觉察到了女子的动静，侧过头来："害怕了吧？"

她点了点头,又摇了摇头。

他微笑。

"我说,"过了很久很久,女子终于慢慢地,艰涩地小声说出声来,"这件事情……"

酒吧男子沉吟片刻,对女子说:"关于今天的这件事情,我会向你解释。但我希望,我在讲的时候,你不要怀疑我所说的真实性。也就是说,不要提问。因为乍一听来,我所说的事情中有些常人无法接受的成分。但如果你一心对些细枝末节的背景进行质疑和求证,我们的谈话势必陷入无穷无尽的扯皮,而这恰好是我不愿意看到的。"

等等,我想起了什么,打断女子:"他所说的,与你刚才的开场白听上去几乎完全一样嘛。"

女子笑出了声:"正是。"

"他到底给了你什么解释?"

女子慢悠悠地喝了一口红色的饮料:"他说,他是吸血鬼。"

十

我目瞪口呆:"这也叫回答?"

女子略带好笑地看着我。

我随即意识到她(或者说男子)在讲这个故事之初所提的条件,无数疑问就这样硬生生地被吞入黑夜,好像石头扔进矮人地下王国中废弃多年的矿井,隔了很久,才发出干涩遥远的咕咚声。

咕咚声在井壁微弱回荡半晌,我终于开了口:"吸血鬼,你是说,吸血鬼?"

"嗯。"

"永远年轻、吸饮人类的鲜血的那种?"

"是的。"

"没有影子,怕见阳光,讨厌大蒜和十字架,用桃木刺破心脏就可以杀死它们的吸血鬼?"

女子微笑:"虽然有不少误解,不过,看起来你对这一概念倒并不陌生。"

"好歹也看过几部电影嘛。"

在这当口,我匪夷所思地想起有一年自己在大熊猫保护基地旅游时看到的情形来,在山坡上,几只大熊猫亮出肚皮悠闲地晒着太阳,这个场景就像飞去来器一样在脑子里兜兜转转个不停,连我自己都奇怪,自己这当口何以成了熊猫爱好者。然而,无论怎么努力,我脑子里连个像样的问题也找不出来。语言尚未成型,就被公熊猫拿去打滚垫在身下了⋯⋯

我摇了摇头,用手搓脸,不行,熊猫们还是牢牢地坐在我的脑子里,晃也晃不出去。

我做了几次深呼吸,试图将所有的杂念和熊猫从头脑里扫除。

"那么,你⋯⋯你就相信了他是吸血鬼?"

"妙就妙在这里,"女子说,"从他说出这个事实起,我就相信了他。这完全要缘于当时当地我所感觉到的那种气氛。而那是绝对的个体体验,无法言传,东方神秘主义中或许称之为悟道。因此,我希望你也能姑且将我的结论作为前提接受下来,如何?"

"好吧,"我说,"我接受。"

心神稍定,女子意识到自己并不特别恐惧,恰恰相反,她好像有种置身事外的感觉。这一点,她在电梯中也隐约感觉到了,即那是一个与她完全隔绝的世界,与现实之间隔着一层薄如蝉翼的轻纱⋯⋯

不知为什么,她意识到自己刚才所看到的东西并无敌意,确切地讲,无论是邪恶也好,危险也好,由于酒吧男子的存在,它们就像被夹在书页里扁扁的干花,成了标本一样的东西,无论之前如何张牙舞爪,那东西现在都无法伤害或触及她。

酒吧男子继续保持沉默,万物无声,连她身边几米开外小区里的喷泉似乎也已经沉入最深的睡眠。天空中只有几颗零零落落的星星,没有月亮。奇怪的是,她目力能及的天空并不黑暗,反而被一种奇特柔和的光线照亮,白色的云清晰可见,而且在急速地变换着形状,从他们的头上无声掠过。

不知道这样坐了多久,酒吧男子站起身来:"你该回去了。"

女子听话地站了起来。

酒吧男子轻轻拉住她的手,这是他第一次与她发生身体上的接触。女子的手腕似乎被一股力量轻轻托起,自动停留在空中。酒吧男子的手指纤长有力,温柔地似握非握包容着她。他的手没有一丝温暖的感觉,奇怪的是,也不是冰冷而令人不快的。被他握住的时候,有种奇特的虚无感从他的手指传达到了她身上。

他就这样轻轻拉着她,如同滑行般回到楼下。

"别多想,"他说,"回去好好睡一觉。"

"哦。"女子愣愣地回答。

他忍俊不禁,将她的手拉至面前,轻轻吻了下她的手心。

如酒吧男子所说，女子果真一上楼便倒在床上，沉入了深海般的睡眠。

凌晨，她醒来喝了口水，发现那奇特的虚无感还存留在身上。然而，这虚无感是实在而沉甸甸的东西，带着些许微妙的安慰之意。

顺便说一句，在那天晚上，酒吧男子送她回到大厅的时候，所有的痕迹都已经消失了：血脚印和电梯里的血迹都已经被打扫得干干净净，墙面洁净，地板像镜子一样光可鉴人。你可以说，刚才的一切从未发生过。

女子看了看表，午夜12点——这还真是一切都有可能发生的时间。

许多问题在我的脑子里如同一百多只印度次大陆的大象奔跑一般纷至沓来，又似乎空一无物。我本该问她，和一个吸血鬼做朋友，有什么感受？他们是否真要靠人的鲜血为生？他究竟是什么时候怎么变成吸血鬼的？她到底为什么相信对方的话？但最终，这些话语没有成形便消散于黑夜之中。

正如女子事先所声明的，这些问题是不该存在于有吸血鬼的世界的。我凭借本能意识到，有些话语一旦出口，必将使得什么东西丧失殆尽。

角落里的那对男女不知何时已经消失了。

在那夜之后，女子的脑子里的问题如同有一百多只印度次大陆的大象奔跑一般纷至沓来，又似乎空一无物。她不知道该如何面对酒吧男子，加之工作上出了些棘手的事情，因此，有很长一段时间，她没有再去酒吧。

再次见到酒吧男子的原因倒也很简单，一天晚上，女子遍翻家中，发现可吃的东西一点也无，不禁暗暗叫苦。她空空如也的胃开始强烈地思念酒吧的食物，忍耐了一会儿，这种欲望越来越强烈，竟然在书本和电视屏幕上也看出热气腾腾的意大利面来。

最终，女子来到酒吧，在看到它温暖灯光的一刹那，她内心忽然有种小小的颤抖和刺痛，既快乐，又有些恐惧，既像回家，又像即将面对一个未知的威胁。

酒吧男子正坐在吧台后的老位置上看一本书，门开了，他抬起头来，面色如常，似乎完全没有感到惊讶。

随即，酒吧男子对她绽开笑容。这是他第一次如此舒展而毫无保留地对她微笑，其感觉之美妙简直无法用语言形容。笑容从眼睛漾起，逐渐扩散到嘴角和周围的空气里。

那情形，如同七月的夜晚，邻家顽童往小池塘中丢了块石子，"扑通"一声，水中出现无数大大小小的涟漪，就像林中的跳蛙跃入月色，她的心不由得随着那水面的晃动而微微震颤起来……

在狼吞虎咽意大利面时，女子第一次重新审视屋子里的熟客们。

我早已经说过，那个地方有种很特别的气氛，即使是像我这样只去过几次的人都能感受到。那些熟客从外表上看倒没有什么特别之处，但当他们三三两两坐在一起，小声交谈时，空气中多少就会回荡起某些超现实的氛围。他们看上去仿佛是一个特定行当或者一个特定世界里的成员。我曾经怀疑过他们是否都是外科大夫、理论物理学家或者神职人员——总之，这些人身上都带有某种淡然和冷漠的气质。

不过，女子又寻思，这也许是自己神经过敏所致。其实，无论从一开始还是后来，女子对除去酒吧男子以外的人都没太放在心上。

不管怎样，两人就这样恢复了交往。

一开始，女子试图保持以往的规律，下班照旧去酒吧男子店内喝酒吃饭，两人或者闲聊几句或者各干各的工作。

但是，问题出在女子自身。她似乎不再能泰然自若地与酒吧男子相处了。她一边工作或者喝酒，一边琢磨酒吧男子心里到底在想什么，以及他到底身处什么样的世界。那天夜晚，两人共同的奇妙经历已经一去不复返，酒吧男子所说的一切，两人都默契地再未提起。

每当女子就此进行思索的时候，就会陷入不知如何是好的境地。在酒吧男子面前，有时候，她觉得自己说什么或做什么，通通会被酒吧男子所拥有的沉默和温和吞噬一空，变成一个空壳。

她时而注视他的眼睛，那里有着黑夜般温和的沉默，他的脸依然让她想起残留在古陶器上那种彩釉的质感和颜色。在过去，那沉默对女子而言是种安慰，如今却让她油然感到悲伤和孤独。

这一切都在提醒女子，在酒吧男子身体里，存在着一个只属于他自身的地方，那是唯独他和他那个种族能够知晓和步入其中的世界，而女子却不得其门而入。

无论那个世界中有什么，是否比这个世界更为美好或糟糕，那任人窥看的窗户曾在那个夜晚对她打开过一条小缝，从此便不再开启。这一念头常常让她感到彻骨的悲伤，仿佛花园中那棵榕树庞大的根系般紧紧抓住了她的心，让她胸口疼痛不已，夜晚无法成眠。

而她凭借本能知道，在这个世界中，提问是不该存在的，一旦提问，势必有什么东西将损失殆尽。

话说至此，颇有将尽的意思。我保持沉默，用手摆弄着空空如也的杯子。女子首次忘记了自己酒吧老板的身份，没有及时将其倒满。

事实上，我也无话可说。

正如她所说的，在这个世界里，一旦提问，势必有些东西将随风而逝。

十一

"然后呢？"

长久的沉默之后，我还是没能忍住。

"然后？"

女子半带微笑，半带别的什么情绪看着我："你还想听吗？很晚了。"

我蓦然惊觉，确实，夜已很深了。

是气味，而不是其他的东西告诉我这一点，夜色如水，民居中曾经飘来的香皂、热水和洗发水的气息……已经消失，连院子中生长的不知名的花树都已合拢花瓣陷入沉睡。空气中空无一物，有东西"噗"一声落在窗外不远处，定睛看，是只黑色的猫蹑手蹑脚从墙头跳下。

我看了下手机，没电了，显示屏幕一团漆黑。手腕上光秃秃的，也没戴表，可能是落在宾馆了。

"没问题的，"我说，"如果可能的话，我想听完，反正是明天下午的飞机。"

"也罢，"女子说，"反正也快结束了。"

女子的心情就这样在不知不觉中跌落到谷底，这里面有工作的缘故。她的现任上司玩了手段，把本来该给她的一个升职机会给了自己带来的亲信。女子再次意识到，自己对世界和人的了解是多么有限，过去那种确信自己能够把握一切的想法何其荒诞。

不过这倒并非让她沮丧的全部原因。压垮骆驼的最后一根稻草是前夫的一个电话。在电话里，他告诉女子，自己要结婚了。

女子在电话这边沉默不语，她说不清楚自己的感受，既不是懊悔也不是反感，甚至不是嫉妒。空气凝结成小块儿，堵在她的喉咙里，让她胸口生痛。最终，她打起精神来道了声恭喜。听上去前夫倒不是在炫耀什么，既没谈到现任妻子，也没表露自己有多么愉快，他只是在告诉她一个事实而已。

两人如同初次见面的人般客气地交谈了几分钟，前夫好心地嘱咐说："你自己也要抓紧哟，毕竟工作也不是一个人的全部……"

女子忽然感到心绪烦乱，猝然挂断电话，结束了这场不咸不淡的交谈。她晓得，前夫以后不会再给她电话了。刚才的谈话，就算是告别了。

这天晚上，女子无精打采，早早上床睡觉，却遭遇梦魇。在梦中究竟看到了什么可怕的东西，她已经记不得了，只记得自己身处一个极其巨大的体育馆内，右上方悬挂有一座庞大的红色塑像……随即，有个什么东西在空中"啪啪啪"地拍打翅膀，逐渐迫近她，而她却被恐惧感牢牢地钉在地上，一动不能动。挣扎着醒来后，女子全身被汗湿透，口中发苦，依稀觉得梦境就是自己人生的写照。

去浴室想洗把脸，她看到镜中自己多少有点扭曲的脸，此时，她忽然想到了前夫。这是第一次，她意识到自己从未了解过他，也没有付出过试图了解他的努力。她意识到他也和自己一样，是一个有梦想和情感的孤独个体——不管他的一切在过去的自己看来是多么微不足道。

事实上，在这个世界上，没有任何事情是微不足道的。这些年来，她一直在任性而冷漠地对待自己身边的人和事物，导致它们通通被损毁，最终，她通过损毁它们也伤害了自身……

女子不知道自己是怎么出门的，恍惚中她已在楼下。在花园的一棵巨大的槐树下，酒吧男子站在她的面前，双手插在衣袋中。
"还好吗？"他问。

不可思议，他总是在这种时刻出现。

两人一起在树下的长凳上坐下，这里空空荡荡，只飘浮着雨的气息。

酒吧男子注视着她，他的背后是巨大的黑色楼群，想来已是深夜，守护金羊毛的巨兽闭上了所有的眼睛沉沉睡去。酒吧男子的脸颊在微弱的路灯光下半明半暗，眼睛隐藏在黑暗中，如同希腊云石的塑像。女子只觉得伤心、孤独，不由自主地，她伸出手去，酒吧男子随即轻轻将其握住。

这是第二次，他们发生了实质上的接触，酒吧男子的"肉体"，如果说那是肉体的话，给她以极其奇特的感受。那是种漫长而奇特的空虚感，沉甸甸地印在她的心上。一瞬间，女子觉得自己仿佛失去了重力，正一点点迷失在太空中黑暗的某处，一种无坚不摧排山倒海而来的寂寥感将她淹没了。

酒吧男子默不作声。
问题是，他身上何以存在着如此巨大的孤独感呢？那看似平静的吸血鬼世界到底隐藏着什么呢？那世界难道不是像他表现出来的那样，强有力到足以对抗时间和人世的种种烦恼吗？

酒吧男子的眼睛隐藏在黑暗中，女子既看不见，也无法读出任何东西。没办法，她只得回到自身，耐心校正自己，像个想在没顶而来的洪水面前企图自救的游泳者一样，把憋在心里的话一一说出："从一开始，我便觉得自己和你或者你的世界有某种特殊的关联，这种感觉是否是错误的？"

酒吧男子点点头："你的感觉是对的。"

"我只是一个普通人。我所能有的全部普通欲望，无非就是想了解你，想了解你身处的世界而已，这莫非有错不成？"

酒吧男子缓缓开口："无论是否是普通人，有这种想法怕都是顺理成章的。"

"但是，你要听好，注意听好我接下来要说的每个字句，"沉默良久后，酒吧男子再次开口，"你身上确实飘荡着某种特殊的气息，那是从一开始我就从你身上所嗅到的。怎么形容呢？那是急切地寻求某种东西的气味，是我们这个种族所熟悉的。可以这么说，你所有的困惑都是我曾经经历过的，尽管那是很久很久以前的事情，那时的我还不是现在的我。

"因此，作为我而言，对你确实怀有某种类似同类的好感。"

女子目不转睛地盯着他。

"但事实上，类似也好，好感也好，你并非我这一族类，这是铁一般的事实。我们中存在着泾渭分明的区别。我无法向一个局外人描述这个世界，因为它是个体的选择，也只能倚赖于个体的体验。这个世界究竟是否符合你的期许，只有你自己才能做出判断。

"而在这里，我需要提醒你的是，决定一旦做出，就不能反悔。或许最终你会发现，付出巨大的代价后，你看到的这个世界和你现在的世界没有任何本质上的区别。"

他停顿了一下："我想，假使你愿意只作为朋友或旁观者，那么我们维持之前那种关系，是没有问题的。但是，如果你非要窥看这个世界的话，就势必要做出选择，这是一个非此即彼的问题。"

寂静忽然降临，这是第一次，女子感到了巨大的恐惧。在电梯奇遇中与她擦肩而过的东西延迟了许久，最终还是降临在了她的身上。这也是第一次，在她自以为熟识与信赖的男子身上，突然漾出某种非我族类的危险气息。

在黑暗中，他面无表情的样子固然没有恶意，却也是冷漠和事不关己的，带着点居高临下的宿命味道，仿佛生物学家在俯身观看实验用的小白鼠。

奇特的是，这种恐惧中又有某种令人深深为之着迷的因素。酒吧男子加诸她手腕上的力量忽然变重，她能够感觉到自己的脉搏在那虚无的手指下狂野地跳动。女子如中催眠，口中隐隐泛起金属的苦涩腥味。对方似乎也察觉到她的血液正奔涌加速，雨的气息暂时隐去，空气中回荡着微妙的兴奋和欲望。

"我所说的你可明白？"酒吧男子加重语气问道，"你所要求的东西里，没有所谓的中间状态和回头路。"

女子叙述到这里，忽然停下了。她注视着我，一言不发。

四周寂静无声，连树叶和时间都停止了颤动，一丝风也没有。

毫无来由地，我感到了一阵真正的恐惧。女子的脸上略带狡黠和某种奇特的表情，姑且可以称之为遗憾吧，但为什么遗憾这一表情会出现在这里，出现在此时，我却全然摸不着头脑。她目光闪烁，那固然不是恶意，但显然也并不带有任何个人情感，只有置身事外的某种半嘲弄半好玩的感觉。

一些很荒诞的念头忽然如潮水般涌入我的脑海：她的脸色未免过于苍白，这里的人走路未免太轻飘，而她手中的饮料似乎红得也过了头……寂静持续着，我手臂上的汗毛在这停顿的瞬间全部竖了起来。

这个故事起初确确实实像个故事，一个现代版本的《聊斋》，我甚至无法打定主意是否要相信它。但到了这个时候，这个好莱坞电影似的滑稽场景忽然变得让人毛骨悚然，就好像一个熟悉的人忽然逼近你，露出了另外一副面孔。

不对，不对。

我安慰自己，这仅仅是神经过敏，也许是因为深夜，因为喝多了，因为周围过于安静，也许仅仅是因为我已经非常疲倦的缘故。

"你猜猜看，我究竟是怎么回答的？"女子问我，她不带表情地咧了咧嘴，姑且算是一个微笑。

我张了张嘴，不知道该怎样回答。

"假如你真想听完这个故事的话，那就势必要做出选择，这可是一个非此即彼的问题哟。"

空气忽然硬化，凝结成小块儿，堵在我的喉咙里。四周寂静无声，我甚至能够听到血液在自己的太阳穴处奔涌，发出巨大的沙沙声。

就在这一瞬间，巨大的恐惧袭来，我失去了声音。

后记：一本小说集是怎样诞生的

这本小说集从最初一个念头的闪现直到全部完成，历时近五年。

在写这些小说时，我的职业是财经记者，日常工作是采访并报道世界500强企业的管理经营情况，每天在摩尔定律（每一美元所能买到的电脑性能，每隔18~24个月将翻一倍以上）畅行无阻的领域打滚，所接触到的全部是关于财富、增长、科技革命和企业神话瞬间破灭的故事——中间还经历了一次全球性金融危机。

现在回想起来，在每天尽量客观、准确地描述身边这个近乎疯狂的商业社会之余，我大概是将自身对世界的一些困惑与苦恼通通移入了小说这一领域，给它们找到了一个暂时的安身之处。

算起来，到现在为止，我一共写了十二个短篇、五个中篇，正在写一部长篇（写到一半卡住了)。因为本职工作与文学出版无关,一开始并没有想过投稿或出版,所以在我埋头写小说的过程中,每篇小说的刊出和小说集的出版,全部是因为一些特别的机缘。

说白了,就是非常奇妙地遇到了对我的写作生涯来说很重要的一些人和事。

这本小说集的缘起是在2006年前后,我和《21世纪经济报道》的几位前同事聊天时,谈到记者这一职业给我的小说写作带来了一些障碍。长期的财经纪律写作训练,使得我很难在小说中使用第一人称直抒胸臆。另外,除非写短篇,对文学功底尚浅的人来说,在中长篇里我也无法自如地运用全知观点的写法。

当时,我的顶头上司沈颢建议说,那不如就按记者更习惯的方式写好了——他指的是采用一种两重嵌套形式。就像毛姆说的那样,用第一人称讲故事,但她(他)并非主人公,只是故事里的一个人物,她(他)与读者一样,对故事中的主人公感兴趣,也会部分参与到故事中去。

于是,《无可无不可的王国》这本小说集就在这次聊天中诞生了,就像清晨树叶上摇摇欲坠的露水一样,"啪嗒"一声直落到我的脑门上。

从这一刻起,这本小说集的结构变得异常清晰:它会是一部由几个故事组成的"都市奇谭",叙述者在城市中辗转,倾听陌生人讲出的奇异故事,并将它们一一写出——我日常的工作不就是记录人们的讲话吗?

就这样,有五年的时间,这些故事随着我的工作和生活的延续慢慢生长,我其实也在以某种旁观者心态耐心观察着它们的走势。在长时间的写作中，小说有可能会摆脱作者的控制，渐渐拥有自己的命运——它们就像种在自家花圃中的植物一样，默默生长、开花、结果，最终随着季节的更替逐渐凋零，融入泥土。

在这几年里，自然而然地，几个故事彼此发生了某种有趣的关联，有些人物变得越来越形象和具体，从一个故事"跑"到其他故事中去。另外，莫名其妙地，"隋炀帝"这一字眼，因为当时的某次谈话也掉入了这个构想，变成了贯穿始终的一个符号。到2010年底，《那年夏天的吸血鬼》写完，也是自然而然的，我意识到这本小说集就用此篇结尾，是再好不过的一个选择。

对作者来说，作品从完成之日起，便已经与己无关了。但在这里，我要说的是这些小说引发的各种有趣和温柔的相遇。

在写这五个中篇乃至更早写短篇的过程中，我一直有个习惯，写完会将它们发给少数朋友和师长们阅读，比如原力、方伟、贝贝、许越、王大勇、于东辉、丁伟等等。他们中的绝大部分人像我一样，并非职业作家，却热衷于在工作之余埋头创作可能根本无法发表或出版的作品。这些朋友不但细读了这些小说，还得日复一日忍受着我的"骚扰"和强买强卖般的询问——"你觉得怎么样"，并花了很多时间认真和我讨论它们。

在这些人中，有两位是确确实实与文学圈有关的，一位是村上春树作品的译者林少华老师，一位是时任《人民文学》杂志副主编的李敬泽老师。我与这两位老师相识多年，尽管见面机会极少，但只要我就小说的问题去信求教，他们都会诚恳、认真地给出自己的意见，从不敷衍。从他们身上，我第一次见到文学编辑和老师们纯粹的本心——仅仅是通过文字和写作，他们与一个在现实生活中几乎是素不相识的作者建立了联系，并且无私地付出了关怀和帮助。

一个偶然的机会，《那年夏天的吸血鬼》被《人民文学》杂志刊登，并且得到了2011年度的中篇小说奖。之后，《人民文学》又选用了《无可无不可的王国》——这让我第一次意识到，自己这种近乎私人爱好般的写作，有印刷成铅字并且出版的可能。

2012年，我的朋友、知乎的创始人周源偶然读到了《亚特兰蒂斯酒店1116号房》，他非常喜欢这篇小说，进而阅读了整个中篇集，希望促成它们的出版，于是介绍我认识了在知乎上十分活跃的唐茶计划（电子书出版项目）创始人李如一。李如一和唐茶的编辑郑文实现了它在字节社的电子书出版，我也由此遇到了阿丁和陈楸帆，这两位是我认识的第一拨"活生生"的年轻作家。尽管题材和写法迥异，但他们身上都散发出了让我感到亲切的某种气息——那就是，即便"写"这一行为所带来的结果是徒劳和无用的，他们也是无法停止写作的人。

2012年底，我偶然在一个聚会上遇到了邱刚健老师，他是香港电影黄金时期的著名编剧，但很少有人知道，邱老师其实也是杰出的诗人。我在邱老师的诗中嗅到了某种熟悉的东西——不管经历了多少困境与挫折，在内心深处，他是始终相信自己会被文学拯救，并且必须不停地写下去的人。

邱老师当时正在北京苦熬脑汁写剧本，闲时把这五篇小说打印出来看，在上面仔细做了批注，还花了不少时间与我讨论如何对它们进行修改。作为编剧，邱老师极为重视人物的塑造，大笔一挥删掉了我的小说中不少无用冗长的议论。我一直记得他对我说的话:"作者对人性的卓见应该体现在书中人物的性格和行为上。"邱老师的这些建议,成了我关于这本小说集最宝贵的回忆之一。

之后,还是因为这些小说,我感受到了更多人的共鸣和好意。比如我的前同事陈楫宝,他本人是畅销财经小说作家,对这本小说集的出版也颇多费心。之后,机缘巧合,我认识了《收获》杂志社的编辑走走、小说家弋舟、张楚等人,还有这本书的策划编辑马燕,这些职业作家和编辑都给了我很多鼓励,后者则直接促成了本书的出版。

这本小说集的写作,其实验证了我之前对文学写作的某些想法——小说不像新闻报道,它几乎不具备简单实用的功能性。事实上,我一开始就明了并且铭记于心的一点反而是,这种写作本身是"无用"的。

这种"无用"的意思是,将自己在这个科技高度发达、物质极大丰富的后现代社会里所体会到的困惑、焦虑,用小说的形式写下来,既不能使人马上到达某处,也未必能让人从本身的困境中获得解脱。

然而,对于我和一些埋头吭哧吭哧写个不停的朋友来说,"写"这一行为又是必须和本能的。如果说,就此停下不写会让我们焦虑的话,写小说时我们所感受到的焦虑并未减轻(甚至会增加),但这种焦虑会提醒我们自身的存在,意识到这一存在的局限、徒劳和必然死亡的命运——在这个埋头写作(不管写下什么)的过程中,这种焦虑反而是让我们实实在在得以与外部世界相连的某种介质,这也使得我们能在漫长的时日中能够彼此认出，获得一些乐趣和安慰。

　　正是通过这部小说集的"生长"和由此获得的微妙共鸣，我遇到了许许多多的人。而随着它的出版，这种奇妙的邂逅还将继续下去。

　　事实上，意识到在这个世界上有许多人正以一种疏离和执拗的方式与我互相守望，做着一样的事情，拥有一样的心情，这才是我写下这些小说后的最大收获。

汪若